西南记

北纬三十度的
河山地理

杨献平　著

中国文史出版社

图书在版编目（ＣＩＰ）数据

西南记 ： 北纬三十度的河山地理 / 杨献平著. --北京 ：
中国文史出版社，2022.4

ISBN 978-7-5205-3509-0

Ⅰ．①西… Ⅱ．①杨… Ⅲ．①散文集－中国－当代
Ⅳ．①I267

中国版本图书馆 CIP 数据核字（2022）第 057902 号

责任编辑：全秋生

出版发行：中国文史出版社
地　　址：北京市海淀区西八里庄路 69 号　　邮编：100142
电　　话：010－81136602　　81136603　　81136606（发行部）
传　　真：010－81136655
印　　装：廊坊市海涛印刷有限公司
经　　销：全国新华书店
开　　本：787mm×1092mm　　1/16
印　　张：15　　字数：238 千字
版　　次：2022 年 6 月北京第 1 版
印　　次：2022 年 6 月第 1 次印刷
定　　价：58.00 元

目 录

CONTENTS

1

成都：天府之国、文殊院与武侯祠

此前，我一直在西北那片名叫巴丹吉林的沙漠生活。其中热爱"生活"一词，我觉得其中意味最为繁复。因为，人直接面对的却是刀刃般的生存生活，生存是基本的，而生活则充满多义性和多角度。至成都，从荒僻之地到繁华都市，多年的落寞环境与单调生活从此有了根本性的变化，包括情感、处世态度和精神灵魂等。城市和乡村的区别在于，一个使人安静而不得不贫困，另一个，则使人不安静又无法确定自己的命运。

人类的未来也宛若历史，它们都是幽深的。未来不明朗，历史不可回。两者都具备不可臆测与揣摩的性质。就像我现在的成都，最先知道它是地理课本，再后来是李白的《蜀道难》，其中说："蚕丛及鱼凫，开国何茫然。尔来四万八千岁，不如秦塞通人烟。"其中的"蚕丛"和"鱼凫"都是极其令人费解的，他们的故事出自杨雄（明·郑朴辑录）的《蜀王本纪》，第一个蜀王名字叫蚕丛，后者分别是柏灌、鱼凫。这三代君王都活了数百岁，最终被神化。他们的民众也随之而去。

但他们都是神秘的，几乎没有任何记载。现在比较统一的认识是，蚕丛及其后嗣，都是人皇的后代。所谓人皇，西晋皇普谧《帝王世纪》中说"天地开辟，有天皇氏、地皇氏、人皇氏"。大抵可以认为，人皇是神性和地位仅次于地皇的神祇。关于入川的行迹，大抵是由现在的山东寿光而至四川广元，再蔓延至绵阳等地。在长期的生活中，人皇至川之后人因地制宜，发明了养蚕的手艺。如果与嫘祖的故事联系起来，这一说法是可以成立的。

历史混沌不明，也只有经历了的人才能准确说出，后世之研究，无非是只言片语的推测，即便有实物佐证，但也是笼统的。根据杨雄的记叙，蚕丛之后的柏灌，也是一位在蜀地做出过实际贡献的人，不然的话，人们也不会记得这个人及他的名讳。至于鱼凫，可能是蜀国最后的一位有为之王。

历史大浪淘沙，所有在民间留下名字和故事的人，都是杰出的。《初学记九引七经义纲》中孔子所言："天子之德，感天地，洞八方，是以功合神者称皇，德合天地称帝，仁义和者称王。"如果人皇之后渐渐迁入四川，那么，位于广汉的三星堆遗址以及成都市内的金沙遗址的发现，则显得另类了很多。也可以说，古蜀文明至今是一个巨大的谜团。三星堆的纵目人、摇钱树，金沙遗址的太阳鸟，都显示出古蜀文明的不同寻常与迥异另类。

但在常璩的《华阳国志·蜀志》中，蜀国是与中华民族连为一体的，并没有什么别异之处，如该书《蜀志》中所说：

> 蜀之为国，肇于人皇，与巴同囿。至黄帝，为其子昌意娶蜀山氏之女，生子高阳，是为帝颛顼；封其支庶于蜀，世为侯伯。历夏、商、周，武王伐纣，蜀与焉。其地东接于巴，南接于越，北与秦分，西奄峨嶓。地称天府，原曰华阳。故其精灵则井络垂耀，江汉遵流。《河图括地象》曰："岷山之地，上为井络，帝以会昌，神以建福。"《夏书》曰："岷山导江，东别为沱。"泉源深盛，为四渎之首，缎拗为九江。其宝则有璧玉、金、银、珠、碧、铜、铁、铅、锡、赭、垩、锦、绣、罽、氂、犀、象、毡、耗、丹黄、空青、桑、漆、麻、纻之饶，滇、獠、賨、僰僮仆六百之富。（见《华阳国志》，成都时代出版社 2007 年 6 月第 1 版第 89 页）

从中可以看出，《华阳国志》是完全写实的，有别于杨雄的《蜀王本纪》之神话。所谓的巴国，《华阳国志·巴志》说"其地，东至鱼复，西至僰道，北接汉中，南极黔涪"。即今天的重庆奉节为其东，宜宾县安边镇在其西，北面为陕西汉中，南边则到今重庆市的黔江区。而成都这个地方，古来便隶属于蜀国。大致在公元前五世纪开始设立城池，其主政者是开明王朝，即古蜀王杜宇开创的望帝时代，历十三朝，及至杜芦而覆灭，其君主为开明氏。《华阳国志·蜀志》记载，杜宇"自以功德高诸王，乃以褒斜为前门，熊耳、灵关为后户，玉垒、峨眉为城郭，江、潜、绵、洛为池泽，以汶山为畜牧，南中为园苑"。而这个开明氏的杜宇，其最初在岷江上游，渐渐而平原，至华阳再成都。从时间上看，杜宇是位于鱼凫之后的蜀国君主。而成都之名，是借用周王迁歧"一年而所居成聚，二年成邑，三年成都"《史记·五帝本纪》典故而得。又有说，成者终也、毕也，而名之为蜀都，即蜀国最后的都邑。至李冰父子修都江堰，此地大成，而为成都。

据现有的史料看，在公元前三一六年之前，巴蜀之地，大致是自成一体的，而被秦吞并之后，便与秦塞互通，渐渐与中原文明融为一体。公元前一〇六年，即西汉崩塌之际，成都始称天府。而此名最早却出自苏秦之口，《战国策·秦策》记载苏秦谓秦文惠王曰：

> 大王之国，西有巴蜀、汉中之利，北有胡貉、代马之用，南有巫山、黔中之限，东有肴、函之固。田肥美，民殷富，战车万乘，奋击百万，沃野千里，蓄积饶多，地势形便，此所谓天府，天下之雄国也。而最令人信服的，当然是李冰父子修建都江堰之后，使得以前灾害频繁的成都平原自此：沃野千里，号为陆海，旱则引水浸润，雨则杜塞水门，故记曰水旱从人，不知饥馑，时无荒年，天下谓之天府也。

天府之地深坐于四川盆地之西，成都平原核心，青藏高原东缘，其境内深丘、平原与台地并存，由岷江、湔江冲积而成，以大邑县境内之西岭镇苗基岭（大雪塘）为最高，海拔五千三百六十四米，市区海拔四百七十米。常璩《华阳国志》曰："其地值坤，故多斑彩文章。"成都之丰饶，盖因其久为国都，西南最大的城市，又加多民族及文明的融合，城市性格包容而独特。既有幽燕之地刘备、赵云、张飞并诸葛亮、关云长、姜维等人于短暂蜀国为依托而形成的三国文化，又有融移民和土著并存的多元文明。隋唐之嬗变与富庶，明清至民国之递进和杂糅，使之具备了一种至今与其他城市相区别的血性与柔绵、悍勇和灵性、忠诚与狡黠的地域人群性格。

正如常璩《华阳国志·蜀志》所言：

> 其地值坤，故多斑彩文章。其辰值未，故尚滋味；德在少昊，故好辛香；星应舆鬼，故君子精敏，小人鬼黠；与秦同分，故多悍勇。在《诗》，文王之化，被乎江汉之域；秦豳同咏，故有夏声也。其山林泽渔，园囿瓜果，四节代熟，靡不有焉。

常璩这一种概括，至今似乎还没有失效。蜀地之特点，还有的是，无论是哪个地方而来的人，进入其中必被之"吸纳"和"同化"，当地人说："少不入川，老不出蜀"，说得是极有道理的。因为，蜀地物产之盛，盖其他地区少有；蜀地自有的消闲与慢生活，更是其他地区和人群不可比拟。如，成都人每天必喝茶，茶馆遍街都是，走几步就可以找到，即便是今之经济发达的南方地区，要想实现找一家茶馆就可以坐下来悠闲的情景，还是不能够做到的，北方更是难以企及。

成都这座城市的习性是慢的和柔的，像极了满城的芙蓉花，这传说中后蜀之花蕊夫人个人嗜好而成的成都别称"蓉城"，崇尚的是滋味深重的舌尖享受，爱的是信步街头看美女的视觉之美。当然，成都也是仙道气息浓郁之地，如因道人严君平羽化登仙而得名的支矶石街和君平街；因老子为关令尹喜著《道德经》之后，别之时说："子行道千日后，于成都青羊肆寻吾。"（杨雄《蜀王本纪》）时隔三年，老子降临此地，尹喜如约前来，老子显现法相，端坐莲台，尹喜敷演道法。而得名的青羊宫，乃至民国时期的宗门大德袁焕仙，以及彭山的彭祖、青城山之五斗米教（道教）发源，乃至烁罗鬼国的赵公明、具有神仙之能的大禹、关于杜鹃的传说（望帝春心托杜鹃）、嫘祖、神女瑶姬等等，皆使得蜀地云海缥缈、雾锁仙境，天帝神仙一再光临并留下了诸多的传说。

文殊院和文殊院街

文殊院，西南地区最大的佛教寺庙，每天进出的人数以万计，尤其是节假日和旅游旺季，大轿车上下的，在庙里持香叩拜，以及站在庙宇前仰望的，都像我一样原本在大地的另一处，所来，不过是一种观赏和游历。至于游历当中的个人体验，则充满隐秘色彩。关于文殊院，我来去最多，有时候陪外地朋友，有时候一个人。二〇一一年初到二〇一二年七月，妻子和儿子还在老单位，成都就是我一个人的。

文殊院最吸引人的有三处，一是进门之后向东不远处的千佛塔。露天的佛龛层层向上，每一层当中，都端坐着一尊佛。佛者，即是教化人们向上和向善的。上是无上，善是至善。旁边，还有两尊汉白玉做的大象雕塑和几棵银杏树。再两边，是碑廊。其中有于右任等人墨迹。傍晚，几无人迹时，站在佛龛之下或者在碑廊里细读，感觉肃穆而繁复，有一种自我沐浴、自我检点与加速思索的庄重感。二是夏天傍晚的诵经声，一群僧人，站在佛堂内，集体咏诵经卷，《大悲咒》《般若波罗蜜多心经》等等。我坐在一侧的红色廊柱下，闭目或者低头倾听。只觉得那种单调而斑驳的声音有着清水洗心的力量，还有一种安抚灵魂的慰帖。有一次，我在倾听时，还有一个年在二十三四岁的女子，也在另一侧倾听。她看看我，我看看她。我觉得眼中无物，她可能也觉得满目皆空，把眼睛闭上，恍如入定。三是文殊院后面小树林，即图书馆所在。我进去过几次，里面有俗世者自我供奉的佛像，一排排，一道道，二十多层并数千位。我知道敦煌莫高窟在隋唐时候有很多供养人自我凿窟供奉，一边在尘世中贪恋，一边把自己的来生放在虚无之中。是另一种的精神奢求与灵魂梦想。

那里有许多的树木，青竹、银杏、棕榈等等，杂草和花朵满地匍匐，寂寞而又各具佛性。有一次，我在那里见到一只松鼠，肆无忌惮往树上爬。西侧有两个放生池，以及小亭子。傍晚，附近的一些老人们三三两两，或独自挂着一台吱哇乱响的收音机或录音机，放着三四十年前的流行歌曲，一边背手散步，或者坐在亭子里聊天，目无详物地看天看地看他人和自己。

与文殊院配套的是文书院街，一个小型旅游地，依托文殊院而生，但充满了零碎的市井与神鬼气息。红墙内外，修行与庸俗，截然分明又同气连枝。节假日时候，文殊院街时常人满为患，耗子洞张二洞凉粉、龙抄手、麻婆豆腐、耗子洞鸭子等吃食和各式各样的旅游纪念品、丧葬专营店、酒吧、茶楼经常客满。后面还有琳琅满目的小吃街，三大炮、菠萝米饭和牛肉饼、各类烧烤随处可见。有朋友来成都，找到我，我就带他们在那里吃饭喝茶，说今天和昨天，还有他人和自己。开心时候滔滔不绝，不开心时候低眉垂眼。

由一位兄弟引荐，有些时间到一家茶叶店闲坐。二〇一一年十二月，因为胃部极度不适，想治好后，回甘肃陪岳父过春节，翁婿相执对饮是我喜欢的，他也老了，多陪陪也应当，喝酒也是西北过年的一大内容。不料想，吃药多了或错了，无故心悸、晕眩、肠饥饿、紧张、视物不清。检查毫无问题。春节后从甘肃回成都后，症状愈加严重。那段时间，我跑了华西医院、肿瘤医院，就近的成都市三医院和单位医院是常客，几位医生都不知我的身体到底怎么了，甚至对我产生厌倦情绪。我什么都不能做，只能不断地找地方去晃和耍，和人聊天，用一种置身热闹之中的紧张和忘我来瓦解或缓解不明疾病带来的恐惧和痛苦。那间茶叶店就在人民中路三段。几个店员都是九〇后女子，店主是一位新婚少妇。我和她们说这些那些，都是新奇事情，或相互间感兴趣的话题。偶尔一次去，却见两个年轻僧人赫然在座。其中一个告诉我，她们最喜欢其中一个面目清秀、语多玄妙与空泛的年轻和尚，说他对经卷有独到见解，言说起来头头是道。

很多时候，人是没有信仰的，他们做出信仰的姿态，大部分是想从信仰那里获得他们内心或俗世当中最需要的。信仰使人自发安全感，信仰也使人能够换一个面目出现。有了这样的想法后，再去文殊院时，虽然免费给一把柏香，但也不想烧着，更不虔诚跪拜了。

绿茶使人腹空，头脑清晰。一个人的时候，找地方吃饭，有天下午，我横穿文殊院街向时代印象方向走时，第一次发现，文殊院街气氛诡异，红墙大庙，香火淋漓；一边则是丧葬品塞满店铺，再加上饭店、茶楼和按摩店，俨然是一个上天与下界，人和神，死与生乃至超脱、轮回、此刻、终极混杂的地方。但我不觉得这就是城市的味道，相反，则是一种与人心和内宇宙、尘世相呼应和混淆之处。

陌生者入城及成都的两个品性

陌生者入城最初，内心总有些恐惧和慌乱，尽管离开乡村二十多年时间了，我仍旧会想起自己当年从乡村进入城市时候的那种感觉，一边自卑一边梦想，一边无知一边渴望。而从沙漠到都市之后，我恐惧的是，一个人于众多的人和物质中，渺小与微弱可想而知，尤其是我这个出身乡村又在荒凉之地生活多年的异乡人。我时常一个人，从江汉路出来，沿地铁一号线，徒步晃荡到天府广场，然后再从城市之心——依旧高踞的毛泽东主席塑像前转到街道另一面，再徒步晃回来。其间散布着交通银行、中国银行、工商银行、太平洋百货骡马市店、罗曼大酒店、成都体育馆和各种运动服饰专卖店，还有一家新华文轩书店分店、亚非牙科和据说可以"一夜情"的单行道酒吧。对我而言，单行道酒吧比各种专卖店更有猜想意味与引申空间。每次看到，心里都想，所谓的一夜情有那么容易吗？所谓的一夜情，是不是两个素不相识者因为喝酒或者喝酒聊天，就觉得自己可以容纳和承受对方的身体，进而实际操作呢？

骡马市是距离最近的商圈，向东一点，则是赫赫有名、外地人来了总要去看看的春熙路。听几位朋友说，春熙路美女如云，看一天不吃饭也不觉得饿。有几次我想去，但觉得看美女这个愿望有些猥琐，还有点自贬和自贱。此前，我多次到春熙路和总府路交界处的成都同仁堂和北京同仁堂看医生，开草药再去取，大部分是从穿过文殊院和草市街过太升南路、红星路、铜丝巷、螺丝巷步行来去。但一直没去春熙路看一眼。直到妻子来后，陪着她去了两三次，还带着儿子擦边溜达了一趟。春熙路周边是商场，太平洋和王府井百货，还有伊藤洋华堂、茂业大厦、新华文轩春熙路店，以及诸多的专卖店和小吃摊等等。

看美女，体现了男人对女人的某种猎奇和新鲜欲望，不乏欣赏与意淫成分。性是生命原动力，也是获取快感的主渠道。我以为性是生命中最偎贴和最能获得短暂愉悦与满足，并在其中丢掉一切尘事的"合作性的肉体和精神安慰"的方式。去春熙路看美女，不过是男人的一个粗鄙的诗意行动。美女在成都几乎覆盖了大街小巷。而对美女外表尤其是脸部和身材有特别爱好的，是男人共性，但是，男人随着年龄和阅历，对女人，当然也会转向其他方面的审美。而我，到春熙路几次，却从没抱着去看美女的半点想法，倒觉得，若是真的美，该看到的，在任何地方都可以，比如地铁和公交车，随意的街头、饭馆和杂货店等等。因为，美的本质是自发撞击眼帘的，更发自内心，美是客、主观的合成，更是一个人内心对美的自然感觉和重塑。

距离不远的九里堤好像是酒吧区，热爱夜生活的成都时尚者、酒文化和暧昧情调热爱者总是会去。在我四十年的生活中，酒吧之类的地方去得极少，每次去都有点无所适从，一方面担心衣兜里的钞票够不够，另一方面又渴望从中得知一些隐形的人及其秘密。这种奇怪心理，自卑和贫穷占据主因。而此外流出的，是猎奇和某种出自本能的期待。

对于一个半生方才在都市安身的农村人和漂移多年者来说，对城市的误解是深刻的，也可能是肤浅的。比如，起初一个人在成都一年多时间，住在墙壁如纸的房间，时常被一些性爱声音惊醒，午夜和凌晨最多。我就奇怪甚至肮脏地想，城市的人，住在一层层的钢筋水泥笼子里，人面目雷同，尽管文化、出身和个人性情各异，但生活方式和人性人心极端雷同。尽管有着很多的包装、掩藏和缀饰。我还想，我要是蜘蛛或蜘蛛侠，蚊子或某种鸟，逐层地观察其中人一天、一月、一年的生活的话，那该是怎么样的一种浩繁与简单？我还曾想以此写一篇小说或者面目怪异的随笔，若果真写出来，估计是很了不起的，起码充满了形式和内容上的超越性与新鲜感。

我还是有些顾忌，怕人说我偷窥、意淫、变态等，可这一想法时时在心里翻腾，却又无法下笔。城市，人的地狱天堂。更是人心的幽深之境。而在切实的人生现场中，乐和幸福是他人的，也是自己的。然而，他人的总是多于自己的。成都似乎也是如此。不长的两年，在成都，我发现自己也是一个物质主义者。不仅仅是外在的，还是内在的。物质充斥到了灵魂，就是彻底的凡俗与庸常了。以前在西北自诩的理想主义和梦想者未泯，到城市之后，一切似乎都被重新置换了。二〇一二年夏，小姨子趁暑假来成都数日，私下对妻子说我人变了。我听后，颇感惊讶。她说的或许是真的，而我自己却浑然不觉。

人的某些习性是随着肉身而迁徙的。我也不例外。尽管入城时间很短，我还是在成都被慢慢异化和同化。如果要我说成都或者成都的品性，第一个应当是高度的兼容性。或许它遭受过一次灭顶之灾，即有争议的张献忠屠四川及连续一百多年的"填四川"人口迁徙。而在此之前，成都一直较为安稳，即使在吐蕃势力最为兴盛的中唐时期，成都也没有遭受兵戈战火。"安史之乱"爆发，李隆基由灵武入蜀避难，"安史之乱"后方才返回。清末《成都通览》说现今之成都人，原籍皆外省人。多省份人口的源流和长期生存性的合作，使得成都的兼容性在诸多城市中无出其右。

成都的第二个品性，是平凡人群的行为（精神、心理）悖逆。尽管我不喜欢街边苍蝇馆、小商贩、手工生意者和杂货店主。他们天生有一种排斥心理，即对顾客采取的是一种蔑视态度，你购买他们的货品，而他们则给予顾客一种反感和蔑视的方式。这些年来，我一直去几家小店购买东西，算是熟客了，店主说话声粗而大，少买或者不点荤菜牙齿缝里会爆出一声切，脸上蝴蝶一样飞着几朵轻蔑与嘲笑。稍微像样一点的餐馆和杂货店则另一番景象，店主和服务人员对人和蔼，可能面无表情，而不会对顾客有任何的不尊重。我觉得这种现象很是反常。也觉得，普通人，特别是生活在时代最底层的城市人群，自身的劣根性不只是体现在无底线的追富、媚富、炫富上，并且表现在对同类人群的无意识践踏与轻视等具体行为上。这种悖逆，在成都的每一条巷道里周而复始，芸芸喁喁，似乎是一道隐蔽景观，蔓延到了几乎中国的大小城市及其人群。

历史轶事及其后世效应

有些朋友来，知道我在成都，便联系。只要我在，不管何方神圣，胖子还是瘦子，男的还是女的，我都会请喝茶。有一次，陪北京朋友去了一次金沙遗址。观看之间，觉得成都历史之幽深姿采，令人遐想。如早期民族的生存及征战，自成一体的地域疆界与生活图景，比《蜀山传》更为神奇与缥缈。而在观看制作的动画片后，我觉得，对于蜀地，乃至成都之早期历史，现在所知甚少，甚至是有曲解和误解的。比如，蜀地先人的基本生存方式和信仰，与外界的沟通和王朝政治体制建构及其演变等等，有些还处在无实证性的虚构和想象中。

对成都，可以与人介绍并引朋友一看的地方，我自觉似乎只有武侯祠、杜甫草堂、黄龙溪、洛带古镇等几处可去，其他地方我尚不熟悉。武侯祠——似乎整个四川，尤其是广元、绵阳、江油、德阳，以及一衣带水的陕西安康、汉中，湖北荆州、宜昌、襄阳，河南南阳、平顶山及甘肃陇南等地，都有着浓郁的三国味道，成都更是。武侯祠小得只有诸葛亮一家和刘、关、张三兄弟。我去过几次，最喜欢三绝碑，以为那是唐代官要与工匠合作的艺术峰会，裴度、柳公绰、鲁建三人，各施其才，使得一块石头化平常为神奇，以自然之身晋位人类永恒艺术创造。至于多智近妖的诸葛孔明，托人用人也算极致的刘备，悍勇而有着致命缺点的张翼德，忠义之帝关云长。我个人喜欢张翼德，但要去除他爱喝酒鞭挞士兵的问题。关云长之忠义，应是民间和庙堂对忠诚信义的共同情感和道德希求。

三国故事及其主要人物，似乎构成了成都至今另一种气韵和招牌。与其说是历史痕迹，不如说是演义的效果。三国一干人等在蜀地，尤其成都的故事遗传，让人想起就觉得云蒸雾绕，古味十足。张飞牛肉显然成了成都对外的一个食品招牌。衣冠庙、洗面桥、草市街和骡马市，以及历来的兵营之地北较场，令人心生浮云的升仙湖、龙泉驿、华阳镇等等地名和街名，似乎都是从三国及其后来的王朝遗传下来。据说，石达开便是在人民公园被砍头的。

我还觉得，诸葛亮对风水堪舆的运用也有可道之处。风水堪舆似乎是被唯物论者长期打倒的迷信之一种，然尊重自然，讲究人与自然的和谐，或者人对自然的有效理想，乃至借自然行人事的做法和想法，似乎无须批驳，反而可赞。站在武侯祠正殿背后远望三义庙时，我只觉得气韵流畅，有一种身心清爽之感。因此觉得武侯祠之建筑布局，是值得称道的。三义庙内香火也很鼎盛，但我几次都没有进去看过，只是在一边的桃花林里站了一会儿，还就着喜神的巨石照过几张相，然后就从一侧小门混入人流滔滔的锦里。而锦里，似乎就是吃、喝、看，所有的景点大致如此。

成都的小吃有名，在于小、麻辣、异味和重味，但不够精细，有些只是量少、好看而已。至于川戏，变脸似乎是它的金字招牌。掏耳朵那种活计，该是成都人独有。那种享受，夹杂着某种危险，令人滋味十足。而在锦里，吃的重要性多于观赏性和劳累感。几乎所有人，哪怕挤得屁股挨着胸脯，也还都在吃，一个个端着小碗，用牙签或者塑料勺子往嘴里塞。还有些烤肉的，说不清楚的肉及其来源，还有鱼虾、蝎子、土豆等等，都使得以舌头和牙齿为生的人觉得了他们以为和原以为的成都味道。

这种民以食为天的图景有些简缩和异化，轻佻而小资，浪费而满足。锦里最落寞的去处，大抵是刘湘墓了。此川地近代枭雄，可谓行伍川人代表者也，其请缨出川作战之积极慷慨，以及临终时"抗战到底，始终不渝，即敌军一日不退出国境，川军则一日誓不还乡"之句，令人潸然泪下。也觉得，刘湘之辈，也是一等一的豪杰，应当给予足够的敬仰；较之他愿意认祖归宗的汉昭烈帝刘备，何止出于蓝？只是，到此一游的芸芸外地人似乎对刘湘墓视而不见，我去几次，仰视良久，感喟联想不已，身边人马喧哗但则尘土不惊，寂无声息。

英雄非草莽则少霸气与决死之心，文人无军旅则少血性与壮怀激烈。可惜，蜀中多诗人及桀骜逆反文人，而至今无人为刘湘写过传记，实在有些遗憾。相比刘湘，在成都有过显赫声名之人似乎常被人提及，在文章中各姿各态，如杜甫，如流亡帝王李显、江油李白、在成都有过几年修行的玄奘、广元之杨贵妃等等。在成都的，似乎还有薛涛。这个女子，诗因事显，事过存诗。书写者多多。就连她墓地所在的九眼桥，也声名赫赫，引人向往。如今的九眼桥即是酒吧茂盛区，夜晚的霓虹灯闪烁之处，故人的盛名余韵少有人在喝酒时候想起，只是在文墨者偶尔的闲话中摇曳多姿。

薛涛墓、薛涛井、薛涛酒、薛涛笺等等，成为一个人衍生的艺术品或者商品。薛涛与元稹的交往，以及她早年入乐籍，出而终身不嫁之逆常之为，端的是令人无限思量与猜想。在薛涛诗中，我尤喜《送友人》："水国蒹葭夜有霜，月寒山色共苍苍。谁言千里自今夕，离梦杳如关塞长。"（《全唐诗》）其他赠答诗歌也好，儿女情长，暧昧有色，令人遐想不已。与薛涛相对的，是河南籍诗人杜甫，总是一副愁苦模样，颧骨高而嶙峋，下巴尖而锋利。我去方才知道，杜甫当年所居之地，不过现在杜甫草堂面积二十分之一。

前人贫苦，后人得福。杜甫的这种无意之为，成就了今日之成都。即使在兵戈纵横年代，成都也算是安闲之地，但这只是个别时期。而从刘湘之为看，川人之骁勇与热血，一点都不逊于湖广与北方。在幽静的杜甫草堂当中，我总是觉得，一世功名不如万世流传之一毫，而人却总是想在当世体现个人价值。杜甫当年虽茅屋栖身，秋高风怒号，屋草被揭又遭南村顽皮群童取闹，尔后大呼"安得广厦千万间，大庇天下寒士俱欢颜"。而今，因他这首诗歌，以及写此诗之地，价值凸显，长效收益，为多人解决了吃饭和住房问题。这似乎是杜甫当年想到了的，可是他所在的王朝，已经日暮西山，文人以诗歌虽可博取一官半职，但杜老先生终究个人命运不济，不及李白之洒脱狂傲，最终贫病而死。而杜甫之于成都的文化含量，则可与蜀汉相提并论。成都，重要的文化符号除了地理和建筑，文人及其遗篇占据了大半江山。

我时常的活动范围，只是青羊区。有房子后，几乎每周横穿半个成都，从东北方向到西南，好像在城市中做鱼的姿势，在烟尘中滑动，与各种各样的人擦身而过。因为生活，对成都人，我感情复杂。这座内陆偏西南的城市是包容的，从三国之后，成都的排外意识整体上微小。但落实在小商贩身上，则显得小气、蛮横和"耻感"罕见地弱。典型的是，每到小铺和苍蝇馆买东西吃饭，态度令人不堪忍受，吃饭好像乞讨，买东西似乎化缘。而稍微像样的店铺餐馆则截然相反。

我也知道，时间越长，那种初来乍到的陌生，重要的是新鲜感会减弱最终乌有。这是一个奇怪的过程，但城市的本质，永远都是陌生的，就像如今高楼林立的城南一带，我每次路过，在摩天大楼下，仰望之间，心里总充斥着一些奇怪的臆想和猜测。比如，楼中的人、物产持有者，他们和我们的根本区别，他们做的事情等等都是神秘的，是我希望了解甚至融入的。可我知道城市毕竟是人和物质的密度最高，内心和行为差异性最大的地方。城市一方面聚拢人，一方面又排斥人。人在如鸡笼一般的建筑里层层叠叠，生活繁衍，衰老和死亡，与大地别处毫无二致。只是，人自觉穿上了坚硬的泥沙与钢铁，也在生存与欲望、尊严和梦想中自我确立和解散。

然而，一切都是短暂和按部就班的，时间的利刃针对每一个生命。从南太行乡村到巴丹吉林沙漠，再到成都。这一过程，我称之为肉身与精神的转换与生命本身的挪移，虽然经历了一次大的地震，内心想法丛生，可本质上，我还是那个我。除此之外，我还时常觉得，不论在何地，人都是自然的组成，在城市，虽然有所淡化，可本质毫不改变。人一层层地从自然的腹中冒出来，在其中穿梭多年，又一个个地被火焰和大地回收，铭记尔后虚无，曾经来过，但本质是烟消云散。作为异乡人的成都，在时间当中，我可能会深入得更远更隐秘一些，也或许，匆促一生，也还只是一个外地来的成都人，或在成都的一个异乡者。

杨慎和艾芜：新都的清流

　　川西平原，自李冰父子修筑都江堰之后，便是四川之首善，也是西南地区肥沃与富庶之地，膏腴丰泽，物华天宝，端的是安逸人间不二之选。常璩《华阳国志·蜀志》说："其卦值坤，故多班彩文章。"事实也是如此，古来川蜀之文人墨客，不胜枚举。较远者如司马相如、杨雄、李白、杜甫、苏门三父子，近者有巴金、艾芜、沙汀、李劼人等等，如果考察中国文脉，巴蜀之分量，当是惊人的。二〇一九年初春，至新都区，参观杨慎（杨升庵）故居及其纪念馆，方才得知，自小耳熟能详，且会背诵的"滚滚长江东逝水，浪花淘尽英雄。是非成败转头空。青山依旧在，几度夕阳红……"（《临江仙·滚滚长江东逝水》）便是出自此人之手。

　　诗词之伟大，在于其言辞少而用意深，体量小而征喻广。只要稍微考察一下，四川文人素来也都是具备大胸襟和大境界的，如李白之《蜀道难》《将进酒》《行路难》《关山月》《侠客行》、苏轼之《江城子·密州出猎》《念奴娇·赤壁怀古》《水调歌头·明月几时有》，以及近人巴金《家》《春》《秋》、李劼人《死水微澜》、艾芜《南行记》、沙汀《淘金记》等，无不体现为人间状写世道人心，将笔触深入人性幽微，且能以小喻大，胸怀深阔。杨慎的这首《临江仙·滚滚长江东逝水》也堪称不朽之作，尤其是经由罗贯中用在《三国演义》的篇首，而使得这首词几乎妇孺皆知，不论是知识阶层还是下里巴人，即使没有读过多少书的人，也基本上能诵能唱。

　　这是一件非常了不起的事。该词中所表现的时空转速、人生空茫，朝代及英雄不过是一波波的滔天巨浪而又樯橹灰飞烟灭的瞬间感，也深切地表达

13

和呈现了人类乃至万事万物基本雷同的终极命运。浏览中，我发现，杨慎之祖上颇为显赫。

在整个中国历史当中，四川、河北、河南以及甘、青、宁、新大抵是移民最多最为频繁的地区了。四川之早期土著，随着秦穆公时期的沦陷，后来的移民活动一波接着一波。因此，成都延宕至今的包容性质大致由此而形成。杨慎其父名杨廷和，祖籍江西庐陵，为明武宗和孝宗时期颇负重望的正直之臣，做过太子少师、内阁首辅等重要官职。《明史·杨廷和传》上说"杨廷和，字介夫，新都人。父春，湖广提学佥事……弟廷仪兵部右侍郎，子慎、惇，孙有仁皆进士，慎自有传"。

明武宗朱厚照是一个毁誉参半的皇帝，有人说他贪图玩乐，营建豹房，又重用阉官太监，致朝纲混乱，但其又英武过人，巡视边疆，击败试图进犯的鞑靼，平定安化王朱寘鐇和宁王朱宸濠叛乱等，诛杀刘瑾及其同党等。最终死在豹房，年仅三十一岁。斯时，杨廷和扶持明世宗朱厚熜回京继位。不久，朱厚熜追封其父亲朱祐杬为"知天守道洪德渊仁宽穆纯圣恭简敬文献皇帝"，杨廷和与一干臣子觉得朱厚熜这一做法不合规常礼数，因而群起劝谏。

四川人历来有着复杂的性格，正如常璩《华阳国志·蜀志》所言，蜀地在舆鬼星下，因此，君子精敏过人，又品德高洁，小人则如鬼一般狡黠。

杨廷和及其子杨慎当然是君子，而且是蜀地产生的当世之显赫君子和官宦达人。可能是因其父亲的品格，使得杨慎也是一身正气，刚直不阿，又极端倔强。因为其父子二人的功绩，双双入《明史》，这种殊荣虽然多见，但对于杨廷和杨慎父子而言，尤其是在后世之人眼里，这肯定是一个令许多人艳羡的礼遇与尊荣。

儒家"学而优则仕""修身齐家治国平天下"之世俗理想，构成了中国封建时代所有读书人的行动纲领与梦想追求。十二岁的时候，杨慎写作《黄叶诗》而名动京城，再加上其父的显赫地位及其在文坛、朝野的影响，杨慎很快就成了一颗冉冉而起的新星。而在仕途上，杨廷和并没有眷顾自己的儿子杨慎。这种不护犊子、不裙带的做法，在今天看来依旧是可贵的。究其原因，还是杨廷和和杨慎都有着超凡的品格修养，是严格遵守孔子之"君子周而不比"之训导的。没有因为杨慎是自己的儿子，在仕途上刻意拉他一把。事实上，杨慎也不需要父亲的提携，于二十四岁高中状元，被授予翰林院修撰。

在杨升庵纪念馆，我无意中发现，杨慎居然也明晓易学。在漫长的封建时期，《易经》显然是群经之首，是读书人必学必读的课程之一。在此之前，其母亲便以诗词教之，七岁时，杨慎之学名已经为人所熟知。但在做官的道路上，杨慎并不顺利。其二十一岁参加考试，文章过人，主考官王鏊、梁储甚为惊奇，将之列为首卷。但不巧的是，烛花落在其上，以至于试卷烧毁，使得杨慎第一次科举失利。这其中，似乎也有一些蹊跷的味道。《易经·离卦》云："突如其来，无所容也。"意思是，有些事情本来顺理成章，却不料，因为一点过失而导致全盘皆输。好在，杨慎少有大志，且与其父杨廷和同样有着过人之天赋和治国安邦之宏愿，最终位列朝臣。

杨慎为人也颇为孤傲。明世宗嘉靖三年，因为给朱厚熜出主意，将其父亲葬在太庙一侧，用以祭祀的桂萼、张璁等人得到被杨廷和等伤透了面子的明世宗朱厚熜火速升迁。风水轮流转。至此，杨廷和势力衰微，桂萼等人成为朝廷新贵。杨慎及其同道便上书说，皇帝你既然启用了桂萼等人，我们和他们道不同，不相为谋，请求罢免官职。朱厚熜大怒，驳回杨慎等奏议，并廷杖之。杨慎等人仍"纠众撼门大哭，声彻殿庭"。（《明史·杨慎传》）朱厚熜再大怒，令继续廷杖之。这一次，杨慎差点被打死。后被流放云南。

由此可见，杨廷和与创造一条鞭法、锐意改革的桂萼等人也是政见极其不同的。及至杨慎，基本上也遵从了其父亲杨廷和的政治主张。

朝臣之争，对于皇帝来说，是驾驭群臣的"制衡"之法，但根本的问题是，在改革和不改革之间，正统的文人一般都采取了维护既有传统的方式，如宋之王安石变法，以及王安石与司马光、苏东坡等人，在政治上的分歧等等。在这一点上，无论谁对谁错，但他们的目的却是一致的，那就是更好地维护皇帝的统治，采取一定的方式，促使这个王朝去除弊端，使之更加健康地发展。然而，历史的发展从来都是循环往复的。触动既得利益集团的痛处，必然会遭到反击。

好在，杨慎逐渐以文章、诗词、学术思想和政治地位、人品等，成为明朝三才子之领衔者。

杨慎在流放云南永昌路上，受尽磨难，到达之后，杨慎的身体衰弱到了难以起床的地步。几年后，其父杨廷和染病在床，杨慎快马赶回探望。父子相见，格外欢喜。杨廷和的病也很快好了。

这父子二人，在朝中大致也是"同党"，但此"同党"为君子之党，出的是公心，他们用心勠力的是朱厚熜的江山社稷，与小人之蝇营狗苟之朋党有着巨大差别。但桂萼等人的做法，似乎也是这般，这两个集团之间，目标是一致的，但他们各自的思想和做法却大相径庭。由此看，杨廷和杨慎父子和桂萼等人的争斗，只不过是殊途同归罢了。

封建时代朝臣之间的斗争，在现代看来，不过是笑谈而已。如杨慎《临江仙·滚滚长江东逝水》中所言："白发渔樵江渚上，惯看秋月春风，古今多少事，都付笑谈中。"这首词不仅写尽了王朝世事，也堪称杨慎之后半生命运的隐形写照。除了其父杨廷和死于新都清流镇老家，杨慎请归尽孝之外，他的大部分时间，都消耗在了云南永昌。其间皇帝曾先后六次大赦天下，可每一次，杨慎都没有能再返回朝廷。

这是不幸，也是大幸。在云南，杨慎治学，写诗，为白族写史，又搜罗地方风俗人情及地理风貌以记之，以诗文名于天下。对于真正的诗人来说，苦难是最好的催化剂，异域的生活也是最好的书写背景。杨慎之所以能够在文学、哲学等方面取得成就，大抵是与其早年得志、长时间流放他处有着直接的关系。在极端偏僻简陋之地，杨慎以逐罪之身，不堕其志，潜心书海，醉心文学，数十年间，注释和撰写了《南诏野史》《云南通志》《云南山川志》《慎候记》《南中志》《滇载记》《记古滇说》等书籍，并其著述共有四百多部。杨慎在云南永昌最好的朋友简绍芳说："公颖敏过人，家学相承，益以该博。凡宇宙名物之广，经史百家之奥，下至稗官小说之微，医卜技能、草木虫鱼之细，靡不究心多识。"

上天是公正的。

人不可全得全美。类杨慎者，若是长时间挤挤煜煜于朝堂之上，嘤嘤于皇帝耳边，朋党相争，即便是为了皇帝吏民，最终，也可能只是一个名臣，而未必能够跻身于诗人、文章家和哲学家之列。如他所批评"心学"之创始人王阳明所说的，世上第一等好事便是作圣人。但杨慎对王阳明的心学并不认同，说"心学""迩者霸儒创为新学，削经划史，驱儒归禅"。这种批驳，不可谓不绝对，也不可谓不致命。然，后世之人，跟随王阳明而好心学的也不在少数。杨慎之言，也是道理，但就其成就而言，未必有王阳明高。对于程朱理学，乃至邵雍的易学，杨慎也很是不以为然，斥之为"无古人之学，而效古人之言，如村人学官衙鼓节也"。(《明史·杨慎传》)

学术之争，历来纷纭，无可厚非。凡哲学或某个学说，从之者有之，不从者有之。争议是最好的辨析和讨论。在后世，似乎对杨慎评价极高的人也很多，如陈寅恪就说："杨用修为人，才高学博，有明一代，罕有其匹。"明代泰州学派宗师、文学家和思想家李贽将杨慎尊称为"杨戍仙"，并在其著作《焚书》和《续焚书》中夸赞说：

> 升庵先生固是才学卓越，人品俊伟，然得弟读之，益光彩焕发，流光百世也。岷江不出人则已，一出人则为李谪仙、苏坡仙、杨戍仙，为唐代、宋代并我朝特出，可怪也哉！吁！先生人品如此，道德如此，才望如此，而终身不得一试，故发之于文，无一体不备，亦无备不造，虽游其门者尚不能赞一辞，况后人哉！

这种评价，可谓高之又高，若是杨慎泉下有知，当可欣慰的。

与此相对，新都能够拥有如此人物，父子高才，行庙堂而有所作为，苟人世而青史留名，何其幸也！世界每一地，人类每一处，之所以不断令人心生向往，慕之不已的，不是如何好的山水和奇观，根本的东西就在于哪里出过什么样的人，有着怎样的地域文化、风俗人情和历史纵深。因此，杨廷和、杨慎父子之于新都、之于成都乃至四川和全中国，却是一笔宝贵的精神和文化财富。杨慎父子之人品节操，尤其是他们在文章、诗词、思想等领域的开拓和建树，是值得每一个人为之倾倒的。由此，我觉得，中国在封建时代的大家族，特别是以儒家思想为核心"营养"和"武装"起来的读书人的那种传统，也颇值得纪念和效仿。从某种程度上说，一家即一国，一国即一家。家国同步，人人都具备一种积极的、向上的精神向度与学以致用的求索精神，当是全民甚至全人类的一件幸事。

由杨廷和杨慎父子来看，新都的文脉可谓绵延不绝。毫无疑问，这也得益于一地之先贤的影响和引领。东汉有任末，宋代有张惠，至清代，又有思想家费密、谢济勋、袁焕及将领王铭章、作家艾芜等人。可谓文武兼备，代有才人。无论怎么说，一个地方倘若不断有读书人于各个时代立德立言立行，这个地方的生命力就是强大的，再大的灾难也难以使它荒芜甚至生命灭绝。换句话说，文化的力量就在于，它在任何时候都能使得人自立和奋进，使得人有一种虽千万人吾往矣的不妥协的精神和信仰。

　　其中的艾芜，是新都区清流镇人。这个少年幼年家贫，为逃婚而只身云南，以流浪的方式，进行了一场生命和心灵的漫游。途中，缺吃少吃，艰难至极，又逢乱世，一个十多岁的少年，在川滇路上，他的遭遇，尤其是与众多苦难人们的朝夕相处与深度接触，使得他很早就懂得了人世的繁杂，生命的无常，乃至生存生活的艰难。在缅甸，艾芜差点死去，幸亏一四川同乡救了他，并让他有了一份工作。在那个年代，艾芜是觉醒的一代当中的佼佼者。积累了丰富的人生经验之后，艾芜开始写作。

　　文学创作，其实是无路之路。对于从业者来说，最初走上此路，偶然多于必然。我知道艾芜是二十年前，单位图书室搬迁，在一堆旧书当中，蓦然看到一本《南行记》，翻看之间，只觉语言精确到位，书写自然朴质，一下子就看进去了。那时候，我当然不会想到有朝一日会到作者的家乡来。面对这平坝之中的简陋房屋，举目无尽的川西平原，忍不住想起这地方的先民，究竟是怎样的一种地域文化及其力量，使得他们一再自强不息，且能够审时度势，以文章、政绩、思想、诗词对中国文化进行再创造和再补充？无疑，这是一种伟大的昭示，是一种绵延而强劲的催动。儒家、道教文化在西南之地的渗透、生发，简直是一种无与伦比的奇迹。

　　艾芜是叛逆的，逃婚之外，还有对新的生活，乃至理想社会秩序的向往。清初欧阳直公《蜀警录》说："天下未乱蜀先乱，天下已平蜀未平。"以保路运动为先兆，近代四川呈现出一派纷乱之象。艾芜所生之年代，正值蜀乱，一个十多岁的少年，由新都的清流出发，……或许他自己都没有想到，这一出发，不仅迎来了一个新的世界，也迎来了他人生的美好乃至创造的不朽。

初春的清流，梨花逐渐盛开。这些年来，清流也因地制宜，种植了多种梨树。洁白的花朵在阴的天空下，虽然不怎么鲜亮，但微风中的香味却四处弥散。走在田间小道，我感觉到的是那种来自泥土的湿润的围裹，是虫子们翻开沃土之后，富有启发性的大地的生动气息。油菜花早就开了，那么高的茎秆，无数的黄色花朵组成了灿烂的织锦，若是从高空看，白色的村庄，鳌黑色的田地，黄色的油菜花，素朴而娇嫩的梨花，以及路边成排的观赏性桃花，使得艾芜故乡清流镇呈现一种花团锦簇的美妙景象。

世事流转，天地孕育、诞生、助益生命的生成和成长，最终也会安静而仁慈地收藏任何生于它又归于它的事物。这就是"地势坤，君子以厚德载物"之最真切的体现。艾芜先生生于此，最终也在这里安息。他的一生是动荡的，苦难的，但也是丰富的，卓越的。是这辽阔的大地与激荡的时代，给予了他走出去，尔后在远天远地、颠沛流离之中，逐渐丰满和成就了他自己，也为中国现代文学提供了一个标高，一种角度和一种参照。

在艾芜旧居不远有一眼泉水，清冽异常，历久而不干涸。当地人称之为神泉，每天早上，会有人来此取水，以作饭食，泡茶喝。与其他地方泉水不同的是，这眼泉的水可以直饮。我舀起一瓢，喝下，觉甘爽微甜，觉得比任何矿泉水要好喝。心中想，这泉水大抵也是来自岷江，经由地下，而在此处汩汩冒出，端的是一种巧合的机缘。中午，在油菜花地，吃当地的土菜。四川之地，物产之丰富，也是罕见其匹的。那种麻辣，爽快而又余味悠长。

在田间行走，两边村舍，田地春气朦胧。尤其是日光出现之后，新都乃至整个清流都是妖娆的、丰腴的，给人的感觉好像是在一处美景之中漫步一般。在一所书院，我看到了一个挚爱清流的人，花巨资在这里修建了一家书院，且专门为文艺者提供。老板是一位年届六十的先生，他说，清流这个地方，来了就不想走，之所以在这里建造书院，是自己完全被清流征服了。无论在何时，总有一些人醉心于乡野。事实上，也唯有乡野，才能使得我们在越来越烦乱的日常生活中，于星空阔野之间获得一种原始的，深入灵魂的美妙安慰。

与朋友再谈起艾芜及其著作，觉得唯有大地之原生，人间之烟火，生命

19

之困境，思想之碰撞，人性之幽微，方才称得上是"原创"。艾芜及其同学沙汀，还有巴金、李劼人等同时期作家，大抵是践行了这一宗旨或者文艺之大道的。此外，建立在他者，包括瀚如烟海的文史、名著等方面的文艺创作，大抵是二手的，缺乏原创力的。夜里，沉沉睡去，静得只有自己的呼吸，以及池塘里鱼跃水面的清澈回声。此外，一切仿佛乌有。一个人，沉浸其中，好像赤身躺在自然的植被之中，有一种说不清楚的轻盈与安妥感觉。早上，鸟叫如弹奏音乐，清脆、嘹亮，还带着某一种羞涩的味道。

如此情景，不由得想起艾芜《南行记·山峡中》一段话来：

> 我轻轻地抬起头，朝破壁缝中望去，外面一片清朗的月色，已把山峰的姿影、岩石的面部和林木的参差，或浓或淡地画了出来，更显着峡壁的阴森和凄郁，比黄昏时候看起来还要怕人些。山脚底，汹涌着一片蓝色的奔流，碰着江中的石礁，不断地在月光中溅跃起、喷射起银白的水花。白天，尤其黄昏时候，看起来象是顽强古怪的铁索桥呢，这时却在皎洁的月下，露出妩媚的修影了。

杨慎也有题为《春望》的诗歌说："滇海风多不起沙，汀洲新绿遍天涯。采芳亦有江南意，十里春波远泛花。"虽然，两人都写的是云南，但广博大地之上，同为人类之生地和归宿。在新都的清流，想起二位先贤，趁着这春天万物生长、大地回暖、花朵争奇斗艳之际，略记他们的往事，诵读他们的诗文，当然也是人生的一大快事。仿佛，他们就在身边，也可以听见似的。

问道青城山，拜水都江堰

夏天的成都早晨，还残余很多这一夜当中燃烧未尽的浮躁。天气热只是一方面，华灯未灭之时，眺望楼宇林立的城市，那种感觉既舒心又复杂。我一直觉得，城市是人类欲望的集散地，也是人类当代生活景观最直接的演出场。对于那些离地高耸、气势巍然的建筑，我总是觉得它们的内部，不是各种各样物质的陈设，而是人和人性的幽秘、繁复和深邃。

地铁到犀浦，出站打车去都江堰。沿路上都是清晨，日光从灰色的云层照下来，使得好像从夜晚中侥幸逃脱的车辆有些仓皇。路边的房屋、人、植物园和农家乐，在感觉当中满身陈旧，而且充满了简单而直接的生存欲望。我惊讶于都江堰市区的干净，而且除了早起锻炼的人，几无闲杂。日光均匀，尘土不起。我至今难以叫出名字的各种绿树张着全身的叶子，表情含蓄，又充满人情味。司机用浓烈的方言说，以前的都江堰没这么好，"五·一二"地震后重修的幅度还是很大的。

我知道他要表达的意思，但又难以启齿。建立在亡灵之上的一切诘问都不道德，尽管有很多的事情尚未给出真相和确切因由。除了红灯，车辆几无遮拦，在宽阔街道上顺风顺水。远远看到都江堰的时候，我忽然觉得全身都在收紧，好像有一些无形的钢丝勒裹，使得心脏迅速排除掉了除此之外的一切念想。

不可否认，人的不朽在大地上、人群中显而易见。

在此之前，就有朋友说，每年农历二月二十四日，是都江堰的放水节，并邀请我去看看。当时我并不想，可能是觉得这种节日在当下的中国已经

21

遍地都是，毫无新意了。后来才知道，都江堰的放水节，始于公元九七八年，正是宋赵匡胤收取南唐之时。这个节日的设立，距离李冰父子建造都江堰、将为患多年的岷江彻底驯服，成就天府之国的公元前二五六年也有一千二百多年的时间。到现在，成都人仍旧对此保持热情，感恩和自豪的成分显而易见。

下车才发现，都江堰街道有些与众不同，干净是必然的，吸人眼球的是花圃和绿地周边那些由长竹条灌装鹅卵石的巨型"石布袋"或"石栅栏"，当地人称之为"竹笼装卵石"。对此，我闻所未闻。导游说，这是当年李冰父子发明的，用来填堵河道。仔细想这也是一个创举。石头身沉，竹条柔韧，一捆捆地填入湍急水流当中，就有了一种汇集和扭结的力量。

到玉垒山前才发现，山其实不高，一口气就可以爬上去。不免有些失望，也暗自疑问：这么一座山，如何能分流岷江，造就都江堰这一独一无二的水利工程遗迹呢？众多的游客忙着攀爬和照相，道路以外的树木当中，更多的鸟鸣在喧哗人声以外的灌木丛和葳蕤草间。到二王庙前，我起初想买一些香的，可转念一想，这种表达敬仰之情的方式太俗了，甚至也是对李冰父子的不敬。

这父子两位，端的是把智慧和个人的功绩刻在了时间当中。对于其他人来说，时间是无形的，对于他们父子俩来说，却四壁光滑且光线明亮，让每一个人看到"都江堰"这三个字的时候，就想到他们的名字以及对后人的功绩。同行的一位都江堰籍朋友说，每到放水节那天，只要能回去，很多人都要回来。这个节日的意义，对都江堰人来说，已经超过了春节、元宵和端午。他们觉得，因为都江堰和李冰父子，他们生活在一个有着确切形体的奇迹而又不灭的地方，甚至潜意识里都觉得自己也与李冰父子有着某种必然的联系。

李冰父子却是山西解州人（另说是陕西和山西运城人）。《华阳国志·蜀志》中有记载"（公元前二五六年左右）秦孝文王以李冰为蜀守"。李冰"能知天文、地理"。针对岷江水患，李冰在充分考察基础上，综合各方经验，采取中流作堰、修筑"离堆"、开凿"宝瓶口"等方法，修建了鱼嘴分水堤、飞沙堰溢洪道、宝瓶口进水口，并又以雕刻的三个石桩人像和石马于水中，以"枯水不淹足，洪水不过肩"标准确定水位。将岷江分为内江和外江两大部分，一用来疏通河道，二用作灌溉，三用以防洪和泄洪。这一座"生态"工程建成之后，成都平原才成了"水旱从人，不知饥馑。时无荒年"的"天府之国"。

司马迁游历巴蜀，并在其《史记·河渠书》中说：

> 蜀守冰凿离碓，辟沫水之害，穿二江成都之中。此渠皆可行舟，有余则用溉浸，百姓飨其利。至于所过，往往引其水益用溉田畴之渠，以万亿计，然莫足数也。

马可·波罗在他的《马可波罗游记》中也说：

> 都江水系，川流甚急，川中多鱼，船舶往来甚众，运载商货，往来上下游。

经过改造后的都江堰，绝水患而成就一方地域及其民众的福祉，时短而效长，即使特大灾难"五·一二"地震，也没有伤及其髓。这是一件令人感慨的事情，凝结在都江堰的人类智慧，包括隋代的人工运河，其"师法自然"的科学精神与对自然本身的尊重，真可谓"天人合一""至伟至大"，至今仍可被人承袭并广大。可以想象，一个出生于少河、多土、干燥之地的人，却在江河纵横、山岳奔腾的蜀地做出如此至伟功业，后人对他如何尊崇都不为过。自都江堰后，成都平原因此而自成体系，成为历代王朝的"后花园"和锦绣"富庶之地"。哪怕与世隔绝，也可不靠任何外援，一切自给自足。

都江堰人对放水节如此看重，历千年热情依旧，也从另一方面证明，在很多时候，人及人的生绝大多数是虚妄的，而人唯有生，并在生的过程中把自己的智慧和能力发挥到极限，并且做出于大多数人有益的事情，不论是物质还是精神的，才是真正的生和不朽。这一种道理，已经被人说烂了的。同时也觉得，对于平民而言，不论在哪个时代，我们所面临的很多事情都是令人绝望的，志向超绝、梦想不朽的平民，要想建立功业，大多数时间内，真的比做梦还难。

站在玉垒山上，俯仰之间，我觉得，都江堰其实不够雄伟，宝瓶口、离堆、老龙头等等，不过是对自然本身进行了一种小小的挪移和改造。这种改造也完全是依着自然本身规律和"脾性"的。

岷江自岷山发源，穿峡过涧，一路激流险滩、凶猛决绝之后，到成都平

23

原，一切都缓慢下来，不断从上游搜刮而来的泥沙也变得懒惰起来，在平缓的流动中斗志全消，一粒粒沉积下来，不断阻塞河道，大水漫溏，蚕丛鱼凫，以至于对人及田亩造成威胁。李冰所做的，只是根绝了岷江在成都平原的放任，利用山势，将之方向进行了一种合理修正。在疏和堵之间，找到最佳平衡点，让奔流的奔流，回旋的回旋，如此的治水思想和实践，是建立在科学基础上的。而这种古老的"科学"当中，充满了对自然的敬畏，堪称人对自然致敬的一个永恒典范。李希霍芬说："都江堰灌溉方法之完善，世界各地无与伦比。"

山顶上全是人，茂林修竹间，多的是摆摊售卖的人，凉粉、凉面、狼牙土豆、豆花之类的吃食周围，都是食客。由山顶左右环顾，才发现，这玉垒山，其实是汶山余脉，是巍峨之后的再一次试图隆起。河道里水流平缓，周围山上绿意盎然，宝瓶口中，被限制了水流形势不减，通过闸口，在古老的河道里浪花怒卷。天空湛蓝，远空云朵之下是黑色群山，那种蜿蜒和参差，让人觉得那些大地的块垒，就像被众神放牧着的一样。大山之祖在更高处，众多的驱赶和流放使得巴蜀之地形状奇兀，而又不封闭单调，道路孤绝，却到处清幽与神奇。就连望帝、丛帝这样的小国君主，也在史籍当中被转换成神。

下山途中再次拜谒二王庙，香火鼎盛。站在阴凉的大殿当中，我再次觉得了那种发自内心的景仰和虔诚，简单而雄劲。若不是身边人来人往，我可能会跪下去。这种感觉，只记得有一次在敦煌莫高窟，看到那些残缺而美轮美奂的壁画，想起那些凌空执笔作画的民间画师，想到苍茫时空中的筚路蓝缕与绝美大妙。还有什么比身心全副贴近，并为之耗尽一生更有意义的呢？都江堰也是，李冰父子更是。

山下也有许多兜售各种小吃的摊贩，或挑着篮子，或摆摊吆喝。都江堰的小吃，总体上和成都相近。最有名的，就是白如雪、入口即化的豆花了。意外地看到骑着三轮电瓶车满街兜售血旺的人，用一只喇叭不间断地喊："血旺，血旺！"初想笑，再想，却觉得，每个人的生存也端的不易。生存的方式也各不相同。都江堰因一座世所景仰的奇迹，以及至今籍贯不确的李冰父子的为政业绩和个人功德，使得都江堰成为人所向往的旅游胜地，这是有一种荫庇与恩德。尽管李冰父子当时没想到，但人心不会断绝。就像这历久效长的都江堰，就像这无尽的沧海桑田，天地人间。

找了一家饭馆匆匆吃饭。打车去青城山。到前山，只见庙宇林立，游客众多，还没下车，就决定去后山。记得二〇一二年春天，我曾一个人在周末来过。住了一晚，也没登山，只是满怀心事与疼痛。恐惧忧虑地枕着彻夜不息的河水声睡了一晚。这次去，显然是要弥补上次的缺憾。车子在窄小而陡峭的山路上行走，四边都是山，山间散落着数座村庄，给人一种人在山中、不谙世事的恬静感。只是临近路边的村庄，遍布旅馆、农家乐和茶馆。到泰安镇，再登山。进入之后，发现沟谷之中都是瀑布和流水。那些水在巨石之间，或持续跌落，或积成水潭。草木葳蕤，鸟鸣清脆。哈着腰向上攀爬，最明显的感觉是人在自然面前的弱小无力。倒是儿子欢实，背着包不一会儿就和我们拉开距离。我一边汗流攀爬，一边想，将道观和庙宇修建在这里的第一人，当是有眼光的，也是真心问道向佛的，并且能够羽化成仙的。

青城山原名丈人山。意为青城山乃是五岳的岳丈。唐开元十八年更名为青城山。大致是取其清秀幽静之意。还有说是由"王实以为清都紫薇，均天广乐，帝之所居"（《列子·周穆王》）的神话传说中得来的。而在我的印象中，青城山则有点玄幻和武侠的味道。这大致得益于金庸的武侠小说，而且，青城派一直是一个很不堪的宗派代名词，这在《倚天屠龙记》一书当中尤为明显。从宗教角度看，我始终觉得道教是神秘的，充满了巫术、鬼神色彩。尽管十分喜欢老子的文章和思想，但道教在民间的形象则走向了另一面，即詹姆斯·G·弗雷泽《金枝》一书中所说的"交感巫术"。

巫术是先民在梦昧时代认知世界和事物的一种方法论，是最原始的哲学。幼年时常听大人满脸神异地说到"张天师"这个名字，尤其是村里遇到诡异事情的时候，总有一些人以巫婆和道士的面目出现，为村子或者具体人施法除灾。很多年以来，也以为"张天师"就是明代的张三丰。这真是一个无知的表现。"张天师"原是东汉的著名道人张陵，也是刘邦故里人氏，曾学道于青城山近处的鹤鸣山（位于大邑县西北十二公里鹤鸣乡的三丰村），创建"五斗米教"（天师道）。最终羽化青城山，享年一百二十三岁。由此看来，"张天师"的个人影响也是巨大的，在民间信仰当中"吃水"很深。也就是说，

25

一个人一生终究是要有所建立的。尽管宗教与现实功利联系最为紧密，是人心和俗世要求的另一种途径和期望。

游人太多了，向上的，向下的，摩肩接踵，这使人有些遗憾。对于美好之地，独享的欲望尤其强烈。沿途，每一小段路边，便有一个卖腊肉火腿、腊肉猪排及凉面之类吃食的小摊子，有些是年轻女子，大多数是上了年纪的老人。饮料贵出泰安镇的两三倍。游客似乎也很理解，爬得汗水洗身，就坐在一边的凉亭下歇息，倘若不买货主的东西，货主就会发出抗议。我觉得，这种赚钱方法有点不道德。但又想，货主将货物背上山，就是一种劳动付出。

满山谷都是瀑布，有些竟然从山体中喷泻而出。有些大，有些小。小的从湿润的岩壁中蓦然无声而出，其形状，让人想到女性的私处。我蓦然觉得，其实大自然的事物，与人有着巧妙的对应。《易经》中说天地氤氲，万物化醇，男女构精，万物化生。朴素地说明了天地自然与生命本质。可能是潮湿的缘故，沿路很多朽倒的断木之上，先是长出一层绿苔，而后又绽出新叶和嫩枝。人说，青城天下幽。倘若一个人在山中，心力不够的，一定会感到恐惧，山中万物苍翠，裸露的肉眼可见，隐藏的令人无限遐想。抬眼环顾两边奇崛山坡，巉岩、巨石之上，植被丰厚的山坡高直且陡峭，猿猴难攀。鸟们的叫声掠着树叶跌宕而来，在人的耳膜当中弹奏，好像心里面，凭空也有了一些携带着阳光颗粒逃跑的水珠一样。

走到半山腰，蓦见一面湖泊，要乘船才能继续向上。这使我惊异。在半山之中，有水不足为奇，还有一面大湖，这在雨量相对丰沛的巴蜀之地是较为罕见的。湖的名字叫翠映湖，字面意思一眼便知。船是撑篙的那种，从这边到那边，也就是几分钟的事情。深蓝湖水两边，是峭壁，峭壁有土的地方，都长着植物，垂在水面，或者挺拔向上。给人的感觉幽静而诗意，甚至有点仙风道骨的意味。湖的尽头，供奉了一尊南海观世音像，盘腿临水而坐，低眉垂眼，让人觉得安闲。只是觉得，这里供奉观世音，与青城山的道家主题有些不大协调，抑或，释道是相容共通的。

事实上也是如此。外来的佛教，总是在敦煌等地经过转换，更贴近汉民族的习性后才会继续东播，深入人心。道家虽诞生本土，但似乎不封闭，借鉴能力也很强，如尊奉神仙与尊者，与佛家几乎没有排斥，而是把他们融合

26

起来，自觉消除敌意。而道教下层，更倾向于世俗功利性。如请神驱鬼、念咒施法、风水堪舆、祛病消灾等等。也因此，道教在偏僻的乡村更容易传播，获得民众青睐。说到底，一切宗教也有功利性的，吸引更多的人虔诚于他们，也是宗教发展必由之路。无可厚非。

拉客的人站在山下，言语热烈，神情急切。因为商户多，就用翻扑克的方式决定这一拨客人由谁招呼。可惜，招呼我们的那位妇女并没有成功，原因是她的客房环境太差，床单被罩脏得无法落身。其实不过三五户人家，七八座楼房，不过十多个人，未必都是原居民。山顶的白云古寨其实是一个村落，以前可能有人居住，现在成了做生意的好地方。日光西斜的时候，眺望莽苍群山，苍翠之中，有些高崖，飞鸟横渡，流云灿烂。坐在阴凉中喝茶的时候，我确实不想再向上爬了的，全身发软，好像这一路把力气用尽了。只是十一岁的儿子，还东奔西跑精神十足。我忍不住一阵沮丧，事实证明，我正在老去。

鼓足勇气，穿过小镇，沿小道继续向白云寺方向爬。路更加陡峭，有的路段竟然直上直下，狭窄而松动，惊险万分。到一座石崖——其实也不是石崖，而是由粗砂、卵石、细土凝结成的巨大土崖。下面有很多菩萨、金刚塑像，还有一个摆卖吃食和饮料的小摊，售货者是一位年过半百的男人。崖上不断滴水。我抬头看，觉得惊悸，这样的岩崖，危险性可想而知，倘若有一块鹅卵石松动跌落，砸在人的任何部位，不死也会致残。尤其是雨量丰沛的青城山，塌方和飞石是经常的事情。我们只好快步跑过。回身看，佛像安然，那位货主也神情悠闲。

这种构造，与敦煌莫高窟有些相像。但莫高窟的地理是干旱少雨，外表虽以粗砂和卵石为基本构造，可洞窟里多是粘结力较强的黄土。

到白云寺脚下，另一面崖壁出口处写有"释门净土"四字，转过去一看，忍不住赞叹起来。红黄相间的岩壁之中，竟然露着一小片天空，岩壁最上方，长着一些灌木和草。在日光之下，叶子们呈现的是那种透明的黄和水洗的绿。岩壁上，布满大小一致的佛龛，每一尊佛像都面目各异。无论从哪个角度看，佛意隆重。洞的名字叫"通天洞"。用意也非常好理解，即菩萨们在此端坐，无非偶尔从天上下来小憩而已。再或者，这里便是释门弟子与上天佛祖悟心晤面之所。

　　沿着一边的小径向上，只见四壁表层，也还是佛龛，有些干净，藏在嫩草之中和树叶之间。一直排到山顶无崖处。我忍不住赞叹。想这人世上，总是有些美妙的东西在滋养和安慰人心，总是有些缥缈的梦想以具象的方式出现在人的现实生活中。宗教，在很大程度上是鼓舞、抚摸和照耀人心，使得平民在漫长、堪称卓绝的苦难当中看到光亮，在困厄的境遇中坚定活下去并且相信善有善报，获得上天——冥冥之神的垂怜与眷顾。

　　山顶的白云寺在"五·一二"和最近的"四·二〇"地震后摇摇欲坠，庙门牌楼用几根柱子顶着，端坐门槛之内的弥勒佛仍旧大肚能容，笑口常开。天王殿依旧巍峨，而背后也顶上了柱子。一位以打卦看相为主业的老年人说，上面的大雄宝殿"五·一二"地震时倒塌，前不久又被大火烧掉了。我问：怎么不重修呢？他说不知道。或许，废墟比宫殿更有力量。沿着原路下山，再次路过通天洞和佛像群，细看，只觉得那些塑像都和人一样有呼吸，也会在无形中传达给人一种亲近的力量。正在恍惚，忽觉额头猛然被敲击了一下，继而发凉。是一颗硕大的水珠。

　　入夜，风冷，小镇几无人迹。是那种隐居的、超脱世事的安静，让人觉得肉体如同乌有。可能是太累了，躺下就睡。半夜，才觉得被子很潮湿。除了偶尔趴在窗玻璃上偷窥的风，几无声音。我睡得格外沉实和舒服，醒来，好像换了一个人一样轻松，感觉一切都很崭新。抱着相机到高处拍日出，只是角度和方位都不理想。从另一条路下山，路过又一村古镇，飞瀑与苍松，游客围困民居，处处幽静，若不是太过商业化和近年来比较频繁的地震，完全可作为归隐之地。路过西南茶马古道必经的龙隐栈道，极其险峻，充满探险的味道。行人也多，向上去的，向下回的，拥挤不堪，稍有不慎，就会掉进河谷和水潭中。众多的瀑布挂在岩壁和巨石上，在山间飞溅、纵跳、回转和舍弃。蹲在水潭边，竟然照不出人脸。回到泰安镇，青城山一下子就隐没了，只剩下一尊绿色的庞大之物，一道沟谷以大地沉默之口的形式，不断吞吐游客和清水。整座青城山似乎也没有任何表情，只是以自我的丰满仪态，表达它自己所有的流传与存在。

灵岩山：神秘的马师爷、二郎神、
劈山救母与民国大儒

再向后几公里，就是另一处。很多时候，我们是不察的，以为看到即所得。这种片面的方法，在日常生活中是一种常态。出外行走也是。关于都江堰，我去过多次，每一次去都到玉垒山上，观李冰父子在两千多年前伟大的水利构造，并在他们的神像之前虔诚下拜。然后转身去往云蒸雾集的青城山访仙问道。直到二〇一六年初夏，一个阴雨的暮晚，百无聊赖之际，朋友周舟说带我去一个地方。

都江堰是一座安闲的城市，也是川西北的门户，由此可以通往古来认为"地险阻异常，山则壁立千寻，水则怒涛万顷，溜波陡瞪，恶警阴森"的阿坝地区，也是成都平原的"命门"所在。在都江堰闲逛一天，连续的阴雨让人极不舒服。起初，朋友说去岷江边喝茶，去到之后又见人多，且无适当之地，她才掉转车头，朝着玉垒山方向开去。印象中，玉垒山即是单独的一座山，此外再无其他新奇。车子沿着仰首向上，道路曲折，忽见成群的松树矗立在陡坡上，棵棵笔直参天，根部青草蔓延，藤萝四起。时大雾，置身其中，令人不由想起电影《指环王》中的幽秘森林。我惊呼，想不到这里还有如此的好地方！周舟说，这是灵岩山。

至此我才知道，玉垒山之后，还有灵岩山。其实，这两座山是同体的，玉垒山在灵岩山之前，鱼嘴合拢之处；而灵岩山则在其后，如苍龙之腰部。这两座山，同派出于光山山脉。灵岩山海拔一千四百二十米，为光山山脉在岷江以西的最高峰。到山顶的云岭宾馆，一位名叫谷业龙的男子自我介绍说，他是这里餐厅的经理，还是青城派掌门人刘绥滨道长众多门徒之一。在我对道家有限的了解中，总以为青城派、峨眉派、华山派、恒山派等等称谓不过是武侠小说里的虚拟，却没想到，这样的道家派别却是实在且延传至今的。惊讶之余，不免感叹说，大地每一处，人群之中，不论哪个朝代，总是有一些人和事物是陌生的，也总有一些传说在人类当中有着非常现实的传承与体现。

冒着细雨，谷业龙带我们穿过餐厅一侧的小门，登上一小段台阶，豁然开朗之际，诸多寺庙胜迹逐一显现。我再次惊讶，走到一块巨石前，谷业龙说，这是好人石。据说是清中期的一位书生在此游历，突发奇想，在一块从山顶滚落的、足有上百吨的巨石上镌刻下"愿天长生好人，愿好人常做好事"。这句话大抵出自南宋罗大经笔记《鹤林玉露》。巨石头部还有一尊千手千眼菩萨石刻，落款是某人于一九三九年八月雕刻。与我同来的朋友周舟说，"好"这个字确实有意思，也更民间。我也觉得，民间对于"好"的喜欢和崇拜可能与"福寿吉祥"等同。每一个在世上的人，肯定不是单独的个体，必然要与更多的人发生各种各样的关系，而"恰到好处"乃至在饥渴、困苦之际邂逅"好人"，生活中的各种事得"好"与正好，都是民众最为喜欢，甚至是渴望的一种理想状态。而后人在巨石上再刻下佛像，使得这块巨石更具备了某种神意与庄严之感。

巨石一侧，有一座木楼，紧挨黑风洞并洞上佛殿，长期闲置。谷业龙说，孙中山的儿子孙科并川军二十军军长杨森等人在这里住过。孙科是孙中山与其前妻卢慕贞所生，一九三六年毕业于哥伦比亚大学，曾三次被任命广州市长、国民党资政等职务。杨森是四川广安人，袍哥出身，参加过辛亥革命、讨袁战争，当过贵州省主席，也制造过"平江惨案"。公开妻妾十二人，子女达四十三个。透过结尘的窗棂往里看，房间内摆放了一些杂物，发霉的气息从门缝中飘散出来。周舟说，她从当地一些旧书上看到，一九四九年前，很多川内党政要员夏天来这里避暑。那时候灵岩山不通车马，只有一条小路，沿途有十多个亭子，分别命名为长亭、短亭、横亭等等。避暑的官员及其家眷大多由当地民众用滑竿抬上来的。

以前的人们有自己的生活方式，但官僚古来大致是一样的。总有一些人，位于其他人之上，拥有更多的特权和资源。这在人类社会当中不仅普遍，且充满了世袭的绝对性。黑风洞在"五·一二"地震时遭到破坏，二〇〇九年集资重修。碑文说，从前，此洞时常冒黑烟，当地民众以冒黑烟的多寡、浓淡等特征来判断年景丰歉。还有的说，很多年前，这黑洞里住着一条黑龙，时常出来祸害百姓，并使得岷江水暴涨，淹没房屋和良田。后有神仙将之捉拿，镇压在这山洞里，为防止其再次脱逃，便在洞上又修建了一座神殿，用来确保黑龙永不为祸人间。另一个在千手观音殿侍奉的老人家却说，沉香救母的故事就是发生在这里。原先这里是三圣母辖地，三圣母与书生刘彦昌结合的事，使得玉帝暴怒，把她压在了玉峰山下，其子沉香为救其母，与舅舅二郎神作战，最终劈开玉峰山，救出三圣母。

这一则故事有多个版本，主要集中在华山。而灵岩山村民坚持认为，《宝莲灯》的故事就发生在灵岩山上，并以黑风洞和岷江作为证据。还有的说，可能是《宝莲灯》宣扬的孝道更符合民众的精神要求，人们便以这黑风洞为依托，就把在广大民间流传很广的《宝莲灯》故事搬到了灵岩山，借以教化当地人孝顺父母。不管怎么说，对于天地神奇之处与各种现象，人们总是会寄予美好愿望，而故事恰好又是最好的流传和说教方式，往往，故事更通俗易懂，易于普及，也更具有现实意义与情感和精神的感染力、震撼力。黑风洞之下，有一眼不竭之泉，称为灵窦泉，泉水根部长满青苔的石崖下，有一座观音坐像，也叫水观音。当地一位名叫冯文清的九十二岁老人说，她从小就在这灵岩山生活，无论天气怎么干旱，灵窦泉永远都清凌凌地，不断涨满。她小时，每年农历三月二十四灵岩山举办庙会，远近的百姓都会来游玩。有身体这里那里疼痛的，拿一枚铜钱，朝水观音身上丢，铜钱落在水观音的哪个部位，人的相应部位就不会生病和疼痛。

灵窦泉大致是灵岩山上唯一的泉水，水观音端坐在石崖的水中，给人一种极其安详与灵秀的感觉。我在泉边站了好久，细雨不断下落，在安静的泉水上打出一片鱼跃式的小漩涡。我也想，从前住在灵岩山的人是有福的，他们可能没有很好的科学知识，但知道天地之间，冥冥之中，有很多的神奇，包括禁忌与向往。而现在，人们似乎早就没了那样的朴素意识，一切都不相信，一切都无足忌讳，更谈不上敬畏。泉水上方，还有一座佛殿，其中的佛像镶嵌在巨大青石之上，大小尊卑，排列有序。我上前合十致敬。看着佛们在洞穴之上的经年累月与安静美好，也觉得人造神，或者神造人，其实都是相辅相成并相互辉映渗透的。以至于，神中有人，人中有神。人神和神人，其实是，人的内心乃至灵魂里有神性，而神包含了人的全部，且有着比人更灵性和通透的一面。

这世界就是丰盈与匮乏相对，还有高下和远近，大小和多少。但是，无论哪个朝代和时期，灵魂丰盈者何其少，自以为大其实小者又何其多？沿着石阶，再向上一百多米，还有一座千佛殿。令人惊异的是，一千多尊佛像均镌刻在一块巨大、形如大钟的巨石上。顶部侧坐着一尊姿态曼妙、闭目冥想的佛像。这座佛殿，大致建造于唐开元年间，修建者是一位名叫阿多施的印度僧人。开元时期，正是李隆基上台最初几年，其名相姚崇、宋璟并张九龄，不仅是一时的文宗与俊杰，且在政治方面有着极高的素养和能力。在帝王年代，臣子的德行和能力是王朝兴衰的根本要点所在；只要君臣合心，必定会营造一个较好的历史时期。但从长远看，人的恶，尤其是位高权重、掌握国家命运者，在某些时候爆发出来的利令智昏与自满自大，却是导致王朝崩溃，进而使得多数人受难的总发动机。

但不管怎么说，有唐一代，是中西文明交往和碰撞最深刻的时期，也是人类文化在东方大地最为普及，也最受宽容的时代。印度僧人对唐帝国的宗教渗透，一方面得益于佛教在中国已有的扎实根基，另一方面，玄奘取经归来受到李世民高规格的待遇，也是促使佛教兴盛的一种无形引导。尽管，有些佛像损毁严重，但大抵是时间的因素，这可能是天地间最强大的武器了。千佛殿墙角，还有十几尊石刻佛像，但都没了头部。冯文清老人说，"文革"灵岩山有四十多座寺庙、道观，多数被毁。其中，有些寺庙被拆毁后，材料运到都江堰市，用以修建离堆公园。

历史在很多时候表现出惊人的轮回性。冯文清老人还说，东岳庙和灵岩寺等诸多的寺庙都是一个名叫马师爷的人独立修建起来的，这个马师爷曾经做过灵岩寺和东岳庙的住持（长老）。在民间，流传着他许多近似神话的故事。

其一，起初，马师爷初来灵岩山，要修庙宇，但不循规蹈矩，如化缘或者募捐之类的。总是他一个人，穿着一件脏破僧衣，每天早上下山，至一些店家，声言购买物资。店家看他衣衫褴褛，又没有布袋或者褡裢之类的东西，就以为他没钱说大话。鄙夷说，你这样子，咋个买东西？马师爷笑着说，你别管我有无钱，只管给我东西就好了。店家见他口气大，又一身寒酸，料定他在说大话，便赌气说，你能拿出钱来，我再多加一倍给你！马师爷呵呵一笑，随即抖动袖口，银子顷刻滚出。店家无奈，只好履行诺言。其二，每次，马师爷采购物资很多，但要运上山来，却是难事。但不管多少物资，马师爷均凭一人之力将之运上灵岩山。须知，从都江堰（旧称灌县）到灵岩山，大致十多公里，且一路高坡，斯时也并无宽敞道路，可以马车运输，只能靠人或抬或扛。可人们发现，马师爷买下的东西都会在一夜之间不见。有人说，马师爷总是在夜间把购买的物资放在岷江之中，然后从灵窦泉中捞出来。也有的说，马师爷会阴阳法术并奇门遁甲，夜间驱动神灵或者妖精为之服务。没过多少天，有人问马师爷，寺庙修好了没得？马师爷笑着说，庙子早就修好了，不信你上去看。人爬上山一看，果真见有庙宇坐落，气象森然。其三，灵岩山脚下一处山包，住有两户人家，一姓张，一姓史。史家房屋之下，有一汪清水，长年不枯。家境也非常殷实。张家在山包另一侧，人口多，但日子不景气。因为两家房屋相距不远，生活物事牵扯也多，时常闹矛盾。史家有钱，每次都能讨到便宜，继而变本加厉，有恃无恐。忽然有一天，一个看起来贫病交加的老和尚去到了史家门前化缘。史家人见老和尚浑身脏臭，奄奄一息的样子，便没有理睬。数日后，灵岩寺旁，又新建了一座雷神庙。一座雷神塑像昂然矗立，一手拿钎子，一手挥铁锤，而钎子所对的方向，正是史家门前的清水塘。令人惊异的是，史家所在山包之下，忽然流出了黄色的泥水，如此几年，史家渐渐败落。冯文清老人还特别强调说，这黄水现在还在流，只是没她小时候看到的那么黄和黏稠了。许多年后，史家的人大多流落在外，现在只有一个男丁还住在那里，但没有亲生子嗣，而是抱养了别人家的两个孩子。其四，马师爷死后，出现四副棺材，分别葬于灵岩山四个地方，多年后，有人在现在的云岭宾馆附近无意中掘开一墓，但其中只有一些

33

书籍并衣物，不见人骨。

这个马师爷，真名叫马图隽或者马圆隽，来历无考。临近云岭宾馆的灵岩寺、东岳庙便是在他主持下修建而成的。东岳庙前有喜雨坊，两侧各有华表一柱。喜雨坊上写"第五洞府""云蒸雾集"八字。整个牌坊为巨石结构，上有仙鹤、灵兽等石雕。东岳庙中，供奉东岳五大帝君画像。所谓"第五洞天"，大致所在青城山，灵岩山也是其分支或者另一洞天所在。道家书籍《真诰》称道家有洞天福地，其中包括十大洞天、三十六小洞天和七十二福地。东岳庙后有一平坦之地，谷业龙说是道家的采气场所。东岳庙右侧有厢房多间，其中，为蜀地宗门大德袁焕仙并南怀瑾等人住地。

袁焕仙为盐亭人，少小聪颖，善辩，开悟极早。后在成都创办"维摩精舍"，名传国内外。座下弟子有"三大士"和"峨眉五通仙人"，其中，"三大士"即南怀瑾、杨光代、郭正平；"峨眉五通仙人"即峨眉山释通禅、释通宽、释通远、释通超、释通永等五位出家僧人。一九四二年，维摩精舍在灵岩山举行"禅七"（佛门规矩之一，法会），时为中央军校（原址在今西部战区驻地北较场内）教官的南怀瑾先生再次来到灵岩山，结识袁焕仙，并成为其首座弟子。南怀瑾先生为浙江乐清人，少学百家五经，又好剑术，豪气干云。曾从戎云南边防，名噪一时，后单骑返回成都，任教于时在成都华西坝的中央军校。课余时间，常步履芒鞋，遍游蜀地各大山川，求学问道。据王国平《南怀瑾最后一百天》一书介绍，南怀瑾先生曾多次深入青城山拜访武功高绝之人，其中有传说中的剑仙周凌霄，会飞剑，还有一个名叫徐庶的。南怀瑾说，那时候，川渝和西康（今雅安和康定）之地，很多人都喜好剑术，山中也有很多的剑仙。

关于南怀瑾及其评价，历来说法不一，有人说是他大儒，也有人说他是江湖骗子。但不管怎么说，南怀瑾之著述和治学，总有其可取之处。多年之后，南怀瑾回忆说，鹤鸣山有一位青城派高手，名叫王青风。他闻名，多次求访不得。南怀瑾不懈，好不容易见到之后，亲眼看见了王青风的功夫。只见王青风站在一座山头上，用手一指，数丈外一棵老松树应声折断。稍后，王青风大弟子上场表演，只见他鼻孔呼气，周边尘土飞扬。由此，南怀瑾也才相信，有些武术，是真的可以练习到出神入化的境界。南怀瑾也说，时在灵岩山做住持的是传西法师，正是这位传西法师，邀请冯友兰、钱穆、蒙文通等人前来讲学，并敦请时为川大教授的李源澄至灵岩山开办书院。那时候，正是抗日战争艰难阶段，一拨文人在战争中如云朵般飘逸而出，或偏安教学，或深山精修，或奔走革命，这一期间，先后或同时在灵岩山辩法、讲学、静修的，除了上述几位，还有潘重规、郭本道、程天放、王恩洋、潘子玉、冯友兰等。也是当时的一大人文景观。

其中，创办灵岩书院的李源澄为四川犍为人，也是一代儒学大师，曾经师从廖平（经学大师）、章太炎（革命家和国学大师）、欧阳竟无（佛学大师和国学大师）、蒙文通（经学大师、历史学家）等人，其学问之深，研究成果之丰富，也为当时翘楚。新中国成立后，费孝通曾到成都在咖啡馆与李源澄深谈，佩服、大喜，夸李源澄具"王佐"之才，但李源澄却因他这句话遭祸，并于一九五八年病逝。据先前提到的冯文清老人讲，李源澄是一个好人，在灵岩山开班收徒，不收一分钱费用，当地许多人家的孩子都是他的学生。在她记忆中，从来都是李源澄一个人，并不见其妻子儿女。还说，李源澄就是死在书院的，而且身边没有亲人，是当地百姓为他送的葬。

南怀瑾与袁焕仙第一次相见，只是互相客套了一下。第二次，南怀瑾向袁焕仙学了一套太极拳。但不久，南怀瑾便拜入袁焕仙门下，自此学佛参禅，也成了一代大师。关于其师徒二人的趣事。有一次，袁焕仙禁语，南怀瑾觉得无聊，便对其好友传西法师说："朋从我思，繁兴我疑，无由启迪。"传西法师说："那我告知袁先生，请他拿笔作答？"南怀瑾很高兴。袁焕仙也同意。随即，二人便笔墨往来，数日之间问答，形成了一部包罗万象的对话录。其中一次，南怀瑾问："何为六根、六尘、六识？"袁焕仙答说："石头就是六根，柱子就是六尘，啄棒（打人用的木棒）就是六识。"南怀瑾不解，并说袁焕仙这话是"漫言"（戏言），袁焕仙说："你如此漫问，谁要你领会？"如此等等，也可见其师徒二人在参禅悟道时候的好玩与活泼。

如今的灵岩书院尚且闲置，据谷业龙说，有关方面已经修葺一新，但尚未开放。站在谢无量先生题写的匾额下，忽然觉得一种庄雅之感。遥想将去不远的二十世纪四十年代，小小的灵岩山，居然聚集了那么一大批国学大儒。

一个地方，能够吸引如此之多的大师先贤，当然是灵域圣地了。抚摸着书院门前长满绿苔的石狮子，既感到一种氤氲的文气，一种超越现实的理想之境，又真切地觉得了一种沮丧与不安。老子《道德经》第十二章所说："五色令人目盲，五音令人耳聋，五味令人口爽，驰骋畋猎令人心发狂，难得之货，令人行妨。"（见《道德经新解》，北京联合出版公司 2019 年 4 月第 2 版第 249 页）似乎，我们正处在这样的一个社会和人生层次当中，色、音、味、驰骋奔走、难得之货，这些都是众人竞相追逐的，也正是这些，使得我们中的一些人被欲望蒙蔽了，深陷其中而不自觉，深受其害而沾沾自喜，这是何等的悲哀。

谷业龙说，他想使得灵岩书院重新开张，像传西法师那样，时常请一些名家来这里讲座，以光灵岩书院遗风，也使得人在忙碌与享受之余，得到身心的灵光沐浴，呼唤一种健康、淡泊、自在、向善、博学、精进的人生态度与问学精神。可是，他现在的能力还不够，但他相信，一定会有有识之士和他的设想一样。对于他的想法，我也深有同感，也想尽己所能，为灵岩书院重新找回昔日的文风学风，乃至心灵的修养与精神的培植，做一点自己的努力。我和谷业龙共同的朋友周舟也说，文化是最大的经济，也是人和社会最核心的东西。灵岩书院就此闲置，实在是可惜了！

灵岩山之夜，一切都是安静的，只有夜鸟的叫声，从葳蕤草木之间敲打窗棂。第二天一早，谷业龙电话喊我，带我至千佛殿前，教了我一套青城派掌门人刘绥滨道长独创的养生太极拳。其练习方法简单，很容易入门，也非常适合于亚健康者。一套下来，顿觉自己多年的颈椎病和腰痛病有所减轻，尽管清晨微冷，感觉身体也热了起来。谷业龙说，道家功法很多，但有一点是相通的，无论四肢如何运动，头和身子一定要正，处在同一个直线上。他的话，令我想起道家所说的"守正""持中"之说，不仅练习功法如此，为人处世也要如此。如《易经》所说，一个人若是坚守正道，一切都会无忧、无咎。

东岳庙一侧，有千手佛殿。其中佛像，有各式各样的手势一千零七只。"五·一二"地震也受到影响，但很快重修，并镀金开光。端详之间，见菩萨真的妙相庄严，大慈大悲。再沿着一侧小径向上，却没有找到传说中的马图隽的藏经洞。千手佛殿的老人说，也是地震时垮掉了。觉得遗憾。再向上，一侧崖壁上有数尊观音像，刻绘风格与敦煌唐代壁画有些相像。看介绍才知道，这些观音像大抵也是刻绘于唐开元年间。我暗自想，难怪有西域胡风，原来也刻绘于盛唐时期。我始终觉得，每一个时代都有其典型特征，而且，这些典型特征会广泛地反映在艺术品和人群信仰、日常行为上。很多人声称自己和庙堂没有什么关系，这真是不察和缺乏自省的结果。我们总以为个人和时代，特别是政治经济文化精神等毫无干系，但有什么样的时代就有什么样的人民、艺术、现实生活，这肯定是一个绝对的现象和真理。

　　每看到一尊观音，不管是荒草之中，还是藤萝挡路，我都会近前参拜、瞻仰。从观音的眉目之间，似乎能领略和顿悟一些什么，但又自感愚钝和无知。也有一个疑问始终盘旋在内心，既然神仙和佛陀有灵，为什么他们的塑像也会被时间毁损掉呢？还有，为什么也躲不过自然的灾害？当然，这可能是虚妄的发问，也可能是一种傻想。爬至一座山顶，也有一座巨大的观音塑像，那么美妙又那么庄严。向西，可以看到"五·一二"地震灾情严重的映秀镇，滑坡依旧明显，岷江滔滔，如练如带。二〇一〇年八月，我第一次入川就去了那里。斯时，岷江洪水暴发，吞没了大量的村庄和土地。在那里，和抗洪的勇士们共处了两天一夜。

　　谷业龙说，山顶山有一块巨石，上刻有棋盘，人称棋盘石，传说是仙人们下棋消遣所用。我觉得神奇。但向上无路，杂草藤蔓，遮掩难行，只好作罢。回程路上，见有人不断上来，也像我一样，面对观音，躬身下拜。大地的每一处都充满了传说，每一处都有着令人浮想联翩的毓秀与美妙之造化。这些年，无论去哪里，我不愿意乘坐飞机，愿意时刻紧贴着大地。也总觉得，大地才是最为安妥、稳定的。城市与乡村之间，我们长期以来的着力点一直是偏颇的，特别是现代社会，倘若医疗、教育城乡均衡，那么，城市的压力似乎会减小一些。再者，强行引导人们奔向哪一方都是违背生态和自然规律的。人生而有选择生活地的权利。真正的福利，应当倾向于大多数。既然有人选择清静自然，那么，就应当遵从他们的意愿，进而力所能及地提供基础的设施和保障。

　　下山来，谷业龙亲自下厨。他不仅是一位青城太极的研习者，还是一位厨艺精湛的美食家。所做的饭菜，确实比山下饭店更加美味可口。那一餐，我吃了很多，感叹他的川菜手艺。谷业龙说，他已经恢复了川西坝子的传统菜，构成了独特的川西家宴系列菜。我知道，川西坝子自古富庶，物产丰富，人们对于吃喝的要求，也非常积极并且独到。谷业龙说，他这样做，也是想恢复灵岩书院的一个具体行动，众所周知，饮食中有文化，饮食也是令人安心并且有利于人更好地做事与生活的"基础工程"。他笑着说，他现在做的，就是向灵岩寺的传西法师和李源澄先生学习，把书院办起来，也把其他附属功能完善起来，使得灵岩山再度成为一个文化的、养生的、信仰的和精神的精修、敬学和爱学、传播与影响的心灵之地与精神佳域。对他的想法，我深为赞同，也觉得，在这样的年代，物质足够了之后，人就应当寻求更高层次的心灵丰赡与精神高地，而不应当长期或一生都在欲望中沉潜与浮游。

上午告别，乘车向下时候，又见苍松直立，青草无际，蝴蝶与花朵，鸟鸣贯穿，再次感到，灵岩山不应当如此籍籍无名，今天的人们，更不应当把这些胜迹和遗传，特别是浓郁的文风与求学悟道精神遗忘掉。人在世上，匆匆不过百年，与其和大多数人一样庸碌无名，不如独自标高，如果更多的人能像在灵岩山讲学、修学、悟道的先贤大师一样的话，该是怎样的一种盛况。一个人，不仅自己经学满腹，学富五车，研究阐述绝伦，更可以影响和启发更多的人，这应当是最为造福的事情了。车子到二王庙，我从心里再次向伟大的李冰父子致敬。下到山脚，阳光明媚，人渐多，市声扑面而来。再次想起灵岩山之幽静、纯粹，以及诸多胜景，忽然觉得这似乎是两个截然不同的境界。不由暗自说，从现在开始，必须要向那些大师们学习。而学禅、悟道，钻研学问，充盈自身，提升境界，增强修为，灵岩山当是最好的地方了。

赵公山：武财神赵公明与道人张信元

天黑时候开车进入赵公山。尽管这里是青城山主峰，又是"福地"，但还没有得到有效地开发。道路是村道，曲里拐弯，偶尔闪过一座村庄或者一座孤零零的房屋。山势越来越陡峭，草木的气息越来越重。虽然，都江堰也算是一个环境良好的宜居之地，但凡人口和人类的建筑太过集中的地方，都是不自然的，是一种被篡改了的伪自然。此前的二〇一〇年夏天，我去映秀镇，路过赵公山的时候，司机告诉我，这是财神赵公明羽化登仙的地方。还要我抽空去山里祭拜一下，说不定会发大财。我笑笑。对于财富的渴望，我一点不比这个时代的任何人低。人本就生活在一个极其世俗的氛围当中，特别是这三十多年来，物质不仅掠夺了许多人的尊严，也使得多数人成为浩荡物质的附属品。

道路向上，车子在灯光指引下昂首而行。坐在副驾驶，打开车窗，立刻就嗅到了湿润而且发甜的草木和露水气息。开车的朋友说，前些天，赵公山一直在下雨，再加上季节又快夏天，白天日光照射，薄暮时分露水被天地像孩子一样地一一分娩，空气当然好。我轻嗯了一声，对她说，我到赵公山来，却不是为了洗肺和消闲的，而是想借赵公山的自然清净，使得自己近乎残破的内心得到自然的安慰，进而静心冥想，倘若有所觉悟，那更是求之不得。她笑着问我到底有什么大不了的心事。我叹息一声，想说，但又不知道怎么说。

每一个人都有自己的困境和难言之苦。很多时候，再好、再通透的朋友，也难以真正深入另一个内心和灵魂。而更糟糕的是，言语有时候会将聆听者带入歧途，与表达者最初的意愿背道而驰，甚至产生新的误解、隔阂，从而毁掉情意和友谊，甚至使得更多朋友从此陌路。我只好对她说，有些事情，需要正襟危坐，更需要合适的时机、场景和氛围，否则，很难说清楚，达到预期效果。她哈哈笑的时候，车子转过一个很急的弯道，进入一片休闲度假的建筑当中。老板是一个嘉绒藏族女人，大眼睛，纹的弯月眉，说话爽利。从二人谈话看，我的朋友和她也是很好的朋友。老板娘说，周末来这里的人很多，几十间客房都会住满。还说，她的前老板是一个外地人，把生意转给她后，还时常住在这里。理由是在这里住得久了，一回到城市就感到心神不宁，浑身不舒服。

两边的山坡陡峭，越攀越高，植被异常厚实，众多的树木之下，青草、灌木、藤蔓成群结队，在一条湍急的溪流哗哗声中，随风摇晃或者静默。吃饭时候，我忽然听到一些很奇怪的鸟鸣，好像是斑鸠的，也好像是其他鸟儿的。尽管我在乡村出生并生活了十多年时间，对于大地乡野上的事物，还是异常地陌生。相比我的故乡南太行乡村，巴蜀之地野生动植物品类可能是最为繁多的，有一些也非常古怪，富有神话色彩。这非常符合多年前我对四川的想象，那时候，尚未踏入蜀地，无论是书籍，还是影视作品，四川给人的印象总是神幻和奇异的，似乎是天庭在人间的一个翻版。

最典型的，莫过于张天师及其五斗米教，以及电影《蜀山传》。其中，关于道家及其阴阳术数之法，不仅在四川本地盛行，在我北方的故乡南太行乡村也非常普遍。幼年在偏僻乡村的时候，常听大人们一脸诡秘并惊恐地说，某某山里有石头、椿树、杨树，以及蛇、狼、狐狸、黄鼠狼等精怪；还有的说，某人下地本来好好的，干活间隙撒了一泡尿回来，立马胡言乱语，满地打滚，说的都是其他人听不懂的话。每遇到这类事情，村里的巫婆神汉立马出场，拿着桃木剑和铜钱，在某处烧纸钱、念咒语、原地转圈。如此等等。由此可见，在中国多数乡村，人们行的是儒家伦理，信仰和实践的却是道家哲学。道家的阴阳术数，似乎也带有鲜明的萨满教特征，或者与原始的万物有灵信仰和崇拜有着深刻的渊源。

夜宿。临睡前，翻资料得知，赵公山为邛崃山脉支脉，《山海经》称之为渎山，《华阳国志》称为成都山。后又改称大面山，为八百里青城山主峰。在道家典籍当中，赵公山乃是其"七十二福地"之一，司马紫微《七十二福地书》上说："大面山为第五十福地，仙人柏成子治之。"其中的柏成子传说是羌族当中众多得道成仙者之一。由此可以推断，在上古时期，赵公山可能是氐羌族领地，即传说中的"西蜀六大鬼国"之烁罗鬼国驻地。如上述确切，赵公明也应当是氐羌族人。在《封神演义》中，赵公明成了商纣王麾下勇猛战将，其法物有黑虎、铁鞭、定海神珠和缚龙珠等，后被姜子牙用桃木巫术致死。西周完成统一大业，姜子牙受元始天尊之命，封之为"金龙如意正一龙虎玄坛真君"，麾下统领有招财、纳珍、招宝、利市四大财神，民间称之为武财神。另据《搜神记》和《真诰》等书籍记载说，赵公明为终南山人，姓赵名朗（玄朗），字公明，原是被后羿射下来的九个日精之一。其他八个日精化鸟，再成为厉鬼，专门害人，唯有赵公明化为人，且修道不已。东汉末年，今江苏丰县人张陵（即张道陵、张天师）入川，说服赵公明，在青城山附近的鹤鸣山创立道教，任命赵公明为正一玄坛元帅，职守库廪钱粮，并负责巡山、守护丹坛。赵公明升遐，当地民众在赵公山柏灌台修建了赵公祖庙，现还有部分石刻残留。此外，赵公山中，还有赵公明设坛驱邪、除瘴的古银杏、古祭台，并其结义姊妹金霄、银霄、玉霄之三霄坟等旧迹遗留，以及其修道成仙的"一捆柴"、琼楼仙室洞等传说。

夜深寂静，唯有流水在窗外，以"利万物而不争"的上善，从高处潺潺而下，一路敲击着石块，哗哗流下。夜鸟的叫声从林子的幽秘之处传来，似乎是神仙的长啸、歌吟与谈论。我侧耳听了许久，也忽然觉得，赵公山乃至一切幽秘的山间，是最符合天地与生命之道的。难怪，修道的人会在此隐居、修炼。人也唯有在极度的清净之中，才能谛听到天地私语与万物行藏，并参之悟之，进而把自然植入自己的肉身之内，甚至融为一体，复归于"道"。如老子《道德经》二十五章说："有物混成，先天地生。寂兮，寥兮，独立不改，周行而不殆，可以为天下母。吾不知其名，字之曰道。"

何为道？我想，大致是未有人类和其他生命之前，天地骤然分开，如宇宙大爆炸理论那样，混沌庞大，天地清明，万物新生。人在其中，不过是自然的一部分而已。从本质上说，人也是道的载体，或者上天赋予人思维和灵性，就是要人来体悟、阐释和践行天地原道的。可人，一直在做自毁的努力，从天地之间提取物质，用技术转换，加工、改造为另一种更强力的事物，进而方便自己，威慑同类，并且与天地抗衡，甚至梦想舍弃原有的天与地，进入另一个时空或者"境界"当中去。尽管，现在的人类还有很多的限制与无力，但相信总有一天，人会突破现有的地球限制，采用更为先进的科学技术，进入真正的宇宙。

这是福，还是祸？而在老子眼里，福祸从不分离，从来就是相互转换的，循环不止并且无有始终的。想到这里，倏然想起自己的所谓心事和苦楚。《周易》也说，人心是最善变的。唯有人，才能使得人真正伤心、受伤害、痛苦不堪；也唯有人，才能抚慰人、激励人、爱人，给人以力量、温暖、支撑、宽恕、理解和包容。我也始终觉得，人和人，甚至社会人群的基本要义，就是人和人的互助与合作，唯有如此，人类才堪称万物灵长，才是最伟大，不亏负天地之道的。可是，人一旦多了，选择性越强，矛盾越多，相互间的斗争和伤害也自不可避免。无论在哪个朝代，怎样的体制下，这种宿命，人类始终无法逃脱。

沉沉睡眠，自然醒。这是几个月以来，我睡得最好的一次。往常，大多是凌晨一点或者四点多醒来，尽管眼睛生疼，但还是睡不着。窗外是人声和车子的轰鸣，楼上是起夜邻居惺忪地走动。更远处，不时会传来警报和急救车的声音。多么嘈杂的世界，多么危险的生活！城市当中，一个人再怎么自我显赫，把自己当回事，但在众人中，还不如一粒微尘甚至不如街头小贩一声愤怒的嘶喊。在城市，特别是人口密集的地方，人是可以自我和相互忽略的。

窗外雨声唰唰地，均匀地，似乎某种单一的动作，如从前的乡村妇女坐在河边洗衣服，如枯瘦而安详的老妪坐在日光下慢慢地梳理自己的头发。哦，这更像是镰刀割草与织布机穿梭的声音。想到这里，我还是觉得，人在乡野，才是最幸福的生活。在自然庞大而潦草的怀抱中，人才能更准确地找到自我，并能够很确切地判定自己的位置，包括生命和灵魂。

起床洗漱，开门，鸟鸣灌耳，小雨连续；院子里的叶子们兀自承接雨水；

雨水从高处的叶子流向低处的叶子，噗噗的声音很小，但那种传递的动作，是那么温柔、自然自在。走到河边，水是白色的，急速向下，砸着长满绿苔的各色巨石，在狭小的沟谷中，溪水就像是一群奔腾的马，从高处汇聚，斜着冲下赵公山，向着岷江投奔而去。朋友说，这里环境真好吧。我说，难怪是修道而得道之山，这种清幽与安静，在里面久了，就会浑然忘我，世界也主动退却，甚至让人感觉不到外部嘈杂及内心伤痛的存在。

饭后，去财神庙。庙主是当地农村一个名叫张信元的人。我朋友与他相熟，攀谈的时候，我发现张道长的笑很有意思，他五十岁左右，但看起来比实际年龄要年轻一些。说话的时候他就笑笑，是那种腼腆而又童稚的笑，轻提嘴角，圆脸上有两个很小的酒窝，笑得满脸喜气和稚气。我心里想，这难道就是修道之人所说的"复归于婴儿"的表现吗？我朋友出去的时候，他忽然对我说，你有心事，而且很多，但不要紧，我告诉你，一件一件去办。实在办不好的放一放。放一放就好办了，没得事。我惊愕的时候，他又开口说：你这三年都不顺，过了今年的农历八月十六后就都好了。我笑笑。点头向他表示感谢。

我对张信元道长说，对于赵公山，我很亲切。原因是二〇一〇年到映秀，从黑水民兵口中听到"五·一二"地震时都江堰一些情况，并知晓了黑水民兵搜寻失事的邱光华机组的全过程。时在映秀镇抢险救灾的黑水民兵告诉我，他们就是在赵公山鬼见愁和大红崖找到邱光华等人的残肢，并背回映秀镇的。

张道长说，是这样的，他们也听说过此事。并说，赵公山还是太高，夏天雾气频繁，也算是危险的地方。我点点头。

尽管下着雨，但仍旧有人来，开着车子，带着孩子。从侧面，我了解到，这些人都是当地富豪，或者做生意的。带了很多烟酒和吃的、用的，送给张道长。张道长笑笑，照单全收。中午吃饭，和一些陌生人坐在一起，我有些不自在。他们夹菜喝酒，我只是吃了一些饭，然后再去财神殿。财神殿也是张道长修建的。据他自己说，有不少人捐了数目不等的钱款并物资，借以表达虔诚之心。我点了几根香，插在香炉上，朝高大而金碧辉煌的财神像鞠躬。那一刻，我也想到，天下的庙宇道观，都是由人修起来的。当时，我们可能觉得虚妄，又夹杂了那么多的世俗之力，但时间越是向后，反而越能体现修建庙宇道观人的苦心，不管他们当时出于什么样的目的，采取怎样的方式，大地上的诸多人文建筑，其实也都是用来留给时间和后世的。这和艺术创作异曲同工。但令人悲伤的是，神仙永存，而跪拜甚至求助于他们的人却是仓促的。

冒着细雨，在山中转悠，每一口空气都很清净，且有一种穿透力。从嘴巴进去，到胃部，然后周身满溢，轻盈而又缓慢，令人心神畅快。财神庙旁边还有村子，简单的房屋伫立在野地里，周边都是青草、田地和树木。但村子里似乎见不到一个年轻人。一个老人家告诉我说，幺儿幺女们都出去了，在都江堰、成都，还有很远的地方。除少数的嫁娶和工作外，都是打工。老人还说，这里养不活人，空气再新鲜，没有钱也还是过不好。我苦笑一下，也知道，人终究是物质的，人和草木生来就有差别，草木纯粹依赖土地、水分和日光而生，一生不挪动位置，都可以生长得很好，人则必须在大地上找寻用来交换的物品，形成货币，继而交易，过一种看起来体面的生活。那些来山里消闲、呼吸新鲜空气的人，大多是这个时代的有闲阶级，如我之徒，倘若不是还有一些工资，哪里还有心思来赵公山休闲？

朋友也说，人就是如此，农村的想逃出去，城市的想返回来。人总是在做一种徒劳的事情。下山，到都江堰，这座因为李冰父子修筑都江堰之壮举而不朽的城市，街道宽敞，花团锦簇，因为稍微有些冷，街上的人也少了很多，只有岷江从中浃浃，不管不顾。站在宾馆窗前，抬头就看到了赵公山，黑黑的，庞大的，横亘在西南方向。我想，假如再过些年，我真的厌倦了这如裹如缠、看似光鲜实则悲伤居多的世俗生活，一定要到赵公山找一个偏僻的地方住下来，自己种些吃的，无所要求地生活，彻底远离尘嚣，过一种极其简单，甚至近似原始的生活，是不是也很幸运的呢？但我知道，这一切，都是无法做到的。人在巨大的俗世当中，真正能够放下的又有几个？我也很难例外。在众生之间，我过去和现在所经历和所处在的，几乎都是虚妄的，也终究还是一个俗不可耐的凡夫庸人。现在，人生已经走了一半，我所能的，只是爱自己爱的，以及爱自己的。除此之外，我终究是无力的，也终究是无法抵达的。很多时候，我渴望自己也能像赵公明那样，在某一时刻得道成仙，所为不是自己如何尊贵，而是，成为神仙之后，就可以随时随地庇佑自己的亲人乃至更多的人一生平安、相亲相爱了。

我知道，这也很虚妄。

夜里，都江堰安静若无，在梦中，我又一次梦见了一个女子。她和我已经非常熟稔了，差不多有二十年的光阴。在梦中，她笑着，执意要走得很远，站在一条大风鼓荡的河边，埋怨她，然后看着她的背影，头也不回地朝着一片空旷的野地里走去。一时间，我悲愤莫名，放声大哭，可就在我准备跳河的时候，有两只手从背后伸了过来，那速度，真的犹如闪电。

阿坝门户：平武报恩寺与白马王朗

　　唯有大地可放松身心，冲洗灵魂。二○一三年十一月一日，与几位朋友同去平武，一个川西北小县城，因为"五·一二"地震和在那里生活的作家阿贝尔，多年前我就知道这一地名。这是文化的力量，写作的力量。一个地方有一个写作者，大致是温暖的。更安逸的是，去之前，重庆吴佳骏、雅安李存刚以及在成都的嘎玛丹增、卓慧等几个人先行聚首。

　　次日一大早，嘎玛丹增开车，一行人路过罗江县白马关，拜谒庞统墓。三国名士，后人典范，碑林之中，古树之下，香火旺盛。"忠诚"二字始终叫人心生敬意，尽管有无数的愚忠者助纣为虐、杀人如麻。但作为一种个人美好品质，还应当坚持并无限地发扬光大。而在这个时代，包括我自己在内，很多人已经丧失了这一基本的道义和品行。近中午时一起吃饭，那种菜有些像新疆大盘鸡，还有小鲫鱼，麻辣而味道十足。店老板看起来也是一个实在人，憨厚、腼腆，给人感觉十分舒服。

　　只是没去看落凤坡，庞士元丧身之地，多少有点遗憾。

　　庞统据说是三国最丑的，先天的形貌也可能带来厄难。先几次投主，皆因长相不得用。以庞统之才，当然不在诸葛亮之下。若不是"凤雏"心切，带兵取西蜀，在落凤坡罹难。日后若与"卧龙"诸葛亮同殿事君，小小的西蜀，说不定还要发生什么奇怪的事情。两个有才之人一起共事，恐怕是很难的。庞统早夭，哀荣不大也不小，一生可圈点的虽少，但也是一代名士高人。人每到此地，首先想起的，当就是凤雏庞统了。

　　由罗江而德阳、绵阳、江油，一路上，可以明显觉得，车子就是沿着某一座无尽之山根部奔行。那山，被绿草、巉岩、繁树、流水、村庄、田地覆盖，但举头四顾之间，可以明确地感到一种隐藏的高耸与雄伟。川西之地，奇崛绝伦，参差凌厉，古人说蜀山幽深繁复，鬼神莫测，端的很有道理。李白有名诗《蜀道难》说："地崩山摧壮士死，然后天梯石栈相钩连。上有六龙回日之高标，下有冲波逆折之回川。黄鹤之飞尚不得过，猿猱欲度愁攀援。"

如果我没记错，我们车行这一地带，皆为历代王朝重兵把守的要津，其中，隋唐和元明清时期，朝廷在这里设有威州，驻军数万；因为川西之地，多为党项、羌、吐蕃、回纥等民族后裔，一山一寨，分割而居，长期以来，自相雄长，历代都有借助川西地区之深涧峻岭、狭窄谷地，相互攻伐甚至威胁到汶川、都江堰、成都等地的民族力量，在其间刀枪往来，血性弥散。

沿着清漪江上行，路边的村庄像极了这世上的卑微之人，蹲在威武大山根部，临河而居。对面也是山，危崖连绵，有的高达几十丈，有的斜披倒立，有的伸头缩胸，有的身披茅草荆棘，有的光秃并直立如铡刀。我惊呼。心里暗想，人在这样的地方生活，虽说山水尽有，土地肥沃而不缺吃喝，但终究是凶险的，也是逼仄的。倘若再发生"五·一二"那样的地震，平武之地也足够叫人担心的了。好在，村庄依旧，人也安然。车子在悬崖峭壁上行走，急转弯很多，稍微不留神，后果难以设想。

到平武已是傍晚，见到了江西散文家范晓波，闻名久矣，今日得见。随后杀出大胡子诗人蒋雪峰。此人胖极，一脸美髯。说起当年在北京相遇之投机、和谐，不觉哈哈大笑。晚餐上见到著名的阿来、舒婷和陈仲义。喝了一大壶，刚回去，就又被胖子蒋雪峰拉着出去吃烧烤，又喝酒。喝得不辨方向不知好歹。回来没洗澡就睡了。

次日一早，日光好像很吃力，在平武县城显得有些疲惫和无可奈何。去看报恩寺。这深山里古刹，规模之大，保存之完整，也匪夷所思。当地人说，此庙乃是明朝时期龙州宣慰司土官金事王玺有图谋为王之心，在龙州即今平武县龙安镇，仿北京故宫修建宫殿。后被朝廷发觉，改名报恩寺。宣慰司大致相当于现在的县一级行政单位。土官金事似乎就是一个地州级的巡视员。就是这样的一个小官，何以有谋逆之心与举事之才？

从整个平武的地形地貌看，地利可却十万精兵于山外，联合川西各地的地方武装，左右可以伸缩到甘孜、西藏、青海和甘肃等地，虽偏安性质严重，但国人历来有宁做鸡头、不做凤尾的"王寇之志"。小官王玺当年到此地之后，萌发此意，也在所难免。再加上"龙安镇"这个名字。若以风水之论，当也是一个龙行之地。

此庙为清一色楠木结构宫殿式建筑，这在川西地区极为少见。它的雕刻绘塑，极尽精工巧制，超凡绝伦；各个佛像造型也别具特色，姿势、神态优美生动。最叫人惊喜的是大悲殿内的千手观音，高有八米之多，正面皆由一根巨大楠木雕成，纹路精到、巧妙；身后还有一千零四只手，姿态万千，壮观不已。

再去王朗，白马藏族聚居地。关于这一民族的由来，至今没有定论。如果他们的先祖果真是氐羌的话，起初的发源地和驻地应当在西北河西走廊、青海、西藏交界等处。唐初，李靖等人曾率军大败吐谷浑。而氐羌最初依附的部落便是吐谷浑。吐谷浑一部分内迁，还有一部分归附了当时颇为强大的吐蕃。

白马藏族人也自称为"藏王的士兵"，也可能是吐蕃王朝强盛时期派驻在这里的戍边人的后裔。如此推论，白马藏族一定不是原生吐蕃人，而是被吐蕃击败并归附于它的其他部落。

道路凶险，越走越高。整个行程都在半山腰上，还是土石路，狭窄、松软、陡峭，车子剧烈摇晃，攀山越岭。到海拔三千一百米左右的雪山，连当地作家阿贝尔都不知道叫什么名字。只见雪压如刀之锋刃，似天神昂然屹立。雪洁白得让人心如水洗，灵魂也似乎玉石。

转到一道山沟里，阴冷，树林庞大，松针厚可盈尺。当地人说，这片树林至少有四百多年的历史，至今随处可见牦牛、棕熊、熊猫、狼、雪豹等动物的便溺和蹄迹。遍地蒿草泛黄，如黄金铺地；流水穿山，声消石击。几个人在其中大声叫喊，声贯长空，连山顶的积雪也吱吱有声。在空旷之地最美的事情是安静地放纵想象，渴望一场绝妙奇遇。复而再入深林，青苔结满树杈，如铁生锈，苍老之人裹衣。苔藓湿滑，汹涌地面，年年跌落的松针竟然不见。

夜宿白马藏乡，篝火、羊肉、蜂蜜酒，最美的该是那些白马女子了。初见宁夏女作家阿舍，说了三五句话。然后和白马女子喝交杯酒，笨拙地学她们的舞蹈和歌曲。晚上和吴佳骏、李存刚同居在三人大间，隔壁是著名的阿来。三人很严肃地说了一些话，关于你我他，还有大家，关于写东西，关于女人、生活等等。只是喝酒多了，不住喝水，厕所远还是旱厕，连续起夜三次，冻得缩成一团皱纸。

早晨七点醒来，吃饭，再上车返回到虎牙，凶险之谷，狭窄之谷。我想起唐时此地也是吐蕃与唐帝国的边疆，剑南道节度使崔宁、李德裕等曾在这里大败吐蕃；另一个节度使章仇兼琼为在朝中有内应，将赌徒杨国忠送到长安。

沿着涮涮河直入，峡谷幽深，巨石高崖，流水湍急；只是植被丰盛，草木苍然。及至瀑布处，却觉新奇。数道小瀑布自山崖溢出，如同天女撒尿，上帝流泪；另一瀑布则显得暴烈浩荡，由半山崖一黑洞中涌出并纵身向下，分成四小股，落身于崖底巨石上，水沫四溅，如重度之雾，数米远仍润人脸颊，也使人心生甘泉。

晚上本想与蒋雪峰再喝茶叙旧，谁知他坚持要喝酒。聊到十二点回，刚要洗澡，胖子敲门又来，八卦到一点多，我实在忍不住了，架起他送回房间。他说要送我自己的诗集，竟然名曰《锦书》，觉得名字太好。想起当年写诗年月，曾和他同在《鸭绿江》等刊发表组诗，便识得此人此名字。这一次又一起玩耍几天，还是觉得安逸。两人路上开了不少荤素玩笑。他总是笑，人胖，笑起来真的好看。我说，要是这厮少吃点肥肉，少喝点酒，该是天下第一等美男吧。

平武龙安镇之夜极其安静，连旁边山坡上落叶的声音都能听到。空气好，让人身心轻盈。第二天返回，有些恋恋不舍。对于纯粹的生命来说，平武之地，绝对是一个适合人生活的地方，恬淡，自在，与喧嚣隔绝，而又能自给自足；与山水为邻，与草木作友，自然而富有灵性。在这里，极容易让人想到"大地上的诗意安居"一说。但人的欲望无尽，尤其在当下这种全球化背景下，再偏远的地方也不得不加入某一种文明节奏，也不得不自觉被特定的时代所归拢。

再回到白马关，吃饭的时候，看着深邃高大的川西平武，有一种亲切的感觉，好像一只朴素的手掌，在心上摩挲；也好像一面河水冲刷的镜子，总是让人忍不住凑近去，照一照自我，看个人乃至我们平时容身的城市——在自然山水之中究竟是怎样的一副模样。

剑门关：诸葛武侯、诗仙李白和平襄侯姜维

　　临近广元的时候，我明显觉得空气中的湿润开始慢慢地收敛了，尽管这种细微的变化不甚明显，但身体和感觉却能够敏锐地捕捉到。成都乃至巴蜀之地，自古以来，它就有着自我的一整套的气候、文化与文明，三星堆和金沙遗址的发现与再发掘，从那些出土的文物看，这一点也是确凿的，正如李白《蜀道难》诗中所说："尔来四万八千岁，不与秦塞通人烟。"而广元则糅杂了西北与西南地区特有的风习、趣味和取向。它是秦川、陇上与巴蜀的分界之地，也是秦岭于此收尾并厘清南北气候的汇拢与扩散的崎岖场域。

　　远远看到奇崛的群山，层层拔起，又奔纵连绵，其中的涧谷大水，深切而急湍。快到剑门关的时候，脑海中很自然地想起两个人。一个是诸葛亮。这一位小国丞相，智慧和才略肯定是有的，但《三国演义》之后，这个既富有治国才能、武功韬略，又具有忠诚品质和文采智慧的人，一方面成为历代臣子的标杆式样板和楷模，另一方面则因为演义和民间传说而达到了"妖智"之最高境界。在中国历史上，除了姜子牙、张良等人，大致就是诸葛亮了。在民间，一个西周丞相和一个蜀汉丞相，已经不仅仅是单纯的人了，而是智慧与神灵的化身。

　　另一个是李白。这个出生地至今扑朔迷离的天才诗人，中世纪人类社会当中最超拔的伟大歌者之一。在他之前，诗人无数；在他之后，诗人更是无数。可又有谁如他一般，信手一挥，便是千古绝唱呢？一句"噫吁嚱，危乎高哉！蜀道之难，难于上青天"便可横扫古今。这两句在现在看来，大抵是

他那个年代的口语诗，但现在看来，这样的诗句如他"黄河之水天上来，奔流到海不复回"之句，都是那么率性、高度概括、想象绮丽、恢宏高妙与唯我独尊。

剑门关的声名于每一个读书人都有点如雷贯耳。在诸葛亮之前，有秦并两汉。尤其是刘邦，在与项羽争锋初期，他是弱的；被封汉中王之后，又主动退守四川并拆毁栈道。并信誓旦旦地说，永不再出川与楚霸王为敌，但事实早已成为历史。几乎从刘邦开始，中国的历史往往是由刘邦这样的人获得和主导的。像项羽那样的贵族和君子，除了五胡十六国和隋唐宋之外，无不失败。

从广元而剑门关，不过一小时的路程，要是自己开车，可能更快。剑阁县深处龙门山剑门山支脉之中，三面高山，一面峡谷，车子行驶之间，可以看到种在山坡的玉米、小麦和油菜。葳蕤之草木覆盖了皱褶地带的山坡，庞大的岩石也难以显露真容。只是一些百丈千仞的褐红色山崖，让人觉得自然所蕴含的峭拔力量与人在自然面前的不堪一击。径直到剑门关前，穿过一片竹林，迎面是一块红色巨石。

我不得不停下。巨石之上，镌刻的是李白之《蜀道难》，在此天才之作面前，作为一个无才但还有些识见的后辈，如果视若无物，径自摇尾摆臀、扬长而去，甚至不发出一声讶异和赞叹，相信李白即使无灵也会嘲笑于我。一个人终致不朽的，往往不是肉身，生命的创造是人类最高贵的品格。像李白这样的人，无论他生前如何富有、显赫或者贫困和下贱，但李白之才，非天纵不可，泱泱荡荡的古代中国，数千年之间，也就出了这么一个李白。

我驻足，把脖子仰到极致。细读下来，不由得泪流满面。不是这首诗歌如何得催人泪下，而是这想象力，这胸襟和气象，何其阔大、高渺与丰沛啊？即使昌明如今天者，如李白之才，也是难以见到的了。一首诗，写尽蜀地之历史人文，说穿蜀道之地理和攀行难度并剑门关之地形地貌。一句句的诗，宛如一帧帧编排奇妙的图画，如幻如真地在脑际连续展现。从这首诗歌当中，我深切发现，任何图片和影像都无法与文字的魅力相抗衡。即使在此信息年代，文字乃至文学仍旧是我们最深切的精神根源所在和灵魂最为丰饶的图景。

剑门关内外，所有的小径与景点，还都是蜀汉设置，旗帜，哨楼，甚至兜售的诸多商品，都还是"三国时期"的。蜀汉虽然短暂，但对川地的文化层面的改造和影响至今尚未消散。成都历来多短命王朝，其他的，多数烟消云散，人亡政息，唯独刘备、诸葛亮之蜀汉王朝，其政权早已不复存在，但他们留存于此的文化依旧浓郁。这其中的原因，大抵是小说《三国演义》之功，其中的诸葛亮，堪称最有影响力者。其他如关羽、张飞、赵云和马超、黄忠等等，虽然次之，但作为当时蜀汉王朝的五虎上将，他们对于蜀汉的建立和稳定，自然是功不可没的。环望四周，都是常绿的树木，蔚然天涯，其中的藤萝灌木，密密匝匝，难有下脚之地。

可能临近秦塞关中的缘故，剑门关内外，还有些北方作物，如核桃、玉米、花生、红苕、土豆、马齿苋、婆婆丁、芦苇等等，其山势和构造，也明显地带有北方地貌特征，如山坡上的岩石、悬崖和山岭等，显得突兀而又嶙峋，与蜀地、巴地的地貌略微有些形状和质地上的出入。置身在这样的自然环境中，陡然也使得我这个北方人恍若再次将身置于故乡南太行山野。上行路上，我气喘吁吁，在拐弯处，一片洋槐树的浓荫下，看到一位年近九旬的老太太，满头白发被一顶帽子扣住，她身边摆了一些饮料、豆腐干之类的商品，手里还在摘着一些野菜。坐下与老人家攀谈，犹如坐在自己母亲身边。老人家告诉我，她的两个儿子儿媳都在浙江打工，只有嫁在本地的女儿在家。她不仅靠自己谋生计，还拿卖东西赚的钱给孙儿孙女们交学费。

再向上，就是鸟道了。站在一侧山头上，张目四望，只见剑门山如一把张开的纸扇子或者干脆就是一道天然城墙，高大、整齐、壁立千仞，危危乎，悬悬然，凌绝、霸气，令人望而生畏。由此可见，李白《蜀道难》一诗中的"剑阁峥嵘而崔嵬，一夫当关，万夫莫开"绝非虚言，而是形象告知。在冷兵器年代，扼守一关而自称天下的事件一再发生，地理对于政治和文化的作用在那个时候确切而又明了。作为长期作为王朝中心的长安通往西蜀的首选道路，剑门关的存在，宛如开启和锁闭蜀地的一把钥匙。难怪，蜀汉时期，诸葛亮凿石驾空为飞梁阁道，以通行旅，于此立剑门关。

在维护蜀汉安全上，诸葛亮可谓不遗余力，其心之诚，其智之高，其虑之远，真可谓殚精竭虑，鞠躬尽瘁。为了巩固蜀汉边疆，诸葛亮以剑门关为中心，将成都至梓潼，穿剑阁过葭萌、白水，以及陕西勉县、阳平关、汉中等地连成一体，严密布防，使得这一片足有千里之长的区域成为蜀汉最坚固的防御与进攻屏障。就此而言，诸葛亮当是有战略眼光的，攻取蜀地而如何固守，以蜀地为依仗如何伐魏返还中原，这可能是诸葛亮后半生的主要功课。因为他知道，由襄阳进出路途遥远，劳师费力，未必奏效，由剑门关进出，一则进入汉中之后，可以此地丰饶物产和地理环境进行补给，二则倘若失利，退守剑门关内可确保敌军一时难以攻陷；只要将其他入川出蜀的道路封死即可确保不受任何威胁。对于蜀国这一小王朝来说，诸葛亮念念不忘地讨伐中原实际上是穷兵黩武的表现，但对诸葛亮甚至如诸葛亮一般的忠臣孝子来说，尽己所能建立更大的功绩，明知不可为而为之，甚至强为之，这种勇气和进取心也是令人叹服和理解的。只是，诸葛武侯生不逢时，一代良臣贤相，死在了北伐路上，至今想来，也令人扼腕叹息。倘若诸葛武侯生在西汉之初或者其他较大的王朝的开创时期，他的雄心和梦想未必就一定会被锁死在西南地区。

向上的窄道，全部是悬崖的缝隙，几乎每一步，都要靠爬。斗折小径，蜿蜒向上，有些地方，若不是现在加置的木板和铁栏，根本无处插足。我想，古人由此小道向上，该是怎样的艰难啊？在这"猿猱欲度愁攀援"的绝境，曾有多少军士和商旅不慎罹难？那些由此经行蜀地与川外的人，在没有任何防护措施的年代，每一次经过，肯定都是一次死里逃生，每一次攀援和向下，都是与死亡做殊死较量。在爬的过程中，我觉得这条凶险逼仄之路不应当称为鸟道，而应当叫作"猴路"或"鼠途"。与此同时，我也想到，人很多时候太过脆弱和笨拙，就像在鸟道中间部分，上下皆为峭壁，下方尤为凶险，人就在峭壁之上行走。若不是那些早就做好的防护栏，我是万万不敢过的。

向下瞥了一眼，顿时全身发软、双腿颤抖，进而心悸，恐惧如山下的雾霭和炊烟，瞬间充满了身心。我想有人搀扶着我，但鸟道狭窄，一个人通过尚且困难，再加一个人，无疑会增加危险系数。我强忍着无奈和恐惧，尽量不朝下看，双手紧紧抓住两边的护栏和墙壁，慢慢地，每一步都踩实之后，再向前迈动脚步。大约五百米的栈道，**我**走了将近一个小时，到较为平坦的山顶上，一屁股坐下来，才知道全身已经湿透。

山顶较为平缓，以松树居多，大风吹动，涛声不息。松树，也算是适宜在北方生长的树木，剑门山之上，有此大片松林，大致是因为此地是南北气候交界处的缘故，生态也南北杂糅。至梁山寺，方才得知，梁武帝萧衍曾在此修行，并还建有梁武帝祠。这一个文采卓然、个性也很强的小国皇帝，中年后不近女色，天性好猜疑，善诗文，好佛道，当政四十八年，前期用人得当，后期遭遇"侯景之乱"。这个人的一生作为，也可圈可点。由山顶小路向剑门关方向，密林之中，众鸟鸣啾，不时飞跃头顶。再蜿蜒向下，也是小径，也极尽逼仄凶险；远远看，石笋峰独立天地，巍然天地，独立出剑门山山体，独成一峰；一线天幽深而陡峭，崖下有水滴不断砸下，在幽暗之中，溅起一片清脆的响声。

山脚下独自矗立的峰崖千姿百态，有的如宽厚阔大的臀部，有的则如一扇窄门并曲折岩洞。路上，不断看到以蜀汉将士为原型的各种雕塑，并一些冷兵器。至雷鸣谷，方才得知李白诗中之"飞湍瀑流争喧豗，砯崖转石万壑雷"并非肆意想象，而是十足的写实主义。巨石满川，飞流湍瀑，喧哗之声犹如雷鸣。沿着层层石阶向上，蓦然眼前一亮，一些红枫舒展、集中地绽放在古关一侧的山坡上。好像猎猎的旗帜，也像是这初春山野成群的红衣嫁娘。

不知何时，原先晴朗的天空，忽然暗冥，乌云催动，暴雨将至，大风横穿古关。我靠近一株红枫，看叶子在风中微微摇荡，犹如仙女们在凌空舞蹈，不由感叹，在如此沧桑古关附近，有此艳丽之物，当不是自然所为，而是一种暗示与象征。作为一座横亘古今的古关，其承载的历史及其战争、鲜血和苦难绝不会在时间中完全消弭，英雄和过客也不会死而无灵。这些红枫，应当是一种祭奠和昭示，一种警觉与告知。

走近剑门关，"眼底长安"映入眼帘，我被惊呆了。古人之用语精准、超强的概括力和形象性，简直犹如天授神会。仅仅四个字，便道尽剑门关地理

54

位置、战略作用、政治属性等要素，给人以无尽的想象空间。这等才华，端的是令人折服。正在仰望思想之间，暴雨突袭，石子一样的雨滴砸在皮肤上，有些疼痛。大风从城门及其两翼横贯而来，仿佛杀伐的军队，只身站在其中，有万箭穿胸的痛感，也有独在百万军中，我自岿然不动的壮烈之心。我知道，每一座军事设施都发生过大血漂杵的惨烈战争，无论哪一方胜利，其最终也大都采取暴力的方式捍卫和失去。

穿过城门，一道危崖之下，屹立着诸葛亮的雕塑。羽扇纶巾，英姿勃发。站在雕塑面前，耳边轰然响起的却是诸葛武侯流传千古、忧患铿锵的名文《前出师表》：

> 先帝知臣谨慎，故临崩寄臣以大事也。受命以来，夙夜忧叹，恐托付不效，以伤先帝之明，故五月渡泸，深入不毛。今南方已定，兵甲已足，当奖率三军，北定中原，庶竭驽钝，攘除奸凶，兴复汉室，还于旧都。此臣所以报先帝而忠陛下之职分也。至于斟酌损益，进尽忠言，则攸之、祎、允之任也。

如此忠义的臣子，知不可为而为之的英雄，难怪为后世尊崇，百姓喜欢。诸葛亮之忠义，之多次倾兵伐魏、妄图复兴大汉王朝的切实作为和"出师未捷身先死"的精神，至今虽被人诟病，但他绝对算得上是一个完美的、决绝的理想主义者，一个不忘旧誓与承诺的士大夫、旷世英雄。于此，也不由得再次想起李白《蜀道难》诗中"锦城虽云乐，不如早还家"之句，由他的这句诗推断，西蜀在很久之前就是一个"云乐之地"了，如果诸葛亮于蜀地忘记伐魏之志、耽于享乐，但只要做好边疆防卫、就此"安享云乐"，做一个逍遥的臣子，也未必不是一件大功业。可诸葛亮六出祁山北伐中原，最终病逝于五丈原，这种不妥协、不自我勾销、变卖斗志的理想主义和重然诺的品质，我觉得，是值得称道的。

在这个世界上，在众多的伟业与理想之中，太多的人善于改弦易辙，或者半途而废与忘记初心，可诸葛亮始终坚持，绝不放弃。他这种对自我人生理想由始至终贯彻和实践的行为，足以令人振奋，令失败者咬紧牙关，迎难而上；在这个世界上，也有太多的人目光短浅，仅仅以一时的失败和成功作为判断人生价值的标准，这显然是片面的，甚至是有辱先贤的。诸葛亮之前，有楚霸王项羽；诸葛亮之后，有姜维、文天祥、袁崇焕等等。其中的姜维，作为诸葛武侯的接班人，似乎也是一个彻头彻尾的悲剧人物，也多次伐魏，无奈天时地利皆不利于蜀汉，英雄之心，及其作为，均以失败告终；诸葛亮之后，蜀汉人才零落，即使一代名将后代，与前一代均不可同日而语，况且，姜维与蜀中大臣诸将的关系也很微妙，每次出兵，蒋琬、费祎等给他的兵马却都没有超过一万人的，再加上黄皓等人政治上的压制与牵绊，使得姜维这样的一代名将，用尽心思与计谋，也无法阻止蜀汉败亡的命运。钟会、邓艾兵行险招，用奇兵突破蜀汉边关，不日之间，魏军便吞并了整个西南地区。姜维先是诈降，巧计用尽，也还是回天乏术，最终自刎而死。

在写给后主刘禅的密信中，姜维说："愿陛下忍数日之辱，臣欲使社稷危而复安，日月幽而复明。"由此可见，姜维之心是忠诚的，也是梦想着光复蜀汉的，可惜，他的一切作为都化为了云烟，留存在三国末年的天空下。在这剑门蜀道之上，姜维的故事至今流传不衰，比如，在剑门关后一侧的小路上面，草丛和荆棘中还有姜维庙，名字叫作平襄侯祠。尽管时代流转，人间沧桑，一代名将姜维，还是受人尊敬和怀念的。

对于失败的英雄，无论何时，都应当给予更多的理解和敬意，怀念与祭奠。虽然，在很多时候，我们需要的是成功以及成功后的巍峨与堂皇，长久和繁荣，但对人类历史上的每一位英雄都应当给予尊重、同情和理解，尤其是那些执着于人生理想及精神要义的失败者和牺牲者。当然，于今天而言，在这剑门关内外，最大的胜利者却是这巍巍然然的剑门山和剑门关，当然还有蜀汉重臣诸葛武侯、姜维乃至他们的敌人邓艾、钟会等，但接近不朽，而且始终可与日月争辉的，却是诗人李白和杜甫。前者一阕《蜀道难》，后者以《蜀相》和《茅屋为秋风所破歌》等在川所写诗歌而相互辉映，灿灿光华，名耀古今。

文化始终是精神的旗帜，灵魂的事业。在剑门关，我再一次深切地认识到了文化乃至文明对于国家民族的重要性，也意识到了历史乃至其中的每一位前辈的荣耀和梦想，尤其是他们当世的那些作为及其影响，留存在大地和人心中的痕迹和声响，对于后世人们的极端重要性。大雨终于停下来的时候，我们已经出了剑门关。景区以外，人声喧哗；世相如此逼真，众生从来也是如此这般地劳碌。回头的剑门关，已经被青山收藏，头顶依旧浓烈的乌云缝隙中，有日光飞泻。坐在下山的车上，心中仍旧飞扬着无数回想，有关剑门关的历史人事，绝不止我想到的那些，众多的人，秦塞蜀道，筚路蓝缕，那种生动与绵延，更是一道时空深处的绝美风景线，想到这里，忍不住在心里默诵李白的另一首诗歌名作《将进酒》："君不见，黄河之水天上来，奔流到海不复回。君不见，高堂明镜悲白发，朝如青丝暮成雪……天生我材必有用，千金散尽还复来……五花马、千金裘，呼儿将出换美酒，与尔同销万古愁。"

雾都重庆：红岩、大足石刻，火锅的味道

　　只身出门，记不清多少次了。几件衣服，一本书，手机及充电器。这种状态持续了我整个二〇一六年春天。当然，万事万物都有原因。人的所谓的困境，在很多时候波澜不兴，甚至与本心相反，呈现一种葳蕤甚至愉悦的面目，而内里却是火焰奔突，洪流与雷鸣，战马和杀场，这种残酷，只有自己可以体会和经受，他人再亲近，也只是皮外之"伤"。"优步"到成都东站，径直取票。安检，候车室内人满为患，而我常觉得空空荡荡。巨大的吊顶，钢铁覆盖的生活，充实的人群和内宇宙的寥落。这样的心境可能许多人都有。这个时代，让我们满身浮华，却是满心地疼痛。早就立夏了，但川渝地区气温并不高。只是女子们迫不及待，早在春天尾部，就开始努力往少了穿。

　　我没坐。这些年来，坐的时间太多了，以至于颈椎与腰椎都出现问题。站、走动，是我这些年来最喜欢的肉身动作。这样的动作往往能让我分散注意力，还能觉得到身体的某种协调的通畅。人群当中，从不缺乏美丽女子，川渝地区尤其是。其中，有一位衣饰鲜艳的中年女子，也把腿大部分光着，脸上的脂粉和眼晕看起来沉甸甸的。我忽然觉得，很多时候，人也和这天气一样，完全的不正常。瞄着她高跟鞋的背影，心里却想：二〇一六年的春夏气候又非常别异，连续的阴雨乃至急速翻转的气候，充满了某种隐喻与爆破的意味。我记得，二〇一三年"四·二〇"芦山地震之前，成都平原的风特别大。我对儿子说：成都怎么会有这么大的风呢？儿子说：就像我们以前的西北沙漠地区。

　　"天垂象？"我忽然想起这句话，它出自《易·系辞上》。诡异，玄机。

　　尽管距离很近，去重庆还是第一次。想象中它是红的，因为长篇小说《红

岩》，江姐他们。也是白的，如"白色恐怖"。此外，它还是"锋利的丰饶""美丽的辣味"，以及"码头""江湖"等等。这些表面的名词各有内涵，深究便会江河有源，内涵也异常丰富。沿途都是夏天，万物在此时获得了与人平等的机会，到处都是生长、长成和茁壮的表现。河流在低山之中，村舍自我坐落，人和家禽，以及散落在四周的田地。从这些自然和人文上，我似乎还能够嗅到一种古老的气息，如农耕的古老中国，万千生民，以及环绕的坟墓、宗祠、神庙、生殖、欢庆、哀伤、悲悯、绝望、繁衍、愉悦、自足、愚妄、笨拙、疼痛等等。这一切，也好像早就深植在每一个人的骨头、血液和灵魂当中了。由此，我也觉得，地域的力量无比强大，地域的乃至民族的文化和文明顽固而又绵长，它笼罩并且会贯穿每一个生于斯的人。但对于大地来说，它就是优裕的，它包容的韧度、宽度和深度，以及内里的催发与塑造能力，常常令人惊奇、感恩。在大地表面上的生灵都是幸运的、有福的。

没预想的热。出租车上司机说，今年天气也反常。从重庆北站向渝中区，十多分钟后，看到嘉陵江泛黄的、浑浊的、泱泱的，表面平稳，急湍其中，一些大小不一的船舶顺流而下或逆流而上。紧接着，撞入眼帘的是无尽的高楼，在江边，在不平整的山地，真的好像峭立的森林。我惊叹一声，随即沮丧。我们的城市一截截地向高处攀升。成都也是如此，北京、上海、广州等等当然更不例外。司机笑着说，没办法，条件限制，现在地方那么金贵，不把楼盖得高一点，怎么能赚到更多的钱？我笑笑。在心里却说，其实，再不用多少年，现在于城市缝隙蜂拥以单元楼为家的人们，就会再一次渴望回到曾被自己鄙视和逃离的乡野。我也是如此。年轻时候想的是，如何灯红酒绿并且市中心，现在则不止一次地向往，如果能够身心轻松地回到乡野，且还没有那么多的羁绊与顾虑（如收入、医疗、教育的欠缺，以及乡人思想的守旧而排斥等），那将是最理想的一种生活。

住宿的地方叫学田湾，靠近广场和会议礼堂，对面便是重庆市委、市政府。洗澡，联系黑陶，见面。和我想象中的没有差别。我相信他是"正"的，也是独立和性情的。很多年以来，他在无锡，我在西北的巴丹吉林沙漠，再到成都，两人只是闻名，偶尔短信，电话几乎没有。他对我说的一句话让我惭愧而又温暖。他说"你的文章只要见到，都要读读"。

　　傍晚吃饭，与黑陶出酒店溜达。走在街上，明显觉得重庆的不平整。这一点，像极了这座城市近代以来的变迁及其主要事件。我还明显觉得，重庆这个地方应当是火性的，进入不久，就可以明显感觉到一种"燥热的郁结""节烈的爽利""无端的着急"。到会议礼堂处，仰望之间，金碧辉煌。忽然觉得，修建他的人或许是有意为之，或许只是出于一种效仿。广场上音乐爆响，扭动腰身的人整齐而又快乐，甚至有些美妙。我时常为人的肉身做出的美妙动作而暗自赞叹。人之为人，从头到脚，从内到外，都体现冥冥天意一般的"科学的美妙"与"造物主悲悯与用心的精密"。

　　出广场，向上，夜色中街巷行人不多，店铺也不稠密。晚上喝茶。再喝酒。随后，重庆便像我一般，沉入涛声细碎的黑夜。

　　次日上午去北山石刻，哦，被震撼。此处摩崖造像，大致开凿于公元八九二年，壬子年，唐昭宗李晔景福元年。斯时，藩镇割据，各种姓氏的小王朝相互攻伐与取代，背叛与合作，乱象昭然，民无宁日。出资修造北山石刻者名叫韦君靖，陕西扶风人，从"韦君靖碑"上看，他有一连串头衔，如"金紫光禄大夫，检校司空，使持节都督昌洲诸军事守昌洲刺史、充昌普渝合四州都指挥、静南军使，兼御史大夫，上柱国"等，而生卒年月却不详，《新唐书》上似乎也没有记载。由此，我再一次觉得了民间写史的重要。特别是在当下年代，民间写史的意义和价值可能会更高。

　　北山石刻以大佛湾为中心，有观音坡、营盘坡、佛耳岩、北塔寺等多处，全长五百多米，岩高七米，各种佛龛依次展开，因势而用，蔚为大观。但可惜的是，多数佛像已经残毁。其造像题材多为佛教密宗，有"三阶级""净土宗""西方三圣""三品九生""未生怨""十六观"等。其中的观音、地藏合龛、阿弥陀佛胁侍观音、地藏、千手观音、毗沙门天王、释迦牟尼佛、三世佛、阿弥陀佛等大抵是唐末时期作品，以雍容为要，又颇多庄严，也大都"丰腴""大度"。绘画和石刻艺术，在某种程度上也是创作者所处时代风貌的微观反映。建于宋代的转轮经藏窟、数珠手观音、水月观音、孔雀明王、泗洲大圣、十三观音变相等窟、龛内造像则刻工精美，注重意境提炼与映衬，并且显得内敛。

浏览之间，忽然想到，以前我们常对某些大兴土木的人和事表示质疑，并且以不屑和鄙视的方式看待，其实也是错误的。当年，正值民不聊生之际，韦君靖斥资修建北山摩崖石刻，其行为大抵也遭到了时人的诟病。但倘若不是这个人，以及穿越朝代的接力者，今天的人们就不会看到如此精美的艺术品了。这是一对无可调和的矛盾与悖论。人们对于神灵和佛陀总是虔诚的，也始终相信，为神灵和佛陀造像，就是行善积德，并有福报。到北山石刻之末，我方才觉得，这里的摩崖造像，其实也有凡人自发为自己造像的成分。每一个人的心里都住着神灵和佛陀，也非常渴望使用一种方式，使得自己也能加入神灵和佛陀的行列。

这种行为，似乎也是向善的，包含了人对现实的某种恐惧乃至对来生来世的某种梦想的笃信。但不管怎么说，他们留下来了，而且以石刻的方式，凝固在佛陀一侧，以沉默的遗存，使得自己的肉身形象有效抵抗了时间的摧毁，尽管，时间仍旧好不怜悯地对他们进行着风化与擦抹。

山中幽静，翠竹密林，雀鸟鸣声如空谷滴水。在这样的环境中，我想，其实，人生不用太匆忙，更不必太拥挤。倘若有足够的田地和农副产品可以用以日常所需，生活在城市之外不算一件难事。而现在所有农村和农民的难，包括农村入城者回乡之难，都是有意识地"被造成"的，这种将人集中在一起的方式，有违自然与人的自我权利。转去宝顶山的车上，闭上眼睛，就会看到一面面的佛陀造像，其表情柔和而深有意味，无论从哪个角度去看，他们都在审视每一个仰望他们的人。尤其是佛陀眼睛的穿透力，让人心惊又觉得身心轻松。

在这个世上，在人心当中，唯有超凡入圣并且以善为主旨的精神信仰才是无敌的，也是令人由衷敬畏的。那些摩崖造像个个生动，细节饱满，多看一会儿，每一个部位都似乎在动，还会开口说话。这样的艺术效果，不仅震撼人心，而且是真正"活着"的。从前，我一直不注意观看佛像与神像，更没有真正用眼睛与他们对视过。甚至，对于某些罗汉、天王、护法的造型和表情还有些害怕，可自从二〇一六年春天之后，我发现自己每一次都能认真仰视佛像和神像了，也时常与他们对视。我还发现，与佛像神像对视时候，几乎每一尊佛像神像都会冲着我做微笑状。这使我惊异，也觉得心安。我也想到，人过半生，在嘈杂与惨烈的现实生活中，谁也不敢说自己没做过一件坏事，没有过一个坏的恶的念头，但若能时时刻刻躬身自省并且坚持践行"善""正"，想来是可以问心无愧的。

宝顶山确是一个幽秘、有佛性与仙气的地方。论海拔，不过五百二十七米多，但却成了一方石刻圣地与禅院仙观，"山不在高，有仙则灵"这句话说得太过普适。宝顶山石刻与北山石刻同时创始，整个山形犹如巨大的"U"，也像极了马蹄。其创始人密宗大师赵智凤，大足本地人，法号智宗。五岁落发为僧，十六岁云游归来，跟随柳本尊，并将之发扬光大，建造了宝顶山瑰丽而丰富的石刻艺术群。

在传说中，柳本尊这个人本身的传奇味道和仙气很重，几近出神入化的程度，其原名刘居直，乐山人，大致生于公元八五五年。其所皈依宗教叫作"川密"，"本尊"也是其教众对他的尊称。斯时，也是唐末，天下纷争如火如荼，生生相杀不绝。民间有说，柳本尊非人所生，而是乐山城南有一柳树结瘿，数年后诞生柳本尊，恰被该地一个小官员遇到并收养，日久袭父职。时兵祸深重，生民艰难，柳本尊力所能及，对地方百姓多有抚恤。不久，柳本尊同弟子袁承贵相识并同游峨眉，返程时途遇一女，过河时，女溺水，柳本尊等施救不得，最终见河中一巨石上刻有文字，曰"本尊金刚藏菩萨"。

据宋时密宗大师释祖觉修撰、王直清刻石的《唐柳本尊传》碑和明代刘畋人撰写的《重开宝顶石碑记》记载，王建（前蜀皇帝，河南舞阳人，为宦官田令孜养子，后在救护唐僖宗逃入四川时有功，成为皇帝近卫军首领。不久，擅自袭占阆中，招募兵马，进而驱逐原西川节度使陈敬瑄。成为川渝地区最高长官，迫使唐昭宗封其为蜀王。）一番征战，成就川渝地区霸业之后，自称江渎神。时成都及其周边恶鬼众多，无法收拾，王建召柳本尊作法镇压，妖鬼静息。

类似这类传说，碑文上都有记载，有些尚可，有些则过于失实。作法驱鬼之余，柳本尊也广施救济，一时为人敬仰。嗣后开始"十炼"（一是断两指，即第一炼指。二是于绝顶大雪中端坐一昼夜，即第二立雪。三是用两炷燃着的柏香烧脚踝，即第三炼踝；四是广汉太守派人索要柳本尊眼睛做药引，来人话毕，柳本尊即自剜掉一只眼睛，即第四炼眼。五是割耳，即第五炼耳。六是以香蜡烛一条烧灼心胸，即第六炼心。七是以五香并成一条蜡烛，端坐炼顶，效释迦佛鹊巢顶相、大光明王舍头布施，即第七炼顶。八是挥四十八刀断左臂，刀刀发愿，誓救众生，以应阿弥陀佛四十八愿，即第八舍臂。九是用蜡布裹男根，焚炼一昼夜，以示绝欲，即第九炼阴。十是将印香烧炼两膝，供养诸佛，发愿与一切众生，龙华三会同得相见，即第十炼膝），这种修炼方式大抵是残忍的，但也或许正是这种循序渐进地对自己痛下杀手，才有可能使得修炼者脱凡成圣。公元九〇七年七月十四日午夜，柳本尊去世。关于柳本尊十炼的过程，宝顶山石刻当中有所显示，另外，四川安岳石羊场的毗卢洞也有一窟雕刻有其十幅行化图。

　　进入宝顶山石窟群，目光及处，心灵震撼。本来普通的山崖之上，镶嵌了那么多的佛和神仙，一尊尊姿态不一，穿戴有异，表情丰富，又各个不同，这是多么丰富和深邃的画卷。那些留存下来的佛像和神像，包括人像，其雕刻者在敬神爱神之外，也捎带着把自己刻了上去。一大片的石窟雕像，似乎是古人采取的类似今天照相机的方式，把自己的形象留给了后世。

　　进而觉得有一种亲切的烟火气。宝顶山石刻的整体氛围是人间的，尽管其中有慈悲的佛陀、儒道的尊者，还有龙和地狱、轮回转世、劝人行孝等等内容，可那些画面，总是在讲一些直观而又不容置疑的哲理故事，告诉每个参观的人都能够按照神仙和佛家的要求在世事中加以遵守和践行。

　　三教在中国其实是不分的，而且重合度很高。宝顶山石窟也是如此。古人在用一种朴素的方式，告诉人在俗世生活中所应当遵守和践行的根本要义和方法。在几尊佛陀造像面前，我忽然感动，仰视时候，我再一次看到佛笑了，冲着我微笑，慈祥地笑。他们的笑意有期许，也有冷厉。我知道，他们是在告诫我，也在鼓励我。他们能够将我的身心看得通透，我出生以来所有的善与恶，包括福报与罪孽，都看得清清楚楚，我无法隐瞒，也无法躲避。

　　我举着脑袋，在攘攘人群中，长时间地与佛对视。似乎，他们的目光有着非常强大的洗涤与清扫力量，也仿佛具备了令我灵魂节节纯净并且高贵的神性与光亮。我也笑了，舒展地笑，是几个月以来最真实和最开心的吧。在佛前，我低下头，再仰起，一时间，只觉得身边一片澄明自在，其他的游人倏然不见了一般。

可是，这样的时刻太短暂了。由此，我深深相信，人在很多时候是可以与神灵进行沟通的，也可以相互看到并且彻悟。尽管，我知道，一旦回到现实生活，一切就都会再度浑浊、黏滞和胶合起来。人活着，就是一场在淤泥中仰望荷叶荷花，用心和灵魂追赶日月星辰的过程。参观完毕，在老子的造像前站定，再转身，向着整个宝顶山石刻鞠躬。不为其他，只为那些造像，以及那些造像所带给我的艺术感觉乃至内心的那一些觉悟与明澈。

返回重庆，江面上的夜色美丽绝伦。这座山城，似乎在夜晚才显露出她的某种美好与妖娆。一群人喝酒、唱歌，我也想加入，可惜五音不全。俯身栏杆，看夜色中的江水，以及江上的重庆，也觉得了一种疏松与别致。与散文家格致聊天，夸赞她对于当下散文的贡献。我平素少于夸人，特别是同行，但每次都可以从他们的作品当中，感觉到那些独特与新鲜。

但对于重庆这座城市和地域，我看到和认识到的只是一些表层的东西，还有道听途说与人云亦云。这很浅薄。好在，夜晚之中，我忽然发现了自己的柔软与某种坚守。聊天到凌晨，回自己房间的电梯上，我忽然有些矛盾和纠结，但很快释然。洗漱上床，看了一会儿微信，关灯，侧身，车声渐少，此时的重庆，在我身下，感觉自己好像躺在一张放置于孤岛的床上，一切安静，进而乌有，进而睡眠之后，拉开厚窗帘，我又闻到了重庆那种发黏而又火性十足的特别气息。想到即将的返程，心中慌乱，那一种多次闪电一般来临的疼痛，从心脏开始，一直到胃部，就像带钩的铁箭。

出门，和朋友们告别。却发现，重庆的气温还是不高。动车回，成都也是如此。心中忐忑。其实，人在很多时候，还是可以与天地通心，相互感应的。从北站乘地铁返回的路上，我还暗自说：愿天地安泰，众生平安！这个念头和自言自语，完全无意识。抬头瞭望满车的红男绿女时候，想到刚才的自我内心活动，也觉得吃惊。人在很多时候的表现是很散乱的，也是矛盾的、纠结的，就像这篇文章，涉及的似乎很多，写完之后，又觉得满篇妄语，不知所云。

泸州：名将余玠、变节之人刘整和尧坝古镇

去泸州，长江边上，第一个想到余玠。这位南宋名将，对彼时的赵家王朝及其偏安社稷江山的作用，比明代的袁崇焕更有效力。但联想到他的命运，与盛唐时期的河西节度使王忠嗣颇为相像。王忠嗣镇守河西及陇右，甚至兼及幽州，奇谋多智，曾一举击溃吐蕃，使之不敢进犯唐帝国边疆。深谋远虑，巩固边防，开关利市，为的是积攒国力，与民休息，并上书唐明皇李隆基，陈述安禄山之害，不久遭而罢黜，贬江阴，不过四十五岁病死。可惜，余玠和王忠嗣，两人尽管都武功卓著，但后世名声却寥若荒野，几乎不再被人提及。众所周知，北宋武功的羸弱，乃至其重文轻武的立国传统，幸福了一大拨文人，却沮丧了一大群武将。

南宋到理宗赵昀的年代，起初是史弥远把持朝政。败臣或败臣之间的一个共同点，便是结党营私，燃烧私欲人情，远离天下公理。赵昀上台后，也不怎么管他自家的事。直到史弥远死后，赵昀好像瞬间觉醒，焕发生机，针对吏治、财政，以及史弥远的余党等方面，进行了一番改革和清除，史称"瑞平更化"。但不久，这家伙又开始了一边程朱理学，一边重视肉身享受的昏聩生涯，朝政又落入了贾似道、丁大全之手。每个朝代之兴，其道和根本只在于那么一帮能人良将，败，也是毁在一伙自私弄权的臣子手中。这大致也是一个放之四海而皆准的铁律。

启用余玠，对于赵昀来说，也算一个奇迹。大致是在他清醒时候采取的举措。有史家说，余玠之于四川，乃至四川之于整个南宋的国运，有着扭转乾坤、增福延寿之功。十三世纪上半叶，南宋的主要敌人，逐渐从契丹、西

夏、辽、金转移到了战力最强的蒙古。依照蒙古的兵力和战力，拿下南宋，不过是时间的问题。大致因为这一点，驰骋大半个世界的蒙古在灭金之前，并没有对南宋发动真正意义的攻击，这才使得这一个歌舞升平、文艺和物质空前的王朝继续在南方得以苟延残喘。公元一二四三年，蒙古窝阔台大汗去世。关于汗位之争也使得蒙古内耗严重。

这对于金和宋两家，当然是好事。两个已经开始走下坡路的帝国，借此也算是获得了一定的喘息之机。但不幸的是，蒙古很快就摆脱了自身的困境（当然，这种困境是每一个王朝共有的），弩马铁蹄、飞弹火药，再度在大地上展开了激烈的践踏与飞行程序。冷兵器年代的战争，血腥味道格外浓郁，人对人的屠戮，从来简单而直接。而就这个时候，余玠横空出世。这个出身于南宋著名书院之一白鹿洞的武人，曾与卖茶者争执而失手将之致死，后投入抗金名将赵葵属下，并在今江苏盱眙大败蒙古军。

蒙古军开始攻伐四川之时，余玠奉命入川，任四川安抚制置使、四川总领兼夔州路转运使，为当地最高长官。其时，四川各州军阀众多，不听号令，类同散沙。起初，余玠用计谋斩杀了利州（今广元）凶悍残忍的都统王夔，以此震慑巴蜀各州、府军民，人心归附。又颇费周折，求贤于遵义的冉琎、冉璞两兄弟，使之入帐效力。随后，采取冉氏兄弟之战略部署，采取依山制骑、以点控面的方略，先后在今重庆合川、四川泸州、南充、金堂和苍溪等地，修筑青居、大获、钓鱼、云顶、神臂等十多座防御性城池。这些城池，均依山为垒，据险设防，因为海拔普遍较低，又地势险要，易守难攻，成为南宋四川军民抗拒蒙军的有效依仗。

如此数年，四川防线形成了以重庆为中心，以堡寨把控各条江河，扼守各个要隘，梯次衔接，相互支援的防御体系。与此同时，余玠针对四川地形及当时军事防御要点，对兵力进行了大的调整，将四川防御体系分内水（涪江、嘉陵江、渠江）和外水（岷江和沱江）两部分。分别将金州（陕西安康）、沔州（陕西略阳）、兴元（陕西汉中）三地守军迁至重庆合川、四川南充、苍溪等地，守卫"内水"；将利州（四川广元）的守军迁至云顶（四川金堂），用以防卫"外水"。这种以山控水、以点带面、互为掎角、衔接紧密的方式，大致是出自冉氏兄弟。由此来看，泸州乃至重庆，与贵州的联系，不仅地理上一衣带水，互为依仗，而且，在民心与整个战略布局当中，也是不可分割的。不能不说，冉氏兄弟的作用之于余玠，乃至整个四川抗蒙的坚守，都有着至关重要的作用和意义。

在此之前，我去过重庆几次，也多次在长江边上路过和逗留，居然不知道余玠，这简直是一个"罪过"。尽管，作为中华文明的两大载体与象征，长江边上的故事、传奇、大剧、悲喜剧何其多，而我却独独想起了这位完全不知名几至被历史湮灭的南宋将领。一个人和一个人惺惺相惜，完全不必要生在同时，心和情义，完全可以穿越千年，在某一个不经意的时刻轰然相撞。我和余玠，大致就是如此。从履历上看，余玠这个人的人生并不复杂，其命运，从少小的读书习武到"好争执"，并有失手致人死亡的劣迹（至于他为什么没有因此受到惩罚，则无可考）再到入名将幕帐，再到对蒙军作战中的优异表现，再到据四川而致使蒙军受阻，保全了南宋半壁江山之功绩来看，余玠也是生不逢时的。他若早在初唐，一定是位列三公，且很容易被神话和演义的。即使不如他的秦叔宝、尉迟敬德、薛仁贵等，论胆识才略，特别是对王朝的有效辅佐上，这些人的武功战略，特别是贡献的独特性与空前性上，上述那些人也不及他一分半点。然而，他们却都获得了很好的后世名声，尽管没有在史书上如何典范，可在民间，却是耳熟能详，甚至有好事者将之事迹添油加醋，随意发挥，且受众凶猛，绵延不绝。这种悖论与吊诡，实在匪夷所思。

动车前行，向着伟大的长江，到隆昌，我知道，前面不远的合川，就是著名的钓鱼城所在。蒙古帝国窝阔台之后、英才天纵的蒙哥大帝便是在这里遭受挫折，久攻不下，染疾或者负伤后，死于今重庆北温泉。四川军民在对蒙古灭宋的战争中，前前后后坚持了五十二年之久，扼守了长江上游，切断了蒙古铁蹄南下的道路，若不是泸州的刘整投降，忽必烈的军队也未必能够那么顺利地夺取四川，进而灭亡南宋。

而这个余玠与刘整，大抵是南宋后期在四川的主要军事决策人，他们存在，便可保全四川，四川在，南宋也还可以继续维持下去，可惜，余玠受猜忌，不明而死。刘整怕被自己人构陷，转而投诚忽必烈。

关于余玠在治蜀之功过，脱脱的《宋史》说，在治蜀期间，余玠用都统张实治军，安抚王惟忠管理财赋，监簿朱文炳接待宾客，使得内外和谐，敬重各路学人，轻徭役、体民心，减轻税收，使得商贾欢喜。自宝庆（宋理宗年号，公元一二二五年至一二二七年）以来，没有人比他做得更好。可惜他太急于求得太平景象，进贡蜀锦蜀笺，过分讲究排场。长久掌握先斩后奏的大权，却不知道设法避免"专权"的嫌疑，不明白"激流勇退"，招来谗佞小人的攻击。而且又设置了"机捕官"（专门侦听吏民言论的人员），虽然能够查清事情，然而把耳目众人交给这群小人，收集到的情况真假参半，从而使得手下人大多怀疑恐惧。后来被同事，即统制姚世安，联合宰辅谢方叔和参知政事徐清叟诬告余玠独掌大权，也不把皇帝放在眼里。宋理宗听信，召余玠回京，余玠不忿，拒接上命，使得这一位名将，在南宋存亡之际，大志未酬，郁郁而终。

很多时候，名将之败，或冤死，或半途而废，中道崩殂，除了时事造化，当然有其个人性格原因。人不可太满，"急流勇退，天之道"，（《道德经》）余玠之败，还在于他不具备深刻的文化反思与命运认知之能力。《宋史》上记载说，淳祐元年（一二四一年），余玠受到宋理宗的召见，当场进言说，在当下，不管你是贵族出身的优秀青年，还是原本的土豪富商，或者种地的泥腿子，只要一当兵，马上就被指责为粗人，被称呼为"哙伍"。恳请陛下看待文才武将一视同仁，千万不能厚此薄彼，偏心必然激化矛盾，文武双方之间偏激对立，不是国家的福气。这一次，宋理宗虽然认为他言论不同凡响，并给予了提升和信任，但也可以从中看出余玠是有些以"武人"自居、自豪的意味，说明他从步入军旅和官场开始，就不重视加强自身的"思想建设"，更没有设置"反躬自省""自我惊醒"程序，进一步增强防止一切祸患的谨慎意识。

反过来说，这也是大多数武将的通病。武将当中，类李世勣、李靖及郭子仪者，何其少也？俗世中人，宦海之臣，多的是得势不免骄狂，若无自制与自知，比骄狂更甚之事，也会发生。余玠之败，表面上看是因为个人，其实，还是同僚的私心在作怪。一个王朝其主要作用的臣子，倘若没有了"公心"，纯粹以公权为"私欲"之利器，那么，再好的同僚，也难以发挥作用。事实上，历史上从来不缺这种正邪、忠奸之争，乃至其争斗造成的巨大悲剧和损失。

车到泸州，还是下午，到南苑宾馆，近距离看到长江之后，立马想起范仲淹的《岳阳楼记》，其中"浩浩汤汤，横无际涯……至若春和景明，波澜不惊，上下天光，一碧万顷……"之句，范仲淹写洞庭湖其实也是在状写长江之局部胜景。也还想起李白"孤帆远影碧空尽，唯见长江天际流"。还有杜甫之"星垂平野阔，月涌大江流"。然而，长江在此处却表现得过于平缓，在两山之间，宛若沉默的隐者，不急不躁，不徐不疾，其静，颇有《道德经》之清静意味。站在窗边俯瞰，我适才觉得，所谓江河，除了万涓汇集，或平缓或湍急的奔流，还有温驯娴静的一面，尤其是这一条著名的、派生雪山与天际的文明之河。

又不免想起在这里率部投降忽必烈的刘整，也是南宋名将当中少见的。这个勇猛的将军，原籍汉中，在南宋的战略格局中，其在泸州乃至整个四川的重要性不言而喻，但其最终也没有逃过"窝里斗"和堡垒从内部攻破的铁律，因为惧怕被贾似道构陷，带领属下十五个军镇、州府共三十万吏民归附忽必烈。其后，又向忽必烈献策先攻襄阳。他这个建议，对忽必烈南下灭宋是至关重要的一点。随后，蒙军集中攻打襄阳，守将吕文德和吕文虎率军民坚守六年，最终，在孤立无援的情况下，也投降忽必烈。

由四川和湖北的格局看，南宋军民对忽必烈部队是持有严重抗拒心理的。排除掉民族的因素，从余玠与刘整等人领衔的四川乃至全国抗金、拒蒙的情况看，南宋尽管羸弱且臣子不堪，但彼时的民心，仍旧没有完全失去。南宋的失败，是朝廷的失败，是皇帝和臣子合谋的失败，与忽必烈等蒙古大军关系不是很大。倘若赵氏朝廷真的励精图治，真心恢复故土，岳飞、宗泽，包括余玠（曾带军攻伐陕西多地并得胜，在汉中受挫退兵），以及孟珙等人，也不是没有军事能力。是北宋以军阀窃国之祖先对武将的天然性恐惧与戒心，成就了两宋的文化、政治和经济的辉煌，也正是这一个"祖训"和传承，使得宋朝从根本上就是一个缺钙与缺铁的王朝。所有的失败，尤其是王朝的败亡，陷阱和坟墓都是自己挖的。

坐在江边喝茶，由于大雾，只可以看清对面山峦的轮廓。与泸州诗人涂拥、当地报社的美女聊天时，我说到自己对初来泸州的印象和观感。我一直相信，一方地域给人身体的感觉，就是最本源与真切的。初到泸州，我想到的不是酒，而是长江及有关的诗歌，还有山川地理，乃至整个城市（地域）在人眼里、身体当中的细微反应。我觉得，泸州是那种可以日日观看消失与来临的地方，也是能够体验到生的快乐与永恒之美的人间一隅。这其中的主要因素，就是它日日面对的长江。水，人间至美至柔之物，也至刚至暴。水润泽万物，也可销毁一切。孔子说逝者如斯夫，其实来者何不又如斯夫？水既代表不复回的光阴及光阴当中的一切逝者，也代表光阴中源源不断的后继者。

云贵高原、四川盆地，长江横穿，与沱江交汇，又有出好酒的赤水河。丘陵与高山，大江与小河，膏腴之地，自然清凉，道家气质明显，气韵安静悠然，这正是文学的本质。尤其是长江和赤水河，这个文化的名词及其含量、重量，以及装载和吞吐量，大可无际，小可入心。并且，泸州的山水地貌张弛度很大，丘陵、高山、江河与草甸、田野等等，组合非常巧妙，富有韵味。再说，泸州好酒，天下闻名，郎酒和泸州老窖，一酱香，一浓香，名冠天下，也是泸州山水在人间的另一种具体体现与馥郁之表达。地域的灵性绝对是催发好的文学艺术的无形力量，在如此的环境当中，写作，乃至创新并且标高于当地乃至当代，都是极有可能的。

如此侃侃而谈，我完全是随想随说，有些当然是臆想猜测。外地人之于异地，天然地又一种新奇感觉。好在，无论说得对与错，已经不重要了。重要的是，我对泸州，或者说泸州对于我，有一种非常自觉的契合。这种契合，看起来"莫须有"，其实，当事人还是可以明晰地感觉到。

江边有点冷，但一边的妇女们在舞蹈中一个个眉飞色舞，不怎么好看的动作伴随着通俗的音乐，似乎在宣扬泸州的另一种悠闲，以及人对自我肉身的某种自发性的珍视与爱护，当然，这一切，都是为了生，即更安逸地活着。

少顷，也不由说到就在附近的神臂城，它建于公元一二四一年，废于一二七七年，在抗拒蒙军中起到重大作用，也是余玠当年治蜀时候修筑的，位于泸州焦滩乡老泸城神臂山上，海拔只有三百米，但占地面积却有一点五平方千米。神臂城周长三千三百六十五米，地势西高东低，东头接连陆地，三面环水，绕崖水路达九千米之长。江岸上悬崖笔立，山下怪石嶙峋，怒涛涌溅，澎湃激荡。端的是建筑防御性城池的绝佳之地。

在古老的战场，极容易伤感，也深刻地感觉到，人在大地上的一切作为，其实都是虚妄的。余玠和刘整，前者死在一个王朝之下，后者则以选择阵营的方式，在新旧的王朝当中都得到了重视和重用。就个人现实生活而言，刘整的命运肯定好过余玠。可对历史来说，余玠的价值及其功绩，乃至人品、声名、贡献当然要高过刘整千万倍。人终究是道德的产物。但从实而论，无数的后者，对余玠的忽视或者有意无意的"视而不见"是非常不公允的。对刘整也是。两个前后抗击蒙古的将军，其结局，太令人惋惜。由此我也想到，真正的英雄是籍籍无名的。

晚上，见到诸多朋友。与泸州作家杨雪说起红军四渡赤水，他头头是道。这个重要的历史事件，是毛泽东及当时中央红军的神来之笔，也是红军最终取得胜利的关键一步。四渡赤水的奇迹在军事史上，应当是一个参照性和典型性重大的战例，也是刚在遵义会议上被再次确定为主要领导人的毛泽东的"得意之作"。杨雪还说到，泸州的红色历史非常丰富而有特色，如叙永的鸡鸣三省石厢子会议、泸顺起义、太平渡等，都具有非常重大的历史意义和现实意义。我也觉得，红军在云贵川地区创造的历史，有一些神话的意味，从中也可以感受到一种神秘的力量。

待在房间里，也适才觉得了泸州的安静，这种安静是入皮入骨的那种，不含一点杂质，又觉得万般自然与贴切。这也可能，在嘈杂中久了，稍微安静一些，就有了深刻的感受。有那么一瞬，想写几首有关泸州的诗，可刚一站起身来，原先跳出来的诗句就奔窜无踪了。我想，写诗也需要一种神秘的力量，犹如天启，刹那间闪射的光辉，不期然地迅速照亮。而当光辉消失，诗歌也就随之遁形了。

下午去参观泸州老窖的老窖池，刚一下车，窖香封喉。泸州的酒，简直是玉液琼浆。那种浓郁的醇香味道，在周身弥散之后，使人有一种飘飘欲仙的感觉。酒这个东西，其实是最靠近灵魂的，是肉身和尘世当中的助燃剂，它带领人进入的，是平素不能抵达和企及的、既混沌又清明、既热烈又单纯的境界。所谓的酒，其实就是诗，而且比诗人的诗歌普及面更大更广更深，酒引领的是普罗大众，它从不专属于某一群或者某一个类别的人。当然，酒的分级乃至定价高低，其实都是人用来谋生、进而谋利的一种手段，酒的本质是惠及人类，而不是为少部分人独有。

下午穿过长江，出泸州城区，去到尧坝古镇。这一座古镇，也藏在新的城镇之内，一条老街，还是以清末民初的模样和姿势，用黄色的店幡、木质的门板，热气腾腾的黄粑、腊排骨、腊香肠，以及"周易堂"、慈云寺、武举人旧居、木质阁楼、杂乱的茶馆迎接前来游览的人们。与其他古镇不同的，尧坝镇保留了原居民临街做生意的特色。

国内的很多古镇，大都是重新打造的多，用以招徕客人。尽管，重新打造的古镇在设备设施上面更符合现代人的需求，但根本的问题是，既然是古镇，重点在于"古"字。当我们所处的世界越来越趋同，越来越"步调一致""电气化、电子化、数字化"，适当保留一些笨拙的、朴素的，与大地联系更紧密的事物和场所，我想是非常必要的。这也是用以安抚现代人的乡愁及原始情感的唯一途径。

在老街当中，我恍惚觉得，四川乃至云贵高原的民众，生活是极为简朴的，屋内除了桌椅床铺，以及电视、电风扇和电暖气之外，好像没有别的多余物品。这一点，与北方很有区别。大致是北方冬季漫长，又严酷，人们的室内活动多等缘故，人们则普遍会将屋内收拾得干净、整齐，甚至舒适与阔绰一些。而南方人恰恰相反。

正走之间，看到一口热气腾腾的铁锅，上面放着一些芦苇叶子包裹的长方形的东西。我知道那是糍粑，或者叫叶儿粑。云、贵、川及两湖大致都有。但尧坝镇却称之为黄粑。细问才知道，尧坝镇的黄粑原料也是由糯米、红糖构成，包着的叶子叫作良姜。售卖者是一位年过八十的老婆婆。她说两元钱一个，我掏出五元给她。她找给我三元，我又给了她一元。恰另一位同行者也要吃，我索性把两元又给了老婆婆。

我一直觉得，在这个世界上，无论何时何地，年长如自己父母者，他们也就是自己的父母了。尽管，我能力有限，不可能每个人都侍奉，但遇到了，就一定是缘分，能做点什么就做点什么，但不刻意。

再向前行，蓦然看到一家寺院，红墙高大，门前台阶有些陡峭。门墙上写着有些仙气的"慈云寺"。我与成都青羊区文联的张中信拾级而上。寺内只有一位僧人。我径直向上参拜弥勒佛，再韦陀菩萨、观世音、如来。在我很小的时候，佛道便被说为迷信，以至于在内心根深蒂固，常觉得参拜也是行迷信之事。直到去年，方才知道，参拜佛像及神仙并非在于形式，而在于源自灵魂的，对生命和天地的敬畏与感恩之心。再者，躬身乃至磕头，其实也是教自己内心柔软起来的一种方法。从前，我的性格宁折不弯，以为除父母之外，一切下跪都是耻辱。现在则觉得，父母乃至更多的人，其实都受恩于天地万物。

寺庙有些冷清，但尧坝镇能保留如此寺庙，也是一个奇迹。转到一家茶楼喝茶。茶楼很小，也在十几层台阶上，里面有人打牌，好像是当地的那种长条扑克。其中有两位少妇，打得聚精会神。我觉得，这种消遣其实是最普及的，老幼咸宜也多有乐趣。只是我，年少时候吃喝抽都做过，就是没有学会赌博。有人说，到四川打打小麻将，吃吃担担面，喝喝坝坝茶，看点小录像，该是一种享受。我却是为此汗颜。这倒不是说自己多么单纯和干净，只是觉得，人生有很多事情要做，这些消遣，只能算是其中最细枝末节的部分。

刚坐下，便有当地朋友说，这个宅子是嘉庆年间武进士李跃龙的府邸，你应当上去看看。我惊异，起身向上，才发现里面是一座依山而建的阁楼，茶楼所在的位置，是另一座阁楼的底层。上台阶，再到一个院子，蓦然看到一个面积不大却打扫得异常干净的演武场，正中白墙上一个"武"字，颇有神韵，其中的"止"字写成了"正"。端详一下，我立马明白，作为御赐的武进士，李跃龙又做了皇帝的近卫，"忠正"当是他的首要品质。演武场旁边，有一铁铸的骑马挥剑的猛士雕像，雄姿英发，给人一种激扬的运动感与冲锋姿态。

从一侧厢房的连环画中，我大略了解了李跃龙的事迹。载曰，其母生李跃龙后，李羸弱，不像可以成活的婴儿，家人欲遗弃，忽有一道人临门，说此儿不可小觑，嘱咐他们务必好生抚养。家人信之。及年长，李跃龙好习武，遍寻名师，先是在四川当地获得功名，又进京应试，拔得头筹，留在皇帝身边为侍卫。后尧坝镇一带有土匪啸聚，打家劫舍。李跃龙带兵剿灭，皇帝下旨令其修建此宅，用以奖赏。

由李跃龙及其故事，我又想起了余玠与刘整。四川人，要么文弱得东倒西歪，要么剽悍得上天入地。李跃龙等武将，乃至四川近代以来涌现的大批名将，使得仙道气息浓郁的巴蜀之地顿时有了一种气贯长虹的英雄豪气。我甚至觉得，云贵及四川的英雄气，可能也和余玠等人在此长期抗拒蒙古大军有关。

到这里，我也知道，尧坝镇也是著名导演凌子风的祖地，他最后的电影《狂》也是在这里完成的。由此可见，小小的尧坝镇，其实是文武兼修的。尽管，李跃龙没有任何战功，也没在《清史稿》留下只言片语，但李跃龙身上所体现的尚武精神，特别是他对武学的精心钻研，是令人敬佩的。傍晚，路过一家门店，却摆满了花圈，还有一口黑色的棺椁，哀乐低回之间，我和许多人路过。走过之后我才想到，应当上前鞠躬的。这个世界上，每时每刻都有人降生，也都有人离开。这种循环往复，此消彼长，也是一种自然规律。当我们遇到新生的，当然要祝贺，遇到仙逝的，也应当为之送行。

后又和他说起佛道之事，还有量子力学和暗物质、古老的玄学等等，欧阳锡川也表示赞同。牛放夫妇要去内江，我一个人返回成都，等车时候，看着远处雾霭满天的泸州，脑海里总有一条江河，在高山峡谷之中缓缓而动，那姿势，柔媚至极，又深不可测。还不住地想起余玠，以及发生在泸州至重庆乃至湖北襄阳等地的南宋抗蒙古的战争，那种残酷、血腥、险恶程度，身处这个年代的我们，已经无从想象。

不以摧毁肉身为目的战争，对已经在冷兵器和火器年代阵亡的人们来说，却有些不公。技术的进步，完全忽略了以地形地貌构建起来的任何工事，取而代之是精确制导与信息化控制，甚至无所不能的上天入地和"零误差"。我常常觉得，战争形式和工具的大幅度跃进与改变，尽管其决定因素还是人，可是，这种兵不血刃的战争方式与手段，往往使得人"进化"得更残忍和决绝。说到底，人还是有情感的，是理性的，也是有慈悲心与同情心的，倘若人也变成了"程序"和"数字"，我们的肉身价值又何在？

几乎古来今往的人都在说，往事皆烟云，事实上不是，往事、古人和故人，其实就活在我们一代代人的身体内、灵魂里。余玠、刘整等在南宋的将领，他们虽然人去了，朝代早已不复存在，但他们种植在今人，乃至这片土地上的精神基因与血流，仍旧若隐若现，持续不灭。

水富：遥远的僰人和仙境铜锣坝

差不多六百多年前，这里是僰人的领地。《珙县志》（今宜宾珙县）说："珙本古西南夷服地，秦灭开明氏，僰人居此，号曰僰国。"而这个民族，在今天，似乎很陌生了。唯有宜宾珙县的僰人悬棺，可以证实一些什么。先秦时期，他们就出现了，并且占据了中国西南地带即今云、贵、川交界处的高山峻岭、峡谷江畔，并参与了著名的"牧野之战"，其酋长因功而被封为僰侯，世代袭居云、贵、川三界之咽喉要冲，在高山与湖泊、密林和大河之畔生存繁衍，在争战中此消彼长，求得生存发展。但因其民族的血性刚野，或者是好勇斗狠，绝不妥协，多次与更强大的民族、帝国抗衡。在顺之者昌逆之者亡的历史大势当中，僰人好像是不识好歹、不会随波逐流的那一类人群，宁可战死沙场，举族消亡，也不会向任何强势者低头苟且，求得一时之安。

朱明王朝万历年间的四川巡抚都御史曾省吾在其所撰的《平蛮檄》中说：

山都群丑，聚恶肆氛，虽在往日，叛服不常，未若近日猖獗尤甚。都蛮近日长驱江、纳，几薄叙、泸。拥众称王，攻城劫堡，裂死千百把户，虏杀绅监生员。所掠军民，或卖或囚，尽化为剪发凿齿之异族；或焚或戮，相率为填沟枕壑之幽魂。村舍在在为墟，妻孥比比受辱。六邑不禁其荼毒，四川曷胜其侵凌。

正因为僰人"叛服无常""拥众称王""攻城劫堡"，并多次或大规模"裂死"和"虏杀"地方基层官吏与乡绅生员，使得朝廷震怒，以张居正为主导，授予曾省吾地方军事指挥权。公元一五七三年，朱明用兵十四万对僰人进行

76

了一次彻底的"飞檄进剿"。据《兴文县志》记载："（朱明）前军引火炬烧城屯千余，炎焰漫天……赴火坠崖谷者数万……都掌蛮至是尽灭"。

当然，"尽灭"僰人，一个不剩是不可能的，明政府对投降和俘虏的僰人也效仿前朝，将遗留下来的僰人采取分散安置的方式，以地理和族群的区隔，使他们不能再勾连呼应。如此多年之后，僰人渐渐融入其他民族，或者隐居他地，空余两百多口悬棺，在今四川省宜宾市珙县麻塘坝和苏麻湾等地，昭示着时间当中的悲情与过往。毋庸讳言，这是僰人至今留在大地上的鲜明痕迹。《珙县志》记载说："棺木岩，治西南九十里，昔僰酋长于崖端凿石栎钉，置棺其上，崖高百仞。"

关于这些，我先前一无所知，直到第二次去云南水富县查资料方才得知，了解之后颇为惊心。大地的任何地方都有着丰富、深刻的历史痕迹，而且，大多数都自行消失或者被自然、时间篡改与掩埋无闻了。僰人就是其中之一。可以想见，在漫长的历史当中，在云贵川交界的崇山峻岭之间，以及滔滔泱泱的大河大江岸边，这一个剽悍的、血性的、战斗的族群，他们的生存和发展肯定也生动多彩、可歌可泣，充满神话传奇与现实奇迹。

水富县处在云南最北端，素有"北大门"之称，金沙江、长江和横江在其境内汇流合一，堪称长江第一港口。我第一次去是二〇一四年，首届云南"北大门"文学奖散文奖授予了我。由成都乘火车，过宜宾，到水富县，立马就觉得，这是一座典型的山地城市，简陋的火车站就在一座山之下，出站，立马就觉得一种强烈的逼仄和压迫感。这个地方，不仅山高，地势陡峭并江河汇流，也是西南地区一个具有神秘气息，并且特点独具的地域之一。以其大方面来看，水富县虽然在秦时已经置县，但在以后的变迁中，多数时间归属宜宾管辖。它的地理又与昭通毗邻，甚至紧密成一个整体。昭通这个地方，在历史上也是颇多传奇，特别是民族迁徙、聚居、离散等等剧烈事件，使得这一地区在很大程度上有着特别"异"的气息与质地。

因为与宜宾一衣带水，长期合二为一，水富县的饮食和方言，乃至风俗文化相似度很强，反而与昭通其他地方不怎么协调一致。这也说明，水富县是一个具有多重文化性格的地域，它小，但有个性；它崎岖不平，但江河围拢；它田地稀少，但又物产丰富；它偏居一隅，但又人杰地灵。这样的一个县域，在中国似乎还是不多见的。走在上坡下坡的县城街道上，行人不多，也看不到喧嚣的商业场所。晚上住下，不用担心彻夜不停的车声人声，那么安静，就像一下子扎入幽深的乡间，所有现代的夜晚特征都消失了。因此我觉得，在水富，起码有三件美好的事情，一是可以吃到正宗的食材，二是有很好的空气洗肺，三是能够得到最好的睡眠环境。

这本来是人类的天赋之权，现在却成了一种奢望。人在进步，文明在发展，可是人却在自我戕害。如同现在的微信朋友圈，本意是为了密切关系，方便联系，可现在，朋友圈已成为破坏朋友关系甚至亲情的首发地。在水富，你觉得一切都是安静的，你在街上走走，也只能看到三五个人，一些不大也不热闹的商店。这样的小城，其实最适合养老。我早就在想，假如医疗和教育也倾向于乡野小城，那么，大中城市的压力就不会那么大。这种畸形的发展思维，其实也是一种自我意义上的重复、消灭与挤压。水富作家季风、诗人张雁超、陈卓等人，都是当地文学的翘楚，也非常低调、平和，有自己独立的见识与书写方式，与他们在一起聊天，十分快意。

次日，再去醉明月和云五液酒厂。后者是二〇一四年首届云南"北大门"文学奖的主要赞助者。获奖者除一万元奖金之外，还获赠一百斤的原浆酒，存放于该酒厂的山洞里面。后者我也是第一次去。全程参观和见识了酿酒的全过程。五谷发酵而有酒浆，这是多么神奇的事情！古人发明酒，简直就是一项伟大的奇迹。酒对于人来说，相当于肉身的灵魂部分与现实的精神层面。喝醉过的人都知道，酒一方面麻痹心智，使得身体和思维不受控制，但也会使人在适量的情况下解脱烦恼，觉得一切事情都不在话下，一切的名利富贵都轻若云烟，也能感觉到一种灵魂缥缈飞升的轻盈感，以及在某种亢奋状态下，身体出乎意料地强大甚至勇猛。至此，我才明白，古人为什么无论悲伤还是喜庆，都要选择饮酒来证实……或者干脆将饮酒作为一种仪式，来完成自我的"隐形"和"突兀"，尽管持续时间都非常短暂，甚至酒意散去更加痛楚或者懊悔不迭，但酒提供给人的，却是一种无法遏制且又神奇无比的激情与"罕见状态"。

水富县境内有著名的金沙江和横江，长江也在这里收纳了更多的江河，转而形成更大的奔流。金沙江的水质是酿酒的主要优质原料，如上游赤水河的茅台、泸州的泸州老窖、宜宾的五粮液等，都得益于云、贵、川之间的江河水。在参观时候，我还尝了一杯醉明月原浆，浓香甘冽，淳厚沾唇，又不觉得涩口，入喉有一种火焰般的感觉，至胃内稍微灼烫数秒，旋即隐匿。在场的人都夸奖这酒好。酒厂老板笑得合不拢嘴。临行时候，还每人送了一个礼盒装。几天后，就要离开水富的时候，我想不带这酒了，想想又舍不得。回味起那种至纯味道，便又不远数百里地提了回来。

再去云五液酒厂，内心里觉得亲切。老板是一个帅气的中年人。二〇一四年，我就喝过云五液，喝了很多。记得有一晚，和诗人王单单在水富县城之横江边上，两个人喝了差不多两斤，雷平阳见状，骂我们两个人是"勺子"（傻子的意思）。这一次，再去云五液酒厂参观，想起自己还存放在该酒厂山洞里的一百斤原浆云五液，有心去看看，闻闻味道，但忘了带钥匙。作家季风说，这是让你下次再来，天公作美。我笑笑，说，水富这个地方，总是令人流连忘返，来两次肯定是不够的。

水富县东西最大横距三十六千米，总面积四百四十平方千米。地处金沙江与横江汇合处夹角地带，属四川盆地南缘、云贵高原的起点，南接乌蒙山麓末端，东、北分别以横江、金沙江为界与四川省宜宾县隔江相望。境内最高海拔（太平乡轿顶山）一千九百八十六点四米，最低海拔（县城中嘴）二百六十七米。西南部多为山地，中部多为二半山区和深丘陵区域，北部和东部多为河谷平坝和矮丘陵地区。

这种地形，端的是奇特，由此也造就了水富特别的地理位置与人文风情。下午去两碗乡庙口看谭家牌坊，很高大，大致修建于清朝道光年间。廊柱上写着非常正统与光大的对联，大意是谭家多出官要、富贵如期并五世同堂、人丁兴旺等。石雕之精美，图案之华丽，古朴而又庄重。古人的家族观念，甚至对天道人伦的敬畏、践行和尊重，是今人所丧失了的。谭家的兴旺与富贵，可能是另一种造化。当地人则说，是有人嫉妒谭家，以立牌坊遏制或者破坏谭家风水，致使谭家从此一蹶不振。这只是一种臆测，天道忌满，世上再好的事情，再伟大的人物和兴旺的生活，也都有烦恼与败落的那一天。如老子所说："极则反，盈则亏，此乃天道也。"

庙口村是一个古朴的、建立在山冈上的村子。据说以前有一座庙，叫陈家寺，后庙倾塌，不复存在，唯独那座高大的牌坊，仍旧矗立在横江之间的山嘴上，看着泱泱河水，不舍昼夜。

事物总是在更迭，这也是一个自然铁律。去看楼坝古渡，这横江上的古渡口，从其规模和至今尚存的鼓楼看，在百余年前，当是衔接四川和云南的繁华之地，但从整个大的环境来看，这楼坝古渡，却有沈从文湘西的味道。单看那岸边的香樟树，绿叶婆娑，冠盖庞大，怎么说也有三百多年的树龄了。在楼坝古渡，曾有一个重要的史实是，一八六二年，分裂的太平天国正在沉入其自己制造的巨大的、短命的狂飙与旋涡中，翼王石达开率众出走之后，辗转多地，在滇北与川东，先是在黄鳝沟与骆秉章、唐友耕等清军作战，至楼坝渡口，再度遭遇清军。这是一场破釜沉舟的赌博，仅仅在横江，石达开所部就牺牲了五十多名将领，四万多军卒。也由此战，纵横十几个省份、行程五万多公里的翼王石达开，开始了他失败而又令人啧啧称奇、为之叹服的最后命运。

太平天国的历史，总体上就像是一道强劲的闪电，在大地上暴烈滚动之后，以短短的十四年为长度，以自我的弱点和内部堡垒的自行涨破而导致全盘崩溃和失败。这一历史事件其中暴露的、隐藏的全部是农耕时代之中国农民的优点、缺点、智慧，当然还有劣根性。只不过，翼王石达开的战功，以及他的失败，包括在成都受审及至慷慨就义，都是那个时代当中最为耀眼的。他短暂的一生有过骄人的军事才华与政治敏锐力，可彼时时空和时机乃至整个大时代的环境氛围，使他不得不孤军作战，在背叛与被围剿以及冥冥的天意中，成为近代历史上一个最具悲剧性的军事统帅之一。

由石达开，不由得想起神秘而悲绝的僰人。

《吕氏春秋·恃君篇》说"氐、羌、呼唐、离水之西，僰人、野人、篇笮之川，舟人、送龙、突人之乡，多无君"。《说文·人部》上说"僰，犍为（现属于四川乐山市下辖县）蛮夷，从人，棘声"。"僰"的意思就是"生活在刺巴林里的人"或是"在荆棘丛中生活的人"。

据宜宾拍摄的人文纪录片《远去的僰人》显示，近年来在云南文山市所属的丘北县发现了僰人及其聚居区，主要分布在双龙营镇野猪塘、白石崖，以及舍得乡的白泥塘村等十多个乡村，共计一千五百五十七户六千八百九十四人。

据当地人说："我们的祖先，是为了躲避战乱才从'江外'渡江逃到这里的……"石达开与僰人，他们地域不同，但性格里面都有着一种刚猛与决绝、血勇和激烈的因素。尤其是石达开，多年后带兵来到僰人领地并进行了一系列惨烈的战斗，最终在大渡河之安顺场自愿放弃抵抗，被押到成都，然后死在了他始终没能夺到手的天府之乡。这是不是一种历史的暗合或者某种呼应呢？

站在水富县对面的山岭上，俯瞰正在建设中的港口，遥看横江、金沙江与长江在这里悄然会晤，胸襟中，便忽然有了一种开阔和激荡之感。整个水富县城坐落在一面斜斜的山坡上，面对大江大河，白云青山。这样的一种地势，在冷兵器年代肯定易守难攻，为各方军事集团争取的要塞。而现在，水富县只是一个县域，虽然四面环山，略显偏僻，但它也跟着轰轰烈烈的时代，在大剧变中自我适应，亦步亦趋或者紧跟而上。我个人倒是觉得，像水富这样的县城，生活其中的人应当是幸福的。尽管，小地方的人总是仰望现代都市，殊不知，深居都市的人却总是探着尘埃的脑袋，向着乡野充满深情地张望。

我没有想到，水富县还有铜锣坝那样类似仙境的地方。

车子盘旋向上，至仙女湖边，看碧水充盈，收纳蓝天白云，四周草木。忽然觉得，这样的环境安静、宁谧，充满仙道气息。划船其上，碧波荡开，明镜万顷，端的令人心旷神怡，犹在画中。同行的朋友惊呼，说好久没有在这样真正的自然环境里洗肺取悦自己了。然后放开嗓子大声喊叫，那声音，一波波，从水面上滑行到了四周的树巅。

再沿着山路曲折而上，沿途都是茂林修竹，还有银杏树、红豆杉、珙桐、桫椤、罗汉松、水杉、红椿、桢楠等珍稀树种。鸟儿在树林缝隙鸣叫，清脆嘹亮；阳光穿过树叶，打在地面的枯叶之上，有的像黄金，有的像绿宝石……整个森林里，升腾着一种清新的潮湿气息，空气发甜。我气喘吁吁，但也时常会停下来大喊几声，或者蹲下来采摘四处都是的蕨菜，还有真姬菇、双孢菇等菌类。可是，这些菌类虽然好看也好吃，但一般人不会做，会导致食物中毒。大地给予人的，或者说大地上生长的和存在的，都是与人息息相关的，人却要采食它们，也是一种充满丛林法则的残酷事情。

爬到山顶的瞭望哨楼，环目四望，才发现仙女湖面积之大，植被之丰密，珍稀物种之多，在滇北地区当为翘楚。环绕仙女湖的，四周都是高高低低的山包，一个个形如馒头，层层叠叠，远近呼应，整体看起来像是一朵正在盛开着的巨大莲花。而我们所在的位置正是莲心。同行的一位当地朋友说，曾有王朝皇帝想在这里建都或者修筑陵墓，原因是铜锣坝仙女湖之地有王气和贵气，风水尤其好。也曾有人想在这里建房居住，但始终没有找到真正的龙穴所在。

人是大地的产物，人们相信，大地不仅可以给我们提供衣食住行，乃至世间的一切享受与富贵，也会带来必然的报复、灾难与苦厄。更相信，大地那么大，总有一处适合自己并可以使得自己借助天地辉映的力量，对自身命运产生重大的持续的影响。这种理念，完全无可厚非，也是人类在长期的大地生活中探索与总结的经验之一，尽管玄虚，但基本上有理可循。因为，人们相信世间万物，有彰显，就有隐藏，有形的，也会有无形。而往往隐藏的和无形的事物所蕴含的力量，以及对人的影响幅度和深度，总是要高于那些日常所见的。

游览仙女湖，我愈发觉得，这样的地方，在远古时代肯定有人活动，僰人或者僰国的族人肯定是其中之一。在西南大地上，民族的迁徙和流变与西北一样频繁而又神秘、残酷而又深刻，且充满了种种难以稽考的谜团。就像僰人留在今宜宾珙县的悬棺，以及岩画和其他蛛丝马迹的传说一样，没有确凿的考古发现，一切说法都只能是猜想。但毋庸置疑的是，水富这个地方自古就是丰饶的，在时间长河中，肯定容纳了无数的人及其创造的历史、文化和文明，只是，大多数被淹没了。在人类社会，在古老而沉重的大地上，类似的遗憾和悲剧每天都在轮番发生。这是自然自我调适的必然过程，也是人类及我们的文化文明必然的命运。

临行时候，季风送我到车站，又说："何时想来了，打个电话，我来接你。"

因为喝了点酒，我有些激动，拍了拍他的肩膀，大声说："这么好的地方，我一定会再来的。"上了火车，躺下就睡了，似乎还做了一个梦，梦见自己一个人走在仙女湖边，手里还拿着一柄斧头，看着万亩森林，我大踏步地走，心里想着，要在这里修一个木屋，用来安置自己的后半生。凌晨倏然醒来，想起这个梦，不由哑然失笑，又觉得一丝不快，心里说不清的一种感觉，顺着目光伸向午夜的车窗外。

眉山：三苏、彭祖、张献忠
沉银处与沿江的石棺墓葬

　　成都盆地有着妖娆的边沿和诸多幽秘的去处。眉山最近，这个川西南之门户，曾经以"八百进士"和"苏门三学士"成为巴蜀地区的一个文化标杆，但二者相比，苏门三学士显然已经不局限于巴蜀地区了，当然是中国乃至东方文化中一面赫然醒目的"旗帜"或者说样板。但不避讳地说，苏东坡无疑是他们父子中的翘楚者。关于这一点，参观苏辙和苏洵公园，沿途所读其诗文之后，相信每个人都会有这样的看法。诗文一途，以创造为要，以气象博大、察世幽微而能发乎别声为上好。苏洵、苏辙的诗文，与苏轼相比，还是木气、板滞和规矩了很多。古之天才，必有激滟于同类以上的妖娆之姿，也必有超拔于同代并在传统的接续上另辟新天之卓越表现。

　　三苏祠面积较大，进门去，便能够嗅到一种来自遥远的气息，好像是墨香，也好像是某种令人肃然、不由恭敬的灵魂气质与"道统"的力量。站在廊檐之下，一切都很古老陈旧，又似曾相识；一切事物都清朗且又隐晦，好像走进了东坡诗词及文章的某一种境界当中。我想，所谓的艺术，不过是借以表达自己于人世生存的幽思别绪，乃至对天地自然和人间事物的看法罢了，创造者的一切努力，也不过是想着自己的名字在世上留得比他人长一些而已，至于后世的影响和评价，都不是自己能说了算的。唯有

84

去做，用自己的方式为万物命名，为人世寻找一条"合适"之路，并且用文字和书画的方式，让自己在这永久性的孤独与繁复之中，为精神点一根蜡烛，给灵魂采集一些亮光。

众人在瞻仰、拜祭，似乎想从躬身之间获取一点灵气，或者期望得到苏东坡这样的一代文宗给予自己一些创造力。还有的，围着看贾平凹写字。我独自转悠了一圈，然后抬脚跨出三苏祠大门。门外日光正烈，众多柏树积攒了令人惬意的阴凉。与葛一敏聊一些关于对散文的看法。她是一个好人，一个认真做事且有着自己想法的人。尽管自己写散文少，但她对当下散文的研判，却有着很多人没有的清醒和开阔。再去街道上转悠，只见垂柳成行，清新碧绿；广玉兰树也像成都一般寻常和众多；三角梅开在谁家的围墙以外，也在岷江和青衣江边绽放。那种朴素的妖艳，是我喜欢的。街道上，车辆也多，这是现代城市通病，但似乎没有雾霾，也不见太多的嘈杂。与散文家周闻道、张生全、沈荣均聊天时，我说，眉山这样的城市，很适合人居，安静、慢闲，只要一坐下来，心就静了，这样的一种氛围和环境，当是无功利者的最好去处。

远远看到远景楼。临水的楼阁，面对的是泱泱之水与阔大的湿地公园。楼在水中的影子，好像是一个庄重的美妇人临水自照，风姿绰约而又不失庄重。事实上，早在二〇一一年春天，我就来过一次眉山，在城郊的猫儿山待过半个月，也曾经登上这座修建于公元一〇七八年的，与鹳雀楼、黄鹤楼、岳阳楼等齐名同辈的建筑，并拜读了苏东坡撰写的《眉山远景楼记》，其文规整，章法娴熟，但似乎没有奇彩之思与绝佳之句，与范仲淹《岳阳楼记》相比，总觉得差了些什么。再有，苏东坡之词作与其后世辛稼轩，我本人更喜欢后者。我总是觉得，在仕途宦海与个人遭遇，乃至趣事逸闻上，东坡一生要比辛稼轩精彩得多，或许也正因为如此，后人爱东坡胜于稼轩。然稼轩词作既气吞万里，又温柔至真，曾带十多个骑兵入敌营杀叛徒而又安然返回，并且在抗金战争中所表现出的悍勇与机智、血性与勇气，是东坡所没有的。

夜晚的眉山静谧、安恬，没有成都的嘈杂，睡在其中，几乎听不到一点令人不舒服的声音，空气湿润而又绵软，让人呼吸自然，每一口空气都像是在唱歌。我感觉好像是自己入川以来最舒服的睡眠。次日晚上，与阿来、梁鸿、祝勇、周闻道、嘎玛丹增、吕虎平等人饮酒，也是欢快至极、尽欢而散。至此我才发现，其实川菜最好吃的不是在成都，而是在成都周边。东坡肘子、烧白乃至各种鱼，都是舌尖上的美味。再和阿来等人一同去附近的彭山区。很早之前我就知道，性学鼻祖和长生专家篯铿就是彭山人。路上，我还和文学批评家陈剑晖、散文家杨文丰说：多年前，我在西北巴丹吉林沙漠时候，曾在弱水河畔一侧荒丘之中发现一眼破旧不堪的洞穴。当地人说，早年间，这洞里以前绘有彭祖御女的多幅壁画，而在二十世纪中叶，当地人说这是伤风败俗，便用铁锨铲掉了。

他们都大呼可惜。

冒着烈日去看正在建设中的滨江湿地公园，浩大得一眼望不到边，水塘清澈，芦苇丛生，野花遍地，再加上湛蓝天空，犹如置身于一面当世无匹的明镜之中。在城市，似乎每个人都是被污染了的，不管是自觉和不自觉。任何的当代生活都是牢笼。每一个人都想逃出去，可是每一个人都有自己独有的时代。这就是当代人的宿命。沿着湿地行走，太阳虽然烈一些，但对于长期生活在不怎么和太阳照面的成都，晒太阳已经是成都人最喜欢的一个日常节目。岸边青草、藤萝、花朵，以及不远处一个接一个、好像穿起来的铜钱一样的湖泊和水洼，水面蓝得让人窒息。

这正是现代人的可怜之处，我们拼命地在压缩自然，却又无限地渴望自然。人和自然的关系永远是人的自我束缚与无限度的拼占之间的矛盾。一幢幢的高楼，一块块硬化的土地，一根根向上排泄的烟囱，一台台轮番奔驰碾压的车辆……这种运动无有休止。

偶有野鸭飞过，也好像是天鹅。众多的鸟在这里汇集，到处都是它们的叫声，在空荡荡的湿地公园，好像在进行一场自由式的歌咏比赛。湿地，被称为地球之肺，在这无限松软的地方，人似乎能够听到大地已经很急促的呼吸。其实，仅仅这一处湿地还不够，如果有更多这样的湿地，可能会抵抗日渐恶化的自然环境，让万物生灵共同享有自由和干净的呼吸。据我所知，中国的西北、东南、东北等地都有面积或大或小的湿地，都已经成了当地人乃至所有人类和生灵最想要的去处了。在城市扩张幅度越来越大、越来越缺乏节制的今天，特别是成都盆地，眉山和彭山还有这样的一个自然存留，当是无比幸运的一件美事。

彭山为忠孝长寿之乡。忠者为东汉张纲，即"埋轮"一词的实际创造者，《后汉书·张纲传》载：东汉顺帝刘保在任时，大将军梁冀专权，朝政腐败。公元一四二年，刘保选派张纲等八人巡视全国，纠察吏治，其他人都按照上意行事，唯独张纲把自己的车轮埋于洛阳都亭，并说"豺狼当路，安问狐狸"！上书弹劾梁冀，揭露其罪。后以"埋轮"一词表示坚守之意。孝者便是东晋写有《陈情表》的李密，言辞恳切，其情隐隐，令人垂泪，然李密还是深知晋武帝司马炎之脾性，以情动人当是不假，但也有自保之嫌。所谓寿者便是颛顼的玄孙彭祖篯铿了。传说此人活了八百八十岁，既是性学鼻祖，又是厨师的祖师爷。关于彭祖的养生、长寿之法，无外乎心态、饮食、行走与性，《太平广记·神仙·彭祖》说"欲举形登天，上补仙官，当用金丹，此九召、太一，所以白日升天也。此道至大，非君王之所能为。其次当爱养精神，服药草，可以长生。但不能役使鬼神，乘虚飞行。身不知交接之道，纵服药无益也。能养阴阳之意，可推之而得，但不思言耳，何足怪问也"。如此等等，后人又总结或者附会出诸多的饮食、两性、运动、心态平衡以及采阴补阳、受精固本之类的养生术与健康方法。

彭祖山其实不高，沿着一条小道向上，至山顶，可以看到江水乃至整个彭山城区的全貌。彭祖庙是一个巨大的圆冢，长满蒿草与藤蔓，还竖有墓碑。彭祖墓下，有后人建造的低矮房屋，墙壁上刻绘着一些打坐与养生的姿势，但没有男女交媾的内容。我看了好一会儿，不知那些姿势到底是什么样的。只见彭祖画像前，蜡烛飘摇，香烟袅袅。中国人历来有崇尚长生不老的传统，大致是因为贪恋尘世之活色生香的缘故。

是啊，肉身才是我们在尘世的唯一证据，包括尊严、疼痛、欢愉和耻辱等等。

人们贪恋这无尽的肉身可及可触的生活和生命空间也无可厚非。

人说，来彭山就是采气的。所谓的采气，大抵就是采集或者说借彭祖之长寿精气，抑或从彭祖的长生实践中获取一些洋溢在天地万物之间的那种蓬勃和昂扬吧。可惜，我却没有去看最精彩的，也就是关于彭祖御女之法的展览和讲解，倒是在下山时候看到了两尊雕刻于一座红色崖壁上的巨大佛像。哦，我仰望、敬服，凡人对神灵和尊者不倦的镌刻、褒扬和颂赞，体现的不只是人对永恒的渴望之心，也表达着对自己微小与速朽的自我悲悯之情。两位卖柏香、符咒的妇女一个劲儿地向我推销，我买了一把，也恭敬点燃、插上，心里想着，借助神灵，哪怕是虚妄的、乌有的，给自己多一些希望和美好的祈愿，也是人之常情。我也不会例外。

中午吃饭，不由赞叹，彭山也果真是彭祖故乡，美食之地，菜肴之好吃，做法之精美地道，其他地方可能是没有的。在诸多美味佳肴之中，我吃到了一种四川境内绝无仅有的面，当地人叫酸汤面片，加了少许酸菜，再来一些青辣椒，面片薄如蝉翼，呈三角形，吃起来辣一点酸一点，还有点烫，特别是喝了酒吃，有解酒的功效。起初，我吃了一口，觉得好，几口吃下去后，又要了一碗，再一碗。还有一道菜叫扒猪脸，但做法和其他地方不一样。川菜以佐料多而著名，往往是佐料掩盖了食物的本味。但这道菜我不怎么喜欢，总觉得这样的吃法比较残忍。

午后，再去看彭江口古镇下江口的石棺文化。博物馆内，有姿态神秘的摇钱树。陈腐的棺椁之内，尚还有汉朝时候的人的骸骨。石棺在博物馆后面的山崖之中，洞窟壁上长满绿色青苔，密集、柔软、湿润，低头弓腰向内，却见一个很长的坑道，两边分别凿有放置石棺的坑洞。从规模看，这石崖墓室肯定是某一个大家族的，设置有单室、双室、三室等层次的墓洞，并按照一定的次序摆放。此外还放置了一些生活用品，并很多的画像砖和浮雕。其中的"秘戏图""摇钱树""西王母""西王母神兽""博戏图""祥瑞""酿酒""庖出单人"及各类佛祖等，其艺术造型与精湛技艺，乃至所包含的现实生活要求和精神特质令人叹为观止。

"秘戏图"的造型或许是汉代人性生活或者性对象、性心理的一种直接反映，大致是用来做性启蒙的。但后者的说法我觉得不怎么准确。郭沫若见到后，为之取名为"天下第一吻"，这是诗人的发挥，也是很浪漫的一个命名。汉代人以石崖建造墓穴，而且一个家族为一个单位，可能是当时的一个风气，这一行为和习俗，充满了道教文化的气味，也体现了当时人们相信肉体寂灭后，灵魂还会在另一个世界拥有与尘世一般无二的生活愿想。

下江口即是武阳江、青衣江和岷江合流处，三条江，在这里打着一个个形如太极一样的漩涡，成为一个整体。再向下不过二百米，便是张献忠沉银处。这个一六四三年在武昌称王的草寇，接连攻下湖广和江西，却在李自成军形成席卷全国态势的时候转而入川。这一行动，显然有偏安一时，再图大业的打算。此人入川至死留下两个谜，一个在四川大肆杀戮，使得巴蜀神焦鬼烂，百里之内不见生人。这样的罪恶之徒，必然不会长久。另一个谜便是沉大批财宝于江中，妄图再起。

据《彭山县志》载："顺治三年（一六四六年）四月，明王朝的参将杨展占领嘉定（今乐山市中区），沿江而上攻占彭山。秋，张献忠部与杨展在江口镇决战。张献忠大败，多数战船被焚，伤亡惨重，败回成都。"便有人认定此地便是张献忠沉银处。此外，当地传说有一歌谣并一幅藏宝图。民谣曰"石牛对石鼓，金银万万五。有人识得破，买个成都府"。"藏宝图"则标有沉埋金银宝藏的具体位置。民国时期有人发现藏宝图，并打捞多日，但只是获得了少许小铜钱，没有任何金银。还有一种说法：当年，部将孙可望曾奉张献忠之命，召集数百石匠在青峰山大肆采石，持续日久，但没人看到他们运出石料，便以此推测张献忠将金银等藏于该地某一处。财富的巨大诱惑，使得很多人挠破头皮，铤而走险。直到二〇一五年，彭山区人民检察院网站有消息显示，该院主动介入，配合公安部门破获了盗掘张献忠沉银遗址的案件。

入川之初，张献忠也曾以怀柔之策，以此来取悦巴蜀万民。但当地人似乎不接纳，他派驻的一些地方官先后被当地群众群起格杀，使得张献忠一改初衷，大开杀戮之门。这一场历史的浩劫，人性的重度沉沦与沮丧，显然是四川历史上最令人触目惊心的一幕。以此为题材的文学作品也有一部分，但囿于历史研究和可资证明的资料之故，这方面的文学书写似乎还不够精当与丰厚。站在下江口边，江风流袭，大水滔滔，一切历史都是人类的陈疾与旧伤疤，也都是每一个人的前生今世，或者至少还和我们乃至后来之人有着不可割舍的种种关系。

在江口镇猜想

　　两江并流，于彭山江口镇，端的是壮观若斯，浩浩江水，一清一浊，分别来自不同地域，经历不同自然与人间，却在此轰然相遇，合二为一。照实说，倘若彼时的水势也如现在这般少的话，在这一带行船是有些困难的，起码难以扬帆直航，如行大江大河那般的顺风顺水。但可以肯定的是，在三百年前，这江口镇之外的岷江水势肯定是浩大的，上下均可行船，运送货物，往渡行人，当是川中一个极其热闹的水陆码头。

　　这里所谓的两江，即锦江和岷江，其实还是一条江，即名闻遐迩的岷江，锦江不过是其分流到成都市内的支流而已。这种自然的分野，与历史有着惊人的相似，即无论是怎样的争战，最终都会归于正道，说胜者王、败者寇也好，云历史大势浩浩荡荡、顺者昌逆者亡也罢，无论怎样的时代，怎么的势力及其采取的手段和途径，最终的结局都不过如此。如发生在明朝末年的江口之战，即杨展所代表的南明军队与张献忠的大西政权殊死一战，不仅使得大西王张献忠的军队遭受惨败，且在这里沉下了无数的金银财宝，最终折返回成都休养数日，再出川西。

　　这个杨展，于四川民间有着较高的知名度，但在明末清初整个天下英雄的谱系里，杨展依旧是籍籍无名的。其为乐山人，曾以武术获得探花的功名，被授予游击将军，先前效命于曾兴麾下。至江口之战，杨展方才为自己赢得了不二盛名。但可惜的是，无论是杨展还是他的对手张献忠，这两个人，其实都生不逢时，错投人间。一个妄图以军事斗争的方式获得天下，一个却以防贼杀贼的正统王朝重臣的方式，阻击对方。这种由来已久的军事集团对垒方式，尤其是秉持的政治方向，向来是针锋相对，互不兼容。

张献忠之杀戮恶名，至今令人气愤和痛恨。所有军事斗争的最大受害者，是被裹挟进来的普罗大众。关于张献忠屠城杀戮百姓的记载，清人彭遵泗杂记《蜀碧》中说，张献忠不仅屠城成性，其创造了诸多的杀人恶法，如对病弱者，男的割鼻、砍掉左手，女的砍掉右手。甚至，这厮还令士兵对怀孕女子施暴，剖腹检查胎儿性别。张献忠还特别喜欢把玩女人玉足，以至于他在成都的府中堆满了妇女的小脚。凡此种种，真的是惨绝人寰。张献忠之恶，显然超出了战争和人性的范围。至于杨展，川内民间流传着他被俘之后，反杀刀斧手脱逃，甚至只要一杯水，便可脱逃（水遁）等离奇之事。这两个在江口镇对垒的当世豪杰与枭雄，最终的结果是，张献忠恐惧杨展及其组织的部队，逃到西充之后，又遭到清军肃武亲王豪格军队的击杀，一代杀人魔王和枭雄张献忠及其大西政权寿终正寝。杨展以此战功而获得了南明王朝赏赐，封广元伯，擢都督同知总兵，提督秦、蜀兵马，加太子少傅，晋升华阳侯。可惜的是，不久之后，杨展也被自己的幕僚和部将李乾德、袁韬（并其妻子等人）设计斩杀。至此，张献忠与杨展，这一对生活于明末清初动荡时代的旷世冤家、死对头，双双走入了人类共同的极点。

对于他们来说，江口一役，这大抵是他们两个人最后的人生巅峰了，青史留名，不管是恶的还是善的，正义和邪恶的，都只是任人评说的历史佐料。数百年来，关于张献忠江口沉银的传说，在不断得到断断续续的盗掘与零星的佐证之后，终于在二〇一七年被考古学家确证为史实。从发掘出的诸多文物看，张献忠在江口沉银的数量及其文物价值是前所未有的。据这次考古发掘的领队刘志岩先生介绍，他自己也没有想到真的会有所获，而且挖掘出来的银锭、蜀世子宝、大西功赏银圆等重量级的文物，使得张献忠兵败江口、沉银于此的传说得到了证实。

张献忠兵败沉银的初衷，大抵想的是他日卷土重来，东山再起；或者效仿先朝陶朱公范蠡，不论谁做皇帝，他有此财富，在民间做一个隐形的富翁，也是极其逍遥的。至于杨展，据说当时便获得了不少张献忠的财宝，除自己用作军费之外，还将一部分用来济民，以至于在兵荒马乱的年月里，他所在的乐山地区，据说是当时物质生活较为不错的地区之一。作为这一场战争的指挥者，杨展一定知道张献忠在此沉银之事，大量的财宝在水下越沉越深，他和他的军队肯定也组织过相应的打捞活动，但彼时的江口水流甚是湍急，又水域宽阔，缺乏相应的设备，再加上泥沙不断堆积，他的打捞活动肯定收效甚微。也就从这个时候开始，彭山江口镇及其周围地区的民众之间，便代代不竭地流传起"石牛对石虎，金银万万五；有人识得破，买个成都府"的寻宝口诀。

民间，或者说野史，看起来荒诞，有时候却有着异乎寻常的真实性和准确性。随着江口沉银处发掘工作的惊奇进展，这一段历史额外的"辉光"再度升起，引发了诸多的文化关注。张献忠和杨展等人肯定也想到，迟早会有这么一天，但他们绝对不会想到，后世之人会有如此高超的技法，如分流江水、筑堤抗水，而后用现代化的抽水设备不断排空，再用挖掘机和其他设备进行探测和挖掘金银宝物的机械化办法。当然，这些金银财宝绝对不属于张献忠的，而是张献忠利用强权和军事能力从他人手上掠夺而来的。

古人以水为财，并且以流水比喻财富的积累与散失，正是本质性的阐述。人们也向来知道，财富这个东西，是人身之外最最不可靠的东西，它的本质在于不断地流动，从你手到我手，再到他手，轮流转，才符合财富之于人的根本定律。

世人所为的，不过是人和财，其他如地位、身份等等，都是财富的附着物，也是财富堆积起来的。这一点，在当代表现得尤为直接和明显。好在，张献忠当年沉于此的财富都已经成了文物——时间和历史见证，至少在当下，不会归为某个人。这一点，是令人宽心的。

就像现在，我站在张献忠沉银处的荒滩之上，二〇二〇年夏天，由于洪涝灾害，岷江水比往年多了很多。两江汇流之处清浊分明，看似平静的江水之内，其实漩涡重重，在水面以下，衔沙裹石，奔旋不息。这像极了所有的历史及其进程，看起来平静如常的，反而潜流湍急，有着惊人的催动与巧合之力。

对面的堤岸之外是大片的田地，种植稻子、葡萄、柑橘等等。川中确实是一个膏腴之地，土地之肥沃，生物之多样，是北方所不能相比的。只是，古时候的巴蜀也是水患严重、旱涝无常的，多亏了伟大的李冰父子，他们对于岷江水的治理、都江堰的建造与长时间应用，这是一个人在世上最大的功德。相比李冰父子，张献忠真是不世暴徒、宵小之辈、人类屠夫。人之为人，当是为更多的人谋福利，做更多的益事，而不是掳掠和杀戮、相互争斗和灭绝。

张献忠沉银处背后有村子，更是沉银博物馆所在地，山的根部有汉代崖墓。其中最著名的出土文物，便是男女交媾石刻，被郭沫若称之为"天下第一吻"的秘戏图。江口镇乃至四川各地，崖墓的规模是相当巨大的，仅彭山一带，目前已经发现了五千多座。崖墓之中，棺椁、厅堂、灶间等生活设施一应俱全，棺椁和石壁上还刻绘有诸多的生活场景，如采桑、养蚕、制衣、做饭等。像江口崖墓中秘戏图之类的，涉及生殖与男女之乐的石刻，却还是极少的。这恰恰说明，江口一带的崖墓主人，其生前不仅家境殷实，生活优裕，且有着较广泛或者说本真的生活情趣和艺术鉴赏能力。

相信人死之后，便会自然而然地开始进行另一种生活，这是道教思想。彭山附近的鹤鸣山、青城山到现在仍旧是道教圣地，张天师张陵于西蜀创立道教，并斩妖除魔，不断封神登仙的传说，至今不衰。更重要的是，彭山之地，还是性学、厨师、养生鼻祖彭祖的故里。这位传说活了八百多年的仙者，与民间教育第一人、《指归》一书作者、去世后被尊称为严仙的严君平，俱是巴蜀之地最早因善行和修行而位列仙班的修行者。此外，还有武财神赵公明等人。

这江口码头，就处在仙气缭绕的彭祖山附近，当地的人们，哪怕是外来此地任职的官宦、贩卖的商旅，待的时间久了，肯定也会受到彭祖等人的思想影响。如食疗、导引术和以人疗人等，进而相信，即便是肉体化泥，隔绝了原先活生生的人间烟火，到了地下或者说"那边"，也还能像原先一般地活下去。近年来，似乎"灵魂不灭"的说法也得到了某些科学验证。老子的道家学说中"物质不灭"大抵也是一个重要的主题。这两种文化遗存，使得江口镇有了某一种玄秘与永恒的意味。

可以猜想，当年的张献忠对这一理论和学说大抵也是知道的，他肯定也想到过永生这一类的超现实问题。武艺高强、且善于水遁的杨展似乎也会相信，无论怎样的死，灵魂都会永存。但吊诡的是，张献忠舍尽力气，屠戮千万人，搜刮而来的金银珠宝，却没能被胜利者获取。杨展等人率军火烧战船，张献忠妄图带走的那些金银珠宝，也随着船只的被烧毁和崩碎而纷纷沉入浩荡江中。这些东西，本来出自大地，最终归于大地，也算功德圆满了。

可当世和后来者，大都会不甘于如此的。人人都知道，自己百年之后，也都会像张献忠和杨展，以及崖墓的主人一样，最终难逃一死。可相比死，生以及生之物质所需，使得更多的人没有心思去考虑身去的缥缈无证，即便是拼尽全力，也要谋取更多的物质，过好活着的那一截奇彩靓丽、各个不同而又无常的过程。事实上，人类的历史，就是在这种混乱的状态中节节向前的，在历史现场，无论哪一个当事者都是迷茫的，即使有清醒的、高瞻远瞩的，也未必真的能看清人类的真正未来。

就近看了江口沉银处与汉崖墓，在江口镇的武阳茶肆坐下来，感觉到古老而遥远的清茶气息穿破时空，于码头早已不在的江口镇，显得苍凉、落寞，但仍旧氤氲着某些人身的温度。汉人王褒一纸《僮约》使得彭山（武阳郡）成为有史以来第一个有名有姓的茶肆，在彭山落地生根，其中的"武阳买茶，烹茶尽具"隐约地呈现当时武阳郡之江口镇产茶、制茶、饮茶及茶叶交易之兴盛和繁忙。茶叶之发现，是中国饮食传统中最别异的一支。茶树的培养、种植，以及茶叶的采撷、烹制，饮茶的各种材料、方式、水质等等尝试与解说，这一过程，本身就是一部长诗。

出生地和就学、游学生涯与彭山一衣带水不过二十里的苏轼，可以在湖北赤壁"人间如梦，一樽还酹江月"。我至江口镇，一番游览与思想之后，必定要效仿古人，面对今天的滔滔岷江，以及江中和两岸的诸多历史陈迹，舞风弄月，发古今之感慨的。喝一口热茶，涩，有些苦，但味道极香，令人开窍和心神安静。

抬头张望，只见江水横流，不疾不徐，水面照旧平稳奔行，一如往常，掠过张献忠沉银处，也与岸边的汉崖墓一再挥手。我不由想到，天地之间，应有尽有，人生之爱，物质之外，善意存焉。江水不竭，而生命何其短？张献忠也好，杨展也好，他们是成功的，但也是失败的。青史之名枯燥无趣、生而壮烈和活泼、残忍与暴虐，其实都不过是人类某种美德和劣根性局部性质的反映。而江口镇，如此之小的地方，居然承载了如此之大和多的历史及其文化，当真是适得其所，且充满某一些精神和灵魂的光亮。

是日，为庚子年乙酉月壬戌日，时江口镇天空阴霾，江风清凉，彭祖山上，齐山双佛肃立。眉山三苏祠中，以及彭山李密和张纲故里，想必又迎来了不少游客。而我，独在江口，把茶思往事，尽述内心之观感和幽曲，当也是一种至好的人生趣味。是的，也仅仅一种趣味而已。

春行之心：川中记

好暴烈的春雨，似乎经常如此，从某一处出来，忽然就被大雨截断了。人生的困境乃至厄难大致这般。幸福与快乐也不例外。二〇一六年暮春的成都，一切按部就班，大地万物被城市排斥在外，只有路边和小区内的植物、鸟鸣、被人抱着和牵着的猫狗、不被注意的昆虫才是真正的生活家，躲在坚硬与自以为是的人类之间，还按照与生俱来的方式，在过一种还被人说成是"自然"或者"原始的、自由的"生活。

这是成都东站。

那一段包括这一段时间，是我出行最多、最仓皇的，在成都的人生时节。不断地走出去，又不断回来。这一出一入，像极了生和死、有和无、远和近等等实际而又玄妙的哲学问题。这天一大早，我懒散起床。心神恍惚，又很宁静。是的，此前，我长期寄身于一个庞大的集体，从青年到中年，从西北到西南，从一个人到一家三口人。不多的工资月月如常，其中有几次上涨。不管在浩瀚苍凉之地，还是在草木花繁之都，保障基本的日常所需还是没有问题的。

人在很多时候是喜欢依赖的动物，一种事物或者境况久了，即使身为主导者，也会受环境和氛围的蒙蔽，甚至成为它们的俘虏。这一个浅显道理，也是在我突然之间被多年的集体"甩开"之后忽然明白的。这种类似"断片"和"断崖"的直线逆转，使得我看世界和人生的态度瞬间改变。就像卡夫卡笔下的格里高尔。出走许久忽然在某个异地迷茫不知何为何往的孩子。

好在，我已经成年，并且是中年。

从地铁站出来，长长的台阶，身后是灯光的亮度，片隅天空却显得幽暗。雨，好暴烈的春雨。站在猛如乱箭的楼檐下，连串的雨在眼睛里连续滑动或者切割，密集、用力、不妥协，也毫无感情。我怔了一会儿，看了看身边几个早就穿短裤的女子，还有领口很低的各色妇女。几个男人抽烟、看天，神情隐晦，不容人琢磨。还有十多个背囊很多的人，他们一定是外出打工的农人，围着巨大的柱廊坐着，相互不说话，两只眼睛满含意味地打量着我和其他人。我注意到其中一位，大致有六十多岁了，很瘦，眉毛稀少，嘴唇干瘪，眼神让我想起黎明时分被天光吞没的孤独灯盏。

我走过去，递给他一根香烟。惊恐的神色一掠而过，不在他脸上，而在我心里。我笑笑，笑的时候，心里也想：很多年以前，一个男人从农村乍入城市的时候，几乎对所有的陌生人都采取了这种眼神。

当车辆开出，空旷的铁轨发黑，似乎是两根焦炭式的肋骨。坐下的瞬间，窗外快速移动，"如果这一列火车没有尽头多好！"想到这句话，我自己吃了一惊。我知道，那在内心如铅块一般的孤独、失望、倔强、不安与外部生活失败的反应，它们合谋之后，就让我长期陷入了一种古怪的人生与思想境地。

我们前往南充。对于这座城市或地区，我可能多次路过。"路过"总是不深刻的。"路过"对越来越密集的当下人来说，早已经不是缘分，而是一种常态。我的邻座，是一个女子，二十多岁的样子，蜷缩在商务座如暖床的狭小空间里，邻她的窗台上站着一只红色的坤包，像一个装满秘密的陌生人。她光着的脚丫白皙，让人想入非非，或者干脆什么也不想。躺下来，虽然隔着生硬的钢铁，但我似乎能够觉得一种肉身的温热气息和类似赤身拥抱的感觉。

五星宾馆，内部是天堂，外面是地狱，或者仅仅比地狱高几个平方米。几乎所有的奢华地之外，都是最世俗的生活乃至最真实的时代和社会。站在十一楼的阳台上，背后是郁郁苍苍的小山丘，松树成行，笔直，看起来特别劲秀、整齐，它们脚下的青草、藤蔓、野花好像是自由和幸福的。无论何种事物，因为所在位置的差异，就会导致不同的命运与出发点。不断的鸟声在我的感觉中好像锐利的箭矢，类似匈奴的飞鸣镝。这一种听觉，大致是有意味的。在城市或者被欲望填埋久了，任何一种自然之音都是清洗。从里到外。

我颈椎疼，而床又太软。

好看、奢华、宽大。庄严的床，在宾馆，它们是众人的工具。此前一刻或者一晚，其他人在上面酒后酣睡，或者颠鸾倒凤，或者孤苦哀叹，或者欣然自喜。一张床也有自己的宿命和经历。只是，人对其他同类向来是只闻不觉、只想不明的。人只关心自己，甚至连自己也关心不好。如我。如戏曲中的杜十娘。雨果《巴黎圣母院》的卡西莫多。莎士比亚笔下的哈姆莱特、罗密欧与朱丽叶。因此，我始终坚信，有一些人生来就是为他人而受难的。只不过，有些人的受难来自外部，更多的来自内部。

很多年前，我就知道：高尚使人痛苦，庸俗令人快乐。

躺下不到五分钟，朋友叫去喝茶。我要说，四川这个地方及其人，并不是多年前我想象和理解的那样，一口曲里拐弯、饶舌颤音叫人听不懂的话、耗子一样谋生存，进行人群交际和做事情，如此等等。因而，在未来到成都之前，我对四川乃是有偏见的。可随着时间的深入，个人在四川行迹和交往的逐渐扩展，才发现相对于其他省份，四川地方和人群品性可能是中等偏上的，其人群并不过分阴柔，其看起来软弱和涣散的外表之中，大都包裹着烈性之志、铁血素质和良善之心。这叫我惭愧。曾经数次自我忏悔说：对不起，四川和四川人。

茶水叫人安静。坐下来，还是诗歌，谈论之声，在噼啪的麻将声中格外突兀，有一种不切实际的缥缈和虚无。吃饭时候，我喝了一点酒。这些年，我才发现，四川的酒风和四川人对酒的"深度"一点都不亚于北方地区，甚至有过之无不及。喝酒者在桌上杀伐，特别是喝到正好偏上之后，那种气势和缠斗能力，也令人叹为观止。

洗澡躺下，宾馆并不安静，声音从走廊和隔壁不断传来。在深夜，声音是宾馆的另一种生态。你听到的，可能都是实在的，也可能是某种类似事物发出的像人之音。从本质上说，夜晚和宾馆这类建筑属于同类，都是在为人类某种行为做掩护，并给予我们心安理得地安慰的假象。

似乎是一条河流，水湛蓝，两岸平阔，田地怀抱禾苗；成群的天鹅紧随头顶，它们飞行的姿势好像仙女。其中一只肥大的，还不时俯冲下来，落在我乘坐的船上。正在惊异的时候，一个身穿长衫，圆脸、粗眉、嘴巴开阔的男人笑着说：你来到的地方以前是有果氏之国，后来叫巴子国。这两个名称置换之间，就是五百多年时间。再后来，巴子国被秦惠王的军队打败，国王投降，臣民便和他一起，成了秦国的一个郡。现在，你看到的，都是假象。

我惊诧，盯住他那双细长的眼睛。他笑笑，捋着漆黑如墨的胡子说：一茬茬的人来了又走了，战争、地震、洪水，人杀人，人被人杀，天地造人，也灭人。无常之常，是为有常……我顿感晕眩，继而呕吐。抬头，发现自己置身于一处阔大的荒野，还是夜晚，星星几乎挂在鼻子上，风中有浓烈的酒香。四周发黑。我转身，才发现背后有光，而且是细长的一缕。光源好像来自远处的一座高山。我眺望，看到山顶上的积雪及其白色的巨大光芒。

光的道路越走越宽阔，先是村舍，一些人走动，扛着或者一些什么；路过溪流，上面有水车，几个挽起裤管的女子坐在红色的石头上洗衣服；再后来是城镇，酒肆、绸缎庄和水果店很多。偶尔有几个骑马的男子和女子，一身黑衣，腰挂长剑。有几个发髻高耸的道士，坐在只有几张桌子的茶寮冷眼打量，眼神如深井中的月光之影。再向前，好像是一片巨大的、闪着绿光的沼泽地，蟾蜍用他们肥壮而恐怖的外表，蹲在朽烂的树桩上，肚子一鼓一鼓地，好像在相互交谈。

前路戛然而止，又是一阵晕眩。我也醒了。好奇怪的一个梦。

起身，看到众多的楼宇，嘉陵江上的船只。近处还是睡着了的灯光。更多的窗户黑着或者被里面的黑覆盖着。我大口呼吸了几下，忽然觉得身体空了，好像很轻盈。我自己笑笑，摸了摸脑袋，轻声对自己说：这是在南充，你平生第一次来到。可是，在凌晨，一个男人心怀怎么如此空荡？除了这安静的黎明，你还只是拥有过往。

次日上午，诗人嫁女。豪华、嘈杂、堂皇。主持人吐字清晰，声调吉祥。我和其他诗人坐在数百人之间的某一张酒桌上，面对饮料、白酒、花生、喜糖、瓜子、茶水，相互打招呼，说笑。在巨大的音乐声中，我沉默，咬着牙齿，暗暗对自己说：结婚如此盛大、烦琐、喜庆、好玩、欢乐。可我却不想再要第二次！

婚礼结束，吃喝开始。这种习惯我觉得不可思议。胡乱吃了一些东西，出门，和另一位诗人吕历去蓬溪县。那是他的地盘。

在我看来，四川的南充乃至遂宁、眉山、雅安、攀枝花等等城市，大抵是适合过小日子的，适合那些与世无争、甘愿被尘俗一点点掩埋的人。如我。尽管我知道，极少人会和我有同样的想法。事实上，一个人一生，去的地方可能很多，但一直到死，可能也只有一个地方能与他身心合一、情深意笃。这很悲哀，也很幸运。我时常想到自己的出生地：南太行乡村，和待的时间最长的巴丹吉林沙漠。两者我都曾安心。客居成都几年之后，慢慢地，也开始觉得，这个异乡，事实上也是可以用来安心的。

看着无边的窗外。蓬溪乃至川东、川中这样的地方，浅丘地带、沃野千里，农业种植和养殖最为容易。不用担心大的自然灾害，即使没有外援，也不用担心没有吃的。这就是最好的事情了。大致是从年满四十岁那年开始，我就梦想简单的农耕生活。两个人，和一个孩子，再老人，婆婆妈妈、琐琐碎碎、晃晃悠悠地在乡野生活，看着孩子远走，陪着老人，自己也变得很老。可在这个年代，我已经无法实现这个愿望了。世界如此之大，世事如此浩荡，一个人，只有被裹挟的份儿，哪里能反抗？更重要的是，我如此做，尽管没人阻拦，我的亲人和乡亲也不允许。

人终究是世俗的。并且一生受制于世俗。

蓬溪县在四川与重庆之间，历史上好像很长时间无行政管辖。这样的地区，游民和暴民尤其多，当然，暴民也都是被生活和政治逼出来的。历史上，蓬溪有两大家族，一个是文武村的席家。席家的席书曾为明朝重臣，曾安抚云南地震灾区，并招募兵众，平息了宁王朱宸壕的叛乱。明孝宗朱佑樘时期，席书上疏呼吁改革，历陈革除时弊，严惩作奸犯科贵族对于帝国稳定发展之重要性，但没被采纳。嘉靖皇帝时期，席书力荐王阳明、杨一清等能臣入阁，深为嘉靖倚重。死后，归葬故里。一个是黑陶镇的张家。清初期的张鹏翮也是朝廷重臣，还是不错的诗人，其诗歌有"意境独超"之美誉，官至武英殿大学士。曾随索额图参与勘定中俄边界。索额图为满族正黄旗人，因鼎力康熙皇帝剪除鳌拜及其势力有功而深受信任。张鹏翮也曾担任过多个地区的主要官员并朝廷各部要职。死后也归葬故里。及后世，其玄孙张问陶也为一时俊杰。

夜宿中国红海。其实是龙洞古镇。舒家大院。老板舒松涛是一位生意成功者。一只眼睛奇特。整个面部看起来像极了《阿凡达》中的男主角。他们都玩笑着喊他"外星人"。说话也极为难懂。但从其言谈举止看，也是一个心有宽仁之人。席间，有书法家、画家黄胜凡先生。因为第一次见，再加上我对书画界也极为陌生。尚不知身边这位安静的汉子"底细"。只见他稳坐、发言不多，举止有礼，面色沉静且又淡泊。

诗人喝酒和喝酒之后，完全是两回事。诗人是这世界上最外向型的动物，也是所有艺术各门类从业者当中最富有想象力与天赋的。尽管，这个时代的诗人多如过江之鲫，但真把诗歌写到一定高度和境界的，少之又少。艺术对于人也很残酷。

关于诗歌，我一直坚持"气质""气象"（境界）。在当下，有气质的诗歌已经是很好的了，一般诗人悟不到也写不到这一重。有气象的诗歌凤毛麟角，有的诗人做到了，他和他的作品不管当世显赫与落寞，都不是最重要的，时间会给他们最好的回报。写作乃至一切艺术创作，本质上不是为了当世，而是后世的流传。

清晨五点醒来，撒尿，喝水。再要睡的时候，听到窗外连续发来奇怪的鸟鸣。声音高亢而低沉，还有些粗和脆。我很好奇，是什么样的鸟儿发出这样的叫声呢？为什么在如此漆黑黎明之前叫？这么简单的一个问题，却使得我思忖良久。最终想起，这种鸟儿，大致与北方的猫头鹰及其在民间的禁忌有所相似。这种想法和判断，时常叫自己不由恐惧。瞬间全身冰冷。

再醒来，日光破窗。躺在床上，我也适才觉得，这一切都是那么安然。乡间是当下最好的去处，也是人回到自然并且能够得到自然呼应的唯一之地。城市是对大地的一种凌迟刑罚，也是人对自然的一种徒劳之战。看起来是人胜利了，干净、脱离尘土、泥浆，疏远碎屑、昆虫与清风日月，杂乱的植物和冷不丁冒出来的各种动物。事实上，人一直想采取各种方式把这些搬到鸡笼一般的楼房住宅里。

人类生活始终是重复的。

带着清晨，去龙洞古镇溜达。一些旧房子和一些新建的复古建筑环绕绿水，其中有古龙寺、文昌阁、洪济宫、舒家酒坊等建筑，一汪湖水在最低处漾着涟漪，油轮停泊。日光大面积地从苍郁的山顶照射下来，温度瞬间攀升，做生意的店主打开店门伸懒腰，然后把货品搬出来。不一会儿，小吃、杂货、机麻、茶摊相继排开。当地诗人说，他们这里最有名的是麻花，也是油炸的，分咸的和甜的两种，很硬。他还说，这里是川军邓锡侯部旅长旷继勋率众起义的地方，旁边辟有纪念馆，也是当地红色文化的主体部分。

坐在水边，清茶一杯。四周山冈上的绿色有一种耀眼之感，人在其中，也似乎被某种温顺的软体动物包围了。鸟鸣像是乐队，把整个小镇吹奏得安谧又吉祥。几个人懒散、无所事事地坐，浑身清爽，感觉如容身画屏之间，成为一幅艺术品的构成部分。我想，如果真的在龙洞古镇能够成为某幅画的一部分就好了。很多时候，在庞杂的现实生活中，我时常能够觉得一种深不可测的无聊和虚妄。譬如人们都在传诵的爱。以前，我以为爱是人类最根本和美好的品质。但现在，我却觉得，慈悲才是有力量的，是一种比爱更宽阔、深厚和更接近人心和灵魂本质的"情怀"。

又是一场酒。诗人喝多了。在舒家大院的黑夜里叫嚣。我喝得少，听他们讲话。间隙环顾灯光中的舒家大院。古典、古朴，充满旧朝农耕气息。廊檐之间，也似乎有一种氤氲的气息，在院子内外乃至空中缭绕不散。我觉得美好。很多年前，我也是从众的，认为家族宗法之类的东西都是腐朽的典型代表，但现在却觉得，正因为"耕读传家"乃至"忠孝节烈"等一类传统文化和信仰的逐渐崩溃和解体，才使得我们的传统文化乃至民族精神发生了根本性的变异与扭曲。在我看来，我们这样的民族，虽然愚妄与恶劣的地方很多，但对好的东西历来也不怎么拒绝。只不过，我们自己一直在做一些非此即彼、自己和自己水火不容的荒唐与徒劳之事。如，解放思想、建立新世界和新秩序就必须割断传统吗？学习和拿来先进文化就必须去除固有的民族文化和精神吗？

这些散落在中国大地各个地区的家族大院，大抵家学深厚，传家有方，重文修德，为一方乡贤者居多。就拿舒松涛的舒家来说，数百年来，也可谓人才辈出，远的如舒元舆（《牡丹赋》作者、唐宰辅之一），近的如作家老舍、书法家舒同等，有上百位官要、文人和贤达，后人将之梳理并纪念，悬先祖画像、事迹，家教于墙壁，对后人必然是一种文化的熏陶和精神的激励。倘若今人效法他们，使得家族之风再度遍布城乡，不仅可以再度使民族凝聚文化与精神信仰，也可使得民众从根本上找到身心与灵魂的缘由出处与安妥之地。可惜，我们民族的贵族精神已再难建立与培植了。

悲哉！

诗人们继续喝酒的时候，我对舒松涛夫妇及其女儿舒芬表达了这样的观点和想法。时蓬溪的夜空星斗垂额，风有凉意。舒家大院四周的绿叶婆娑有声，花朵在不同的角落，被虫鸣声包围。

各自睡下，又是一天。每一天过去，肉身就像挨了一刀。次日先去蓬溪县城，川东小城，尽管有城市的嘈杂，但没有大城市那种杂乱、深不可测与纷繁纷扰。去宝梵寺，这座宋代初建、明代重修的寺庙，大殿中有数十幅绘于明代的佛教壁画，画风"天衣飞扬，满壁风动"，传说为吴道子显灵所作。当地民众传说，该寺建成之后，方丈请来一位童颜鹤发的老人作画，可连续数日，老人迟迟不肯动笔。临到大雄殿佛像开光前一天，他才向方丈要了几只扫帚，并将各色颜料配兑在一只木桶中，于夜深人静时分，潜入殿内，用扫帚蘸色挥帚，四壁狂抹，顷刻之间，壁画遂成。但由于被人偷窥，老者觉察，一怒之下，"破壁飞升"而去，不复踪影。有研究者认为（宝梵寺）大雄殿壁画浅描彩绘，笔调流畅，风格古雅朴素。为"蜀中明代壁画的代表作"。

端详之间，我想起了敦煌壁画。如上所说，宝梵寺的这些壁画也没有留下创作者的名讳。敦煌也是。由此想到，最好的艺术创造往往是为后世所留，当世人看到的，只是一声好和不好，漂亮不漂亮，甚至只是认为不过寺庙的某种必要程序罢了。艺术就是要超越"此时我在"之确切场域，与下一个人世灿烂邂逅的。

返回县城车上，与黄胜凡攀谈，他说的几句话令我深有感触。如：让人有想法却最终找不到任何想法的书画才是真的艺术品。艺术从不是告知方法，艺术就是意境和境界。中国也好，西方也罢，艺术终究是艺术，它属于人和人类。

我不住赞叹。蓬溪本地一朋友说，蓬溪是全国书画第一乡，随便拉出来一个人，就是写字画画的好手。我不信。他又说，我们小小蓬溪县，就有两千多人加入省市两级书画家协会，本县书协会员一万一千多人。及至黄胜凡工作室，才发现，黄胜凡用功之深之勤之独到，那些捆扎于铁梁上无数练习纸便是明证。喝茶时候，黄胜凡说：小县城安心。安心的地方，才能用来冥想并且专注于艺术。而北京（他的工作地）、成都太浮躁了，更重要的是，人在其中，永远有一种悬浮感，不贴切，不真实，不接地气，不能偎贴灵魂。听了他的话，我心戚戚焉。

川中沃野，浅丘地带，极少有高耸之地，高峰山大抵是个特例，也因此，才被道家青睐。山上道观据说建于明代。长期以来，附近乡民从不采伐一草一木。这令人惊异。一位在道观前摆设摊位的老人说，他家就在高峰山下的明月乡，情况确实如此。因为，这高峰山很有灵气，打小父母就这么告诫自己的孩子们。

道观森然，神仙端坐，其中的安详与超然，清静无为与玄机奥妙，是我这样的俗人所不及、无法领悟的。点香、鞠躬、跪拜，这样的动作，对我来说，是从二〇一六年三月才开始的。从前，我以为男人只可以跪拜天地父母及对自己有恩或者德泽丰盈者。但当我遭遇了人生的巨大困境之后，才发现这些都不是问题，鞠躬和跪拜对个人来说，有着另一种意义，即学会世俗地弯腰，不仅是生存所需，也是做人之要素。一个人跪拜佛陀神灵和贤哲，不是面对实在，而是在用行动表达崇敬之意和效仿之心。

站在远处看，道观古朴典雅，威严不失柔和，坚实兼有松软，全部为木质结构，并按照《周易》中的乾、坤、坎、离四大主卦布局，殿、馆、堂、亭纵横，楼、阁、台、榭等分建筑环绕交错，其间辟有正门、侧门、实门、虚门、活门、死门、机关暗道门等四百多道。这在全国绝无仅有，独此一家。也是道家易理和术数之学问在川中地区的一个真切的现实实践。

蓬溪之所以名为蓬溪，大抵是因为泉水及溪流很多的缘故。高峰山主峰和四周，有诸多的道观和寺庙，也还有流传不衰、神灵活现的民间传说，如竹马上山、书生罗依在此读书遇仙等等。叫人心生神奇。在巨大的老子像前，我仰望，也觉得，这个阐释了天地人道规律、奥妙、真谛的先贤圣者，实在是了不起的。他的学说，虽然违心，但他所达到的天人合一境界，的确是令人无限联想与神往的。

闲聊间，蓬溪本地的朋友说起几件难解的趣事（也只是一些无中生有的传说，因诗人吕历便是修建的主要组织和实施者之一，对于其讲述的，姑妄记之而已）。云：修建老子像之初，为定准基点，匠人按照传统方式，先焚香并燃黄纸。时天气晴朗，无云无风。香纸烧到一半时候，忽然凌空飞起，直上直下，连续三次，最终，香灰落地之处，便是基点，与测量结果分毫不差。再日，开工之际，早上工人来到，却见老子像背后的松树上挂满了蛇，足有上千条。驱之不去。请巫师作法，多数蛇瞬间不见，唯有一条，始终不走。工人便按照巫师所说，只好将之打死，埋在基座下。又，老子像建成，正是十一月，川中连续阴雨半月不晴，道路泥泞，车辆难行。谁知，开光那天一大早，雨停天晴不说，远近山野还结了白霜，道路也因此得以硬化，中午，仪式完毕，天空复又暗了下来，阴雨继续。

如此神秘主义的传说和现象，聆听之间，我不由惊叹，但还有点怀疑，无法接受。但不管如何，这些传说，无非要人常怀敬畏之心，不可肆意造次罢了。如敬拜天地等等，通常，其本意不是向着某种具体的神灵，而是向我们生活的地球乃至层叠的先祖，以及绵延的子孙后代。人不过天地过客，你我他，无一例外。既然是过客，就应当给后来者保留至少与我们一样的生活和环境。

下午返回。

又是一场暴雨。成都北站。我背着简单的行李。走出月台，穿过墓廊一样的通道，上到地面。暴雨还在继续。我站住，看着在眼睛里切割的雨线，忽然想，如果这一刻能够再爬上一列火车，我将毫不犹豫。并且想，我乘坐的那一列火车，永远没有终点站。我愿意让它载着我，和很多人一起，在地球上慢慢行走。想下车的时候，就去看看别人的地方究竟是什么样子，不想下车，就坐在窗前，慢慢浏览，或者躺在铺位上，就着同路人的方便面、水果、茶水，乃至汗臭和脚臭味道，看书。冥想。沉沉睡去，又在某一个时刻倏然醒来。

仪陇：元帅故里与颜真卿《鲜于氏离堆记》

终究是一代英雄，军事与战略家、革命家、政治家，当然更是符合中国道统的人生典范。去仪陇车上，我就这样想。像我这样生于七十年代的人，对毛泽东、朱德、周恩来等名字虽不怎么熟悉，但肯定不会陌生。众人总是被引领的，在中国尤其是。这种社会和历史的轨迹在很大程度上贯穿了无数人和时间中的人类群体生活过程，无一逃脱。若仅仅从个体生命的意义和价值方面，乃至理想和梦想说，短短一生，以自己和团队的力量进行一种翻天覆地的推翻和建立，而且关乎国家和民族，这就是非常了不起的。在近代，特别是诸多战神战将之间，朱德可能是近乎完美的。一个人能够在激荡的社会现实中懂得顺势而为、适可而止、团结合作、宽怀为本、独善其身，就是一种美德。

从一九九二年到现在，我一直是一名军人。任何人事和团体都是有传承的。尽管过去了很多年，斯人已经很少被人提起，但对于军队的缔造先驱，我始终能够想起来，并且脑海里迅速出现一些关于此人的诸多画面。那些画面，大都是幼时所致，或者电影电视，或者年画和书籍。尤其是乡村，至今还盛行领袖和元帅们的年画。二〇一六年春天，我在陕西偏远乡村的一户农家，居然看到了供奉毛泽东、朱德、周恩来、刘少奇等人的神龛，前面设置有香炉，柏香袅袅，两侧有对联，神圣威武。

有些人生来就是被人祭奠膜拜的，而膜拜的人，常常以此为荣，并且渴望冥冥之中的某种赐予和力量。

我去仪陇，也抱着瞻仰的心思。沿途都是低丘，在川东北，这样的地貌显然异于成都及其川西北地区。这样的地貌，不用惧怕较大级别的地震，种田不需要太多的体力，由于土质肥沃，随便撒一把种子，就是一片苍郁的庄稼；人和一个山坳平地，就可以修房盖屋，繁衍生息。如此环境，自然和人祸肯定会少一些。到仪陇新县城，处处高楼，美轮美奂，蓦然觉得，这些年来的城市建设已经深入骨髓，对人的影响和渗透不仅前所未有，且无与伦比，深刻如刀。我们确实生活在一个从形式到内容都剧烈变革令人瞠目结舌，以及今夕如此明朝不知为何与何往的时代境域之内。

同行的诗人梁平、龚学敏都是巴蜀人，也都曾为仪陇这块县域或者这片土地上的先贤们写过诗歌。我则是第一次来到，满目新鲜和惊奇。观看《鲜于氏离堆记》时，在颜真卿的书法前觉得了一种蓬勃的文化张力。也觉得，古人真是有福，去一个地方，总是要走很长的路，身体和灵魂一并在路上不说，还与自然、同类密切相关，行程中一阵风、一滴水、一声鸟鸣或者一声隔着河岸的呼喊或叹息，都能够惊醒和感染对方，使得人在天地之间、独我之中，忽然就有了感应与共鸣。而现在，飞机和车子飞速而过，不仅无风也听得了奔行的怒吼，也让身体和灵魂掠地而过，甚至不与大地人文发生一点纠葛。

《鲜于氏离堆记》是颜真卿被贬途中所书，现存碑文已大部分难以确认。但从中可以得知，仪陇原名新政，也叫过仪隆等名字，其历史可以追溯到遥远的战国时期。颜真卿不仅书法冠绝千年，独步艺苑，且还是血勇、忠贞之人。"安史之乱"爆发后，安禄山大军半个月内即从范阳杀至洛阳，河北沦陷，多数将领和州县官府望风而降，唯独颜真卿与其弟颜杲卿，一在德州，一在正定，首尾呼应，与安禄山、史思明所部抗战数月。后配合郭子仪和李光弼，逐步取得在河东、河北战场的胜利。就是这样的一个名臣与书法家，最终却被藩镇李希烈赐死。

所有的瞻仰都是崇敬和怀念。一个人能在世上留下自己独特的痕迹和事迹，当是无上荣耀。即使途经仪陇如颜真卿者，也以艺术的存留，在遥远的川渝之地得到了后世的回应与拜谒。而相对于颜真卿，朱德乃至张思德，后者由于其将行不远，更使得仪陇这一县域无论是精神还是文化上，都凭空跃升了几个高度，并且四散漫溢、气韵扩张。使得所有来这里的人，必然会心怀敬畏。

拾级而上，内心沉穆。人们通常用台阶来决定或者比喻某个人和事物所达到的某种高度和影响力。这种思维，源于古老的传统，也是人们用来纪念自身之中杰出人物的普遍方式。当然，这种方式显然是带有某种强烈寓意的。在很多时候，人是被同类抬高的，也是被自己抬高的。对于朱德这样的一个近代史上重量级甚至主角之一的先驱和领袖，他去世后，后人们怎么祭奠和尊敬都不为过。每个人都是时代的一分子，无论是缔造者还是参与者、顺从者和反抗者，其共同的一点便是，谁也无法真正脱离时代的局限与种种掣肘，也无法达到超凡入圣的完美境界。

　　记得小时候学课文《朱德的扁担》甚为动容，一个高至云端的人，一个开国领袖与军事战略家，居然也有平凡的一面，也有凡俗的情感与庸常的生活表现，觉得不可思议。但进入朱德故居之后，我就很快明白，再伟大的人，也出身于草木之间，都与泥土大地上根脉相连。据说，朱德的祖辈是从外地迁徙到这里的客家人。从此地到彼地，人永远在大地上寻找适合自己生养之地。客家人的迁徙虽然是从农耕到农耕，但也和游牧民族的迁徙性质相同。

　　一八八六年十二月一日，一个孩子在琳琅山下来到人世，他第一眼看到的，是这个世界在东方偏远之地的老旧形态。人群总是会有富裕的和贫穷的，有高贵的，也有卑贱的。这不是两极对立，而是人类与生俱来的命运。按照现在的说法，朱德出生在一个佃农家中，母亲生他时的房屋，还是租住地主家的。一个人出身微贱不要紧，重要的是他的成长。我注意到，朱德过继给其大伯为养子后，才有了读书的机会。无论在什么样的年代，客家人"耕读传家"家风不仅是农耕文明中汉民族的一种精神传统和现实自觉要求，也是中国文化，特别是乡村文化传统之所以传承不衰的根本原因所在。

　　及至长大，朱德进入一山之隔的丁氏私塾读书。这个丁氏，也是客家人。住在琳琅山南面，朱德家在西。《周易》上说，西主贵，南主富。经过多年奋斗，丁氏富甲一方，家中所开设的染坊、油坊、织锦等产业，构成了他们财富的来源。朱德到丁家私塾读书，当然也是受益者。一个山村穷孩子，有地方读书，还有人供养，在那样的一个年代，当然非常幸运。可当他学有所成，他所在的庞大帝国已经日暮西山，积贫积弱，百般受辱于西方列强，自身的问题已经无法根治，到处都是衰败与没落。

一九〇八年，先后爆发了广州"二辰丸"抵制日货事件，稍后，孙中山、黄兴、黄明堂等人起义失败；全国兴起请愿立宪运动；光绪皇帝和慈禧太后相隔一天死于中南海。在此情势下，清政府已经感觉到了自己的末日，循常制度废弛，科举当然也在此列。这对于读书人来说，一定是一个灭顶打击。此时的朱德，先后考入南充小学堂、中学堂并四川高等学堂附设体育学堂，次年在南充高等小学堂任体育老师。一九〇九年，朱德考入昆明讲武堂。这是朱德人生的真正开端。

导游指着旁边一座水库说：朱德小时，这水库还是一个池塘。几乎每个夏天，朱德都在里面游泳。有一天中午，他父亲朱世林忽然看到，一只白色小老虎在水中游泳。顿时惊呆，迟疑很久，才喊了一声朱德的小名"狗娃子"。没想到，那只老虎居然答应了。父亲一看，果真是自己的儿子。

这则传说，可能是牵强附会，但传说总是极其美好的。尤其是在大地乡野之间，美好的传说不仅是人们想象力的体现，也是慰藉我们苦难生活的强力精神药剂。长期以来，人们相信万物有灵，世上的人那么多，但每个人的命运都是不同的，也都有着自己的某种先天性使命。从这个角度说，大致是可以成立的。

向朱德塑像三鞠躬，心里觉得，自己面对的是一位先辈，除了盖世功业，他和这世上无数的逝者没有不同，生命绝无高低贵贱之分，每个生命都值得尊重与敬仰。举头仰望的时候，满心的钦敬之外，脑海中还有着嘚嘚的马蹄声、隆隆的炮火、鲜血与尸体的战场等等场景。朱德不仅生逢其时，参与了伟大的时代变革，也是时代的缔造者。人类的历史说到底是英雄、帝王将相的事迹构成的，书写的人未必同名同姓，但经历一定有很多的雷同之处，诸如没落之后的困苦与反抗，反抗过程中的艰难困苦甚至自我矛盾与失败、牺牲，也总是正道沧桑，胜者居上。英雄和帝王将相还是层出不穷，每一代人都用相同的方式，在浩浩世事与众生之间，走出了一条属于自我但却又彪炳千秋的道路。

一九一一年，朱德参与了"重九起义"，响应辛亥革命；后又当了两年军事教官，再任连长、营长、团长。一九一五年，参加反袁战争；次年，又任滇军旅长，时年三十六岁。像他这样的年龄，有如此多的作战经验，且荣升旅长，在和平时期是难以见到的。不过，一九二二年当是朱德命运的一个重大转折，这一年，他任云南省警务处长兼省会警察厅长，殊不知，前两年被驱逐的唐继尧返回昆明主政，朱德觉得不能再留下，遂与孙炳文等人去到北京。八月在上海见到陈独秀、李大钊，申请加入中国共产党，被拒绝后，前往欧洲，在柏林会见周恩来。不久，加入中国共产党。

这种年谱式的罗列好像无趣，但从中可以看出，一个人的命运轨迹也颇蹊跷。按照一般人的想法，在国民革命军中已经有了根基，任谁都不会轻易舍弃；再者，加入中国共产党遭拒绝，也匪夷所思。也可能是因为陈独秀和李大钊的书生意气，乃至其当时的政治主张等因素。从这个方面看，周恩来是富有远见的人。无论在何时，识人用人，不仅是气度问题，也是眼光问题。而后，朱德才开始进行了一系列的革命斗争，其中，在北伐战争中回川说服川军杨森所部策应、在万县和陈毅一起组织反抗英军屠杀国人运动，在泸州、顺庆等地组织的武装起义等，都是果敢且颇有成效的。

南昌起义被认为是人民解放军的起点，朱德当时所做的工作，以及他率麾下红九军南下广东，又转战赣粤湘边境，旋即在井冈山与毛泽东会师，他和他的部队，构成了红军的主力部分，对于当时的中国共产党至关重要。记得罗斯·特里尔《毛泽东传》中说，朱德前往井冈山，是以党代表身份去的，劝阻毛泽东打游击战，进而实施夺取大城市战略。殊不知，毛泽东与朱德深谈一夜，两人取得了深度共识，并付诸实施，几个月时间，采取游击战法，先后在五斗江、新老七溪岭、龙源口等地挫败了围剿的国民党军队。继而，在赣南、闽西等地开辟了多个红色根据地。前四次反围剿胜利，第五次失败。可能是当时党内意见不统一，倘若能够从朱德和毛泽东反围剿的胜利实践中得出正确结论，红军方面可能会损失得小一些。

长征是被迫的，也是战略转移，当然也是一个奇迹。这一个奇迹，是朱德和毛泽东及其战友所共同创造的。朱德的部队基础、游击战和指挥艺术，在彼时，对于全党全军来说至关重要，不仅是当时的方向，也是根本保证。在复杂的局势面前，朱德始终保持了谦逊的处事风格，也坚持了他个人的一种正确判断。

所有这些，已经在多个展馆陈设，供后人仰望和思索。我从中看出了曲折，也看出了伟大，看出了荣耀，也看出了惊险。但军事终究是为政治服务的。军事是政治的暴力手段，政治则是军事的至高目的。抗战期间，在太行山，领导八路军组织的战争，却也体现了朱德的政治智慧；在解放战争中的运筹帷幄，则进一步证实了朱德善于指挥大规模作战，依据形势调适战争进度的智慧和能力。步出展馆时候，很唐突地想到，朱德这样的伟人与统帅，可能就是为战争、缔造新政权而生。因为，在历史的每一个紧要关头，必定会有几位横刀立马的元帅与将军全程参与，这好像是一种历史和人类社会大变革时期的"必需程式"。

古朴的房子，在山的怀中。导游说，这就是琳琅山，航拍照片显示，山顶为鲜明的五星形状；山脚下有一块巨石，一面光石头上，居然重叠着镰刀和斧头。朱德当年的卧室在堂屋左侧楼上，一桌一椅一油灯，一张床，别无长物。坐在他当年坐过的椅子上，觉得了一种古雅的气息。也能够想象，当年的朱德，祖辈就是在这里生活，他本人的很多日子也是在这间房子里慢慢消磨的。

院子里种满了樱桃树，正是结果时节，一颗颗的果实，隐在叶子中间，不容易被人发现。吃饭时候，当地散文家何永康和诗人黎杰说了几件趣事，都是有关于朱德的。

一个说朱德为人宽怀，度量大，使得他在很多艰险时候能够化险为夷，也是他操守持正、人生颇为圆满的根本要素；一个说，当年蒋中正先生曾搞过一件荒唐事，即民间传说的"杀猪拔毛"，下令地方挖朱德和毛泽东的祖坟。朱德祖上共有八座坟墓，七座被挖开烧毁。只有朱德生父朱世林的坟墓完好。其中的故事或传说也很有意思，曰：当年，某国民党官员带风水先生来看。风水先生说，这座坟不能挖，挖掉的话如同放虎归山，后患无穷。稍后，又找一个风水先生。此风水先生也说，挖掉这座坟便会火烧赤野，更不得了。如此几次，这座坟墓才得以保存至今。

这些民间的传说，不入正史，俨然是乡野民众的一种说法，有趣。挖坟

112

掘墓历来为人痛恨，也是不入流的手段。逝者伟大，无论其子孙后代是怎样的一些人，也都与故去的人无关。朱德故居一侧，有山名叫马鞍山，山后一座山岭，名叫关刀岭，岭上长有一棵数百年的柏树，独独一棵，形似关羽所用的青龙偃月刀。奇怪的是，朱德逝世，树即枯死。不过，前些年，那棵树居然又复活了。

朱德故居和他父亲的坟墓正对一座形似官帽的独山，山上全是柏树，也不知道多少年了，总也长不大，但树冠一律朝向朱德父亲朱世林的坟墓。当地人说，这些柏树是在用鞠躬的姿势替朱德尽孝。

如此种种，都是当地人的一种说法，即便有科学的方法，也解释得通。当然，一个人超群绝伦，必然会被赋予诸多的传说，如古代的圣贤和将军，甚至皇帝及其嫔妃等等，几乎都留下了似是而非的民间传奇。民众总是喜欢赋予英雄俊杰神意和浪漫，借以证实这些人的不同凡响与天降大任于斯人的必然性。人们还以为，一个人的造化不仅仅来自时势和个人修为，还有天地自然乃至列祖列宗。

这其实也是一种教化，只是比那些大而笼统的说法更加委婉和富有唯心色彩罢了。

次日一早，在越来越猛烈的雨中，去到仪陇县老县城金城，据说这是西南地区第一大镇。在镇子外，看到新开的石刻。朋友介绍说，这是新建的，只要愿意，就可以请书法家把自己的诗词写出来，请人刻上去。我觉得这是一件好事。高大壁立的石崖，任其自然风吹雨打，未必就是真的好，今人效仿古人，刻字于上，起码是一种向上的文化行为。

就着淅沥大雨，仰望巨大的"德"字，忽然有肃穆之感。德，大致是一个人的内在质地，是天地自然在人身上乃至灵魂中的体现。"德"强调的是人的自我觉悟和修为，更是一种处世态度、方法、良心、品性的综合反映。

斯人已去，音容当年。可以说，朱德已经是仪陇的一部分了，也是川东北民众一个精神和现实的偶像与标高。我也知道，很多人仰望的只是现世与己相关的当下。在细雨之中，再次向朱德塑像躬身致敬的时候，我似乎听到雨滴敲击头顶的清脆之声，觉到了雨水淌进胸脯的细微动作，平缓且迅疾，自由而规则。

阆中：丰饶的秘境

　　巴郡地大，连绵数百里。《华阳国志·巴志》说西至犍为，东边到今天的重庆奉节，北边连接汉中，南则到重庆彭水。其民质直好义。土风敦厚，有先民之流。阆中居其中。《路史》上也说华胥生伏羲于此。阆中此地，古来便是仙家府邸或神仙下凡的第一驿站。伏羲者，中华之人文始祖，其庙飨于今甘肃天水市区内。其一生成就和领地也在古秦州之地。因其"一画开天地"而被后人纪念至今。其创造的先天八卦乾、坤、雷、震、艮、离、坎、兑，摄取自然之典型，天地之神功，以其变化无穷，象征丰厚，易和不易，蕴藏精妙，以至成为《易经》之肇始，而使人恭敬拜之为天人和神仙。传说伏羲人头蛇身。虽远赴秦地，有生之年曾经先后三次回到故里阆中。

　　以阆中而秦地，伏羲可谓阆中第一位传奇的智者。而伏羲何以三次回阆中，又做了什么，诸多史籍没有记载。我想，一个具有非凡智慧的古人，在遥远的大地上来回，若非极其重要的事情，断然是不会一再往返的。又有人说，伏羲生于成纪，即今甘肃静宁。为创世之神，与女娲为同胞兄妹。更有人说，伏羲乃今陕西蓝田县华胥镇人。其母为华胥氏，在某一个雷雨天气，复踩巨人之脚迹孕而生伏羲。近人闻一多《伏羲考》认为，伏羲和女娲均为葫芦化而为人。

　　在鸿蒙年代，每一个创造者都是传奇的素材。可以想象，地球之初，所有的生命都处在竞争的状态之中。最终，人从其中脱颖而出，进而创造各种工具，乃至文字，夺取了王者的位置。

　　人类的文明史，也是由着优胜者来任意编排和书写的。比如我们人类每个物种的历史都是进化的。伏羲，这位具有广大才能的地方领导人，以其开天辟地的智慧，使得他的后世子孙拥有了至今无匹的文化、情感和思想意识，并因此形成了专门的文字及其一干配套工具。

莽苍的神话时代至今没有打开，更无任何的事物来佐证人类在文字和文化诞生之前的历史和真实生活状态。今天所有的描绘都是猜测，所有的考古，也都是臆测成分居多。及至夏商周之后春秋战国，再强秦……这一番历史的更迭，王者和霸者的轮番表演，既催生了驳杂的政治，也孕育了诸多的圣人贤者。单就阆中而言，伏羲之后，最大和最神秘的那个人恐怕就是落下闳了。

此姓氏极为罕见，前不见其祖上，后不见子嗣。因此，有人说，此乃当年阆中一个村子的名字。落下闳者或以此为姓，或因史书误写讹传。司马迁《史记·历书·索引》说闳字长公，明晓天文，隐于落下，武帝征待诏太史，于地中转浑天，改《颛顼历》作《太初历》，拜侍中不受也。然东晋人葛洪所著《神仙传》中有神仙落下公，也有人疑落下闳乃是落下公之子弟或者后人。相比较上述两种，我个人倾向于第三种说法。原因很简单，创《太初历》和浑天仪，在那样的简陋年代，类此等精密、高深与玄妙之事，绝非人力可及，落下闳为神者，至凡间帮助人类，也是百姓常有之想法。

于是乎，我在想象，在西汉景帝时期，巴地阆中一座名叫落下的村庄中，有一不明来历的少年，在山间长大，以草露为饮，果实饱腹。常盘坐在村子制高点落阳山顶上的某一块岩石上，仰观天象，久而不辍，低头究思，日夜不罔。及汉武帝登基为帝之后，集中兵力，开始对匈奴进行反击。朝内，有东方朔和司马迁等人奏议，原有之《颛顼历》已然不适于当下，亟须修订以正国家，农桑稼穑，百般应用。

取得皇帝应允后，司马迁等人向刘彻推荐了邓平、唐都和落下闳等人。斯时，落下闳仍旧居于阆中，闻得皇帝征召，欣然前往。时为公元前一一〇年。数年后，落下闳修订颛顼历而为太初历，又创浑天仪。事业完成，落下闳自请退出朝堂。汉武帝应允，但念其功绩，授予郎中令的官职，而落下闳坚辞不受，要求回到故里阆中。世上不凡之人，必定急流勇退，践行天之道。自此，阆中历史上第二个具备神仙嫌疑的开天辟地的人物，便由此销声匿迹，不知所踪。

两千多年后的今天，我由成都而往阆中。因早知此地非凡，在动车上，不由得思绪纷繁而妖娆。我也知道，我们现在所处的正是一个特别务实甚至以功利为主导的年代，对于一些浪漫和缥缈之物，很少人再有兴趣了。而慎终追远，缅怀先贤，尤其是对在人类文明史上做出杰出贡献的人，无论何时，都是我们牢记、感恩、效仿与纪念的不二对象。人类之所以绵延不止，就是因为我们有情感、思想，尤其是创造力。可以说，伏羲、落下闳者，是历史蒙昧与黎明时期的"天选之子"，是东方文明进程当中两座奇崛的高峰。尽管前者身世至今晦暗不明，无从考证，但他们对于中国乃至亚洲文化文明至开天辟地般的贡献，使得我辈至今感到荣耀，尤其对智慧及其创造的行动，保持了高度的警觉、服从与富有启示的力量。即便有皇帝及其家国作为财力、物力和人力的支撑，但在连纸张都没有的年代，落下闳如何运算，并且做到精准无误？创造浑天仪，使得人类窥得了浩茫宇宙的奥秘与运动规则的呢？至今，我们仍旧在享受落下闳带来的巨大恩惠，如二十四节气，尤其是绵延数千年的春节。

每年腊月底，众多的人开始回家，只为团聚，哪怕是再远的异乡，也要回到自己的故乡，在自己家里，与亲人坐在一起吃饭、聊天，谈世事、生活，自己和他人，奇闻逸事甚至家国现状和历史。这种感情，是血缘的，也是天性的，因为人需要温暖和被温暖，关爱和被关爱。是春节，给予了中国人最切实的心灵、精神安慰和激励。

因此可以说，天文历法实际上融入了人类的情感、思想，也与天地之造化、变幻之规则吻合，其中包含的天人合一的东方哲学智慧，是对人世所有人的行为方式的一种校正与规范，也是对天地万物生长与凋零之节律的一种明察与配合。老子《道德经》说："急流勇退，天之道。"落下闳最终消失于朝野，进入莽苍时空，其之所来所去，体现的是中国道教当中神仙们一贯的风范与做法。

途经的南充在嘉陵江畔，楼宇森然，俨然一派现代化的意象。人类社会发展到现在，科学技术再发达，也有一个连续的过程。换句话说，当代的一切技术发明，均有一个基础和过程，几乎每一位科学家的成就都有一个起始点，也都有一系列的前辈和既有的成果。而伏羲和落下闳，虽然也有参照，但他们却真正地师从自然，是他们用血肉之躯和灵慧之心，从天地在某些时候呈现的"象"中觉悟和洞彻到的那种烛照悠远的哲思和科学。

村庄和城镇几近雷同，机动车占据了人和庞大山脉之间的每一个缝隙。飞机在天空佯装巨鸟，无声无息，且又缺乏灵活性。临近傍晚，我看到西边落日，以及逐渐隐现而闪亮的星辰。如此现象，因为司空见惯而习以为常。可天象学家、天体学家和宇宙探索者是如何发现太空的秘密呢？如落下闳公，端坐大地一隅，仰望观察之间，对于云霓变幻的宇宙，竟然豁然明朗。在阆中时候，他的肉眼究竟能够从云空中发现什么？他的心又如何能够洞彻那么多的真假虚实，进而做出精准的判断呢？

当然，工业革命以来，尤其是近代科学技术的神速发展，各种学问和学科、专业技术以及制造材料也应运而生，人类生活由此而有了新的改变。但无论是哪一种技术及其材料和制造工艺，无一不是出自大地和人。这其中，似乎隐藏着一个秘密或是谶语，即天与地本初就是相连的，混沌在一起的。《圣经》乃至中国上古神话中的开天辟地之说，看起来荒诞不经，其实都印证了一个基本道理：在某个时期，有一种无与伦比的力量，如宇宙大爆炸或是偶然的一个具有巨大能量的契机，混沌的天地豁然分开，太阳照射进来，万物由此诞生，世界由此纷纭。

阆中的夜晚，灯火古城，四面山为屏障，三面水缓缓而动。按照中国的风水学，四面环卫，必定是藏风聚气之地。山如游龙，条条飞舞，至此而群首汇集，其势态似耳语，又如峰会，严谨而和谐，自在而又亲密。阆中之地，山势均不险恶，没有特别凸起，也没有刻意下陷的。如此低纵起伏、动静相宜的山水，真的当得起"阆苑仙境"之称谓，当然算得了上好风水。吴道子至此，称之为"嘉陵第一江山"。杜甫先后两次至阆中，作诗数首，其中有一首《阆州歌》曰："阆州城东灵山白，阆州城北玉台碧。松浮欲尽不尽云，江动将崩未崩石。那知根无鬼神会，已觉气与嵩华敌。中原格斗且未归，应结茅斋看青壁。"

117

此时为广德二年（764年），"安史之乱"后又有仆固怀恩反叛。郭子仪奉命带兵开赴山西蒲州。仆固怀恩惧之而转向北，勾结吐蕃、回纥，攻打今陕西乾县，但因唐军有所防备，转而攻打彬县……十多年前，唐帝国还是一个好端端的江山，堪称当时"世界第一大国"，万邦来朝，吏民安泰。而安禄山一声令下，战火骤燃，烽烟不断。这其中，固然是李隆基及其整个王朝骄奢淫逸、任人唯亲和偏听偏信之错，而"极则反，盈则亏"，乃是世上不二真理。大至王朝，小至草木，均不能违反此律。在阆中的杜甫，坚持了一贯的忧国忧民品质和风骨，中原和西北的战事，使得他的诗歌充满了忧虑和不甘之气。可事实上，作为一位基本上已经历尽沧桑、阅尽人间万象的书写者，杜甫也早该知道这是无可逃脱的宿命了。

圣者与忠者，常逆潮流而动，于危难之时力挽狂澜，知其不可为而为之，血性也，亦品格也。随后而来的诗人大致是元稹，这个做过尚书右丞、少年就有才名的诗人，至阆中作诗云："忆君无计写君诗，写尽千行说向谁。题在阆州东寺壁，几时知是见君时。"他所怀念的人，即是与他同科而宦的白居易。

诗人和诗人之间，古来过往甚密的极少，感情甚笃的更少。诗歌乃至一切的文学艺术创作，都是极端个体化的活动。诗人之间往往因为个性和艺术主张的迥异，相互攻讦和疏远的现象比比皆是。但元稹与白居易之真挚感情，足以令人称道。元稹为官，虽有清名与政绩，但总体上是不怎么顺利的。古代书生，最大的梦想是治国安邦，成一时之重臣，扶正江山，抚慰黎民，入青史，作千古之名流。可事与愿违，对于元稹，人们多知他是一位诗人，至于他在朝廷所做的事情及其政声，却鲜有人提及。

而大诗人和文章家最好的命运，便是路过一地，哪怕是轻微叹息，潦草字词，也会被后人记起。由此可见，书写地域性的文字，古来便是一种美德，既能派遣心怀，又可以泽被一地。尤其后者，一个人而能使得万民受益，那当是一等一的功德。如李白之于江油、白帝城和桃花潭、蜀道、长安等，如杜甫之于草堂，岑参、高适、王维等人之于轮台、吉木萨尔及额济纳……而阆中，一时间聚集如此之多的当时俊杰、诗文大家，这在全国，是极为少见的了。这其中原因，大抵是阆中处在川陕黔交通要道，古来今往，商贾云集，为西南之丝绸之路重镇。再者，阆中本地也特别地出人才，西汉时期落下阆、邓平之外，还有父子天文学家任文孙、任文公等人。

所谓钟灵之地，必定人杰辈出，以其创造力和事迹利于邦国万民，进而彪炳青史，为人敬仰。后人慕其名，羡其行，便会一再踏访、拜谒。如三国时期的燕人、汉桓侯张飞张翼德。至阆中，我便去了张飞庙。在此之前，我只觉得，刘、关、张三兄弟后世留名而被不断膜拜的，似乎只有关云长。殊不料，在阆中，张飞也配飨大庙。受《三国演义》和各种戏曲、话本、民间传说的影响，张飞留在人们心目当中的形象是张牙舞爪、鲁莽匹夫。

"飞爱敬君子而不恤小人"，（陈寿《三国志·张飞传》）终于自取其祸，在重庆云阳县酒醉后被其部将张达、范强所杀，二人携其头颅投吴国。至此，一代名将、刘备的结义兄弟和股肱之臣烟消云散。其尸体，被运回阆中安葬。据《三国志》记载，张飞为巴西太守镇守阆州七年有余，其最大的战绩，便是击败企图打开巴西地区缺口而取汉中的魏将张郃。余下的，便是张飞据守阆中时期与黎民百姓的各种功德及忠勇品质。以阆中人对张飞的感情，尤其是自发为其修庙供奉，其匾额上写"万夫莫敌""灵庥焉奕"。当然是说张飞不仅有万夫不当之勇的武力，即使死后，灵魂也会在此永驻，且护佑民众。

陈寿《三国志》简略，为正史，《三国演义》为再度创作，从艺术角度看，罗贯中当然高于陈寿，是他用神鬼之笔颠覆了正史，使得三国之间的群雄个性独具，人人形象各异而淋漓。在张飞塑像前，我深鞠躬，一是为祭拜这位叱咤风云多年最终死在异地的燕赵前辈之作为和功德。二是为其或许有些可悲的忠勇与人生结局。三是为那些死在他武器和马蹄之下的诸多亡魂。所谓一将功成万骨枯，这是一个残酷的真理。张飞虽然至今妇孺皆知，但其生前的罪孽可能大于功德。这不仅他一人如此，但凡人世之帝王名将，莫不如此。出庙，我还对同行的朋友说，巴蜀之地之三国遗迹及传说故事等等文化元素，多半有河北之刘备、张飞、赵云之功劳。对此，巴蜀之人是不会同意的，但似乎谁也无法推翻这个铁定的事实。

夜里去南津关看流动式的舞台表演，除表现当地之风情民俗及读书之风的节目外，还有张飞审案的皮影戏。剧情虽简单，但从中可见张飞留在阆中民众心中的痕迹之深刻。张飞其实并不鲁莽，罗贯中将之塑造得粗中有细、勇冠三军，特别是在当阳桥以及取西蜀途中多场战斗中的表现，使得张飞这个人物形象更加立体化、鲜明化和个性化。但美中不足的是，刘备对张飞的感情，有很多地方却是虚伪的。也或许，从一开始，刘备便没有真正把张飞放在心里……至少，张飞在刘备的情感砝码上远不及关云长、赵云，更不及诸葛亮、谯周和法正等人。

这是张飞个人的最大悲剧。但以张飞之智慧，当不会不知道这一点。使得他死心塌地为刘备及其蜀汉政权竭力效忠的根本原因，一是张飞个人忠诚品质，世俗压力；二是限于时势，张飞不得不就此完结一生，以求留得后世英名。我绕着张飞阔大的坟茔默默地走了一圈，脑子里映现的，却还是那一个燕颔虎须、豹头环眼的莽夫形象。这是文学艺术的力量。也可能，经由罗贯中的再创造，使得原来好仕女画、善草书的白面书生张飞在民间获得了持久的生命力，甚至成了站在正义一方的化身。罗贯中之艺术能力，正体现了文学艺术创造所能抵达的那种深度，即通过对世道人心和人性的典型化、艺术化构建，以文艺之手段而行天地正道、赋予每个人物以个性和思想、弘扬正义与揭示人类历史发展规律的不二之路。

阆中古城灯火阑珊，走在其中，迎面而来与擦肩而去的人，我不知道他们来自哪里，就像他们也不知道我是何人一样。在青石街上行走，脚步声等于乌有。唯有两边的店铺冷清或者有人围着牛肉、醋等询问或者购买。中天楼顶上，有一面规则的太极八卦图示。据当地人说，中天楼为阆中古城之中心，也是龙脉落点。勘选者为唐代著名的传奇人物袁天罡。有唐一代，能人良将扎堆出现，武的有李世勣、李靖、李道宗、王忠嗣、高仙芝、阿史那社尔等等，文的有房玄龄、杜如晦、魏征、刘文静及"初唐四杰"和后来层出不穷的伟大诗人、文章家李白、杜甫、陈子昂、张若虚、李商隐、杜牧、王维、高适、岑参、柳宗元、韩愈……天文和历法专家僧人一行（张遂）……构成了中国历史上最为灿烂夺目的一道人文景观。

袁天罡原名袁天纲。《旧唐书》上说他尤工相术，隋末为资阳令，唐初蜀道使詹俊赤牒授火井令。在当世便很有名，曾为杜淹、王珪、韦挺等官要相面，所言之事及其结局，无一不准。最著名的便是其对武则天的预言。其时，武则天其父武士彟任现四川广元（利州）都督，袁天罡为其家人相面，说武士彟两个儿子（武元庆和武元爽）皆可官至三品。时武则天虽为女婴，而穿男服。甫一见之，"（袁天纲）惊曰：龙瞳凤颈，极贵验也；若为女，当作天子"。《太平广记·武后》也载"（武）士彟使相其妻杨氏，天纲曰：'夫人骨法非常，必生贵子。'遍召其子，令相元庆、元爽。曰：'可至刺史。终亦屯否。'见韩国夫人，曰：'此女夫贵，然不利其夫。'武后时衣男子之服，乳母抱于怀中。天纲大惊曰：'此郎君男子，神彩奥澈，不易知。'遂令后试行床下，天纲大惊曰：'日角龙颜，龙睛凤颈。伏牺之相，贵人之极也。'更转侧视之，又惊曰：'若是女，当为天下主也。'"（见《太平广记》，中华书局1961年9月第1版第440页，2018年7月第17次印刷）

相术之类的，大致也是由《易经》而化出的方术之一种，另一种则是易理。一个用于实践，贯穿到天地自然和人间万般事物，一个则源于理而又止于理。但不可否认的是，两者的关系互补性和渗透性很大。袁天罡及与其齐名的李淳风，是唐朝历史上最具有玄学意味和传奇元素的两个旷世异人。《隋纲赟拓》说其为重庆江津人，其父袁守懿，天罡为其次子。又有说，袁天罡曾拜李淳风父亲为师，学习玄学、天文、历法、方术等。因此，其与李淳风也算是师兄弟。随着其名声远扬，袁、李二人得到了皇帝及一些当朝官要的召见和邀请。李世民当政时期，为了解唐朝国运，令要袁、李二人背靠背而坐，现场推算。袁、李二人听命。不知不觉间，二人自唐开始推算了数个朝代。袁天罡忽然惊醒，顺手推了李淳风一把。二人的推算方才停止。这便是著名的预言书《推背图》之由来。

在古人看来，天道是轮回的，人世则是无常的。其中有变的，也有不变的。有恒定的也有瞬间的。人类自身乃至周边的一切事物，都有着自己的规律，但也受制于天地的变易法则并为其不可或缺的构成部分。据说，与《易经》相同的，还有《连山》《归藏》，可惜已经失传。由此，从古至今，《易经》便成了这门哲学或者方法论的唯一源头。年少时，阅读《易经》，只觉得是天书，认识其中的字，但不知所云。及年长，尤其是遭受了人生的一些挫折和苦难后，再读，便觉得有些似懂非懂了。常听一些精于此道的人说，《易经》乃至方术之类的，一般精于此道的，皆是在俗世中活得不如意，或者优裕生活而突然遭受失败之后，其中有识者，便会由此追索缘由，叩问命运，因而，才会对这类的玄学感兴趣。

夙夜难寐，或是谈及蹊跷之事的时候，也会忽然觉得，所谓的玄学，也或许有一定的道理。人在世上，乃至万千事物，其实都有一个极限，也都有一个自我的生长、转变乃至毁坏的"内控力"，因为环境、出身、文化、位置等方面的原因，同样的事物也会呈现不同的状态和结局。仿佛冥冥中有一种神秘莫测的力量在有意操纵一般。如婚配，两个不相干的人，忽然相遇，成为一家人；如车祸，同车的人有的死难，有的却安然无恙，虚惊一场。再如人生的某些际遇，总是会和设想和意愿相悖。如此等等，令人倍觉蹊跷而又无法解释。令人觉得这天地之间肯定有一种神秘的东西，具备着无所不能的智力和操控力，对每一个人乃至其他事物进行着神鬼不觉地操纵和设定。

对于预言，现代人普遍采取的方式是无稽之谈，或者不信、不予理睬的态度。在《推背图》之前，有如姜子牙《万年歌》、诸葛亮《马前课》，后世有刘伯温《烧饼歌》，几乎人人皆知。《推背图》共有六十像，其中的每一像皆由图画、谶语和颂诗构成。与诺查丹玛斯《诸世纪》相比较，《推背图》的应验率非常高。自它出世，多个大儒和易学家皓首穷经，进行阐解，其中以明末清初又一奇人金圣叹的评点为大众广泛接受。如第二十八像："辛卯，坎下震上，谶曰：草头火脚，宫阙灰飞。家中有鸟，郊外有尼。颂曰：羽满高飞日，争妍有李花。真龙游四海，方外是吾家。"金圣叹评曰："此像主燕王（朱棣）起兵，李景隆迎燕兵入都，宫中大火，建文祝发出亡。"

诸如此类，基本上是与历史事件相吻合的，也可算作是巧合而已。对于清朝之后的世事更迭，金圣叹的评点则简单得多。人永不可能猜测到未来的命运，否则，人类便没有了活下去的动力。虚幻、不可知和不可测，才使得人们毫不怀疑地相信，明天一定会比今天好。倘若未来一目了然，喜剧、悲剧，抑或悲喜剧，那这个世界对于人类来说，就没有了如此绵长和巨大的吸引力了。关于世界和人类的终极，科学家乃至预言家，基本上都倾向于悲剧。

即使悲剧惨烈、可怕，可我们还必须活下去。现在，人类已经用科学仪器拍到了清晰的黑洞图像，航空航天技术当中的动力学、空间工程技术、大气原理、气压学，以及飞艇、航天飞机、空间站、人造卫星等技术也不断发展，可对自身的命运，以及宇宙的真正奥秘，我们仍旧一无所知，像一群好奇的孩子或者自以为聪明的"人王"，偶尔欣喜又沮丧。因此，古人创造神灵或者被神灵创造，这其实是一个对等的关系，即便真的是神创造了人，对于神来说，人也成就了神。而袁天罡和李淳风以及刘伯温、诸葛亮、姜子牙等人，却都是真实存在过的，尤其是袁、李二人，均在《旧唐书》上留下了传记。

李淳风为今陕西岐山县人，其父名李播，在隋朝时任地方小吏，弃官为道士，号黄冠子，注释《老子》并《方志图》。李淳风幼年博学，尤其精通阴阳、历算、天文等。贞观初年，李淳风入朝为将仕郎。这个官职，是文官中级别最低的一种。后上书李世民，指出同朝历法学家傅仁均编撰并施行的《戊寅元历》之缺陷，并提出建议。李世民令崔善考核后，全部被采纳。贞观七年（632年），李淳风编撰的《麟德历》颁行全国。又制造成功了铜铸浑天黄道仪。关于这个当时领先世界的科学"仪器"，《旧唐书·李淳风传》中如此载说：

> 其制以铜为之，表里三重，下据准基，状如十字，末树鳌足，以张四表焉。第一仪名曰六合仪，有天经双规、浑纬规、金常规，相结于四极之内，备二十八宿、十干、十二辰，经纬三百六十五度。第二名三辰仪，圆径八尺，有璇玑规道，月游天宿矩度，七曜所行，并备于此，转于六合之内。第三名四游仪，玄枢为轴，以连结玉衡游筒而贯约规矩；又玄枢北树北辰，南距地轴，傍转于内；又玉衡在玄枢之间而南北游，仰以观天之辰宿，下以识器之晷度。

与此同时，李淳风首创了八级风力的观测标准，即动叶、鸣条、摇枝、堕叶、折小枝、折大枝、折木飞砂石、拔大树和根。贞观十五年（641年），李淳风主持编撰了《晋书》《隋书》中的天文、律历志，其考究之精妙，备受世人赞叹。

陕西，尤其是秦岭、大巴山、终南山一带，多有仙气，很多有名的道人便由此而成为奇异之人，如全真教祖师王重阳等。贞观二十二年（648年），李淳风转任太史令。先前，民间有一本《秘记》之类的小册子，其中有预言说，李唐王朝传三代之后，必有武姓人篡夺其政权。李世民便召李淳风来询问。李淳风直言不讳禀告李世民说"我观天象，此谶已成。将来取代李唐而君临天下的人，此时已经在宫中了。由此三十年后，此人就会成为君王。届时，李氏子嗣，也将被他屠戮得几近殆尽"。李世民说："如此的话，现在就把凡是可能的人全部杀掉，不就可以避免了吗？"李淳风回禀说："天命不可违，陛下此时杀之，此人还会转世再来。到那个时候，李氏恐怕难留根脉。这时候不杀了他的话，将来李氏虽然会根苗稀少，但此人老迈之后，还会将江山还与李家。"

祈求自家千秋万代，永享富贵，这是每个人的想法，人性使然。李世民当然也不会例外。秦始皇之后，所有的皇帝都是另一个秦始皇。《旧唐书》说，听了李淳风所言，李世民打消了遍寻可疑之武姓杀之而绝患的想法。这当然是权衡的结果，也是无奈的考量。王朝更迭，人事轮替本就是自然律令，如老子《道德经》所言："天地尚不能久，而况于人乎？"李淳风晚年又修订了《麟德历》，增删了刘焯《皇极历》，并创作《乙巳站》《典章文物志》《秘阁录》等数十部作品。六十九岁去世。

袁天罡与李淳风这等人物，使得雍容之唐代有了一股缭绕不去的神仙气息，也使得这个开放的王朝具备了多重悬疑色彩。到阆中，在张飞庙和古城浏览之后，去往三十里外的天宫院和五龙村。天宫院据说也是由袁天罡和李淳风共同勘址修建。所谓的天宫院，从字面上理解，此地大抵是袁、李二人勘定的"神仙居所"或者说"天宫"在人间的院落了。深入其中，便会觉得了一种神清气朗的豁然之感。民房之外，群山围绕，条条冈岭，和缓曲折，多祥和之气韵，绝无利风及险恶之所。此地之气势，起伏而又仁慈，低陷却平坦。人在其中，丝毫没有处于远地群山之间的压抑，也没有任何的惊惧和不祥之感。

天宫院有风水文化陈列和展览，也有袁、李二人的生平介绍。观看之间，我愈加觉得袁、李二人真乃异人。这种异人，也是数百年才会出现一两个的。再去拜谒袁天罡墓。在天宫院之北，一座独山之间，袁天罡已经静卧了一千多年。据介绍，其间有人试图盗墓，但均以失败告终。守墓的大嫂告诉我说，重修袁大人（当地百姓对袁天罡的尊称）墓时，有夫妻二人，其夫好奇，用两丈长的竹竿伸入墓中。觉空荡，且无尽。当晚，丈夫做梦。梦中有一白须老人说，你修墓就修墓好了，万不可用竹竿打翻我的灯台，扰乱我的情景。数日之后，其妻猝然去世。其夫仍旧天天做梦，以至于乱语不止，不久也跟着去世了。大嫂还说，现在这夫妻俩的两个儿子每次出去打工，行前要来祭拜袁大人，回家也会祭拜。

对于传奇之人，民众内心是崇拜的。关于以上所说，我求证大嫂。她言之凿凿，言那对夫妻便是附近村里人。不论是穿凿附会，还是偶然巧合。袁天罡之神奇，其生平事迹流传之广之深，也并非只是一地一隅，而遍布全中国之乡野。由此可见，道教对中国文化的影响和渗透力亦然巨大而深刻。我见旁边有免费的柏香，点燃，插上。这不是对某些神灵的崇拜，而是对这样一位先贤，尤其是袁天罡在历法和天文上的探究与贡献，表示一个后来者的敬意。转道李淳风墓路上，一位同行的诗人说，刚才我在点香之时，她看到一只金色的蝴蝶由天罡墓上青草丛中翩翩而出，然后低飞，绕着坟墓一圈，又落在了其中的一棵草尖上。

按照民间传说，袁天罡辞官之后，一路来到阆中隐居，并研究天文历法和方术。年老去世，令人将其棺材放在嘉陵江边，恰一官员由此上岸。见棺材异之，近前一看，棺木上竟然写了他的名讳，并身世及子女、仕途、寿命等。文后嘱此官员将之葬于天宫院北五里外的某山根下。该官员惊异，只好照办。李淳风也是尾随袁天罡而来的，也提前为自己选好了墓葬之地。其墓，则在天宫院南五里一座山根下。到墓前，我无意中发现。李淳风墓葬之地也和袁天罡一样，并非通常的前敞后靠，左右依傍，也是一座独山。

风水之说，晋人郭璞《葬书》为开山之作。关于丧葬之地，郭璞在其书中曾说山之不可葬者五：气以生和，而童山不可葬也；气因势来，而断山不可葬也；气因土行，而石山不可葬也；气以势止，而过山不可葬也；气以龙会，而独山不可葬也。袁李二人所葬之地，皆为独山，虽有来龙，去脉酣畅，但却又无所依傍，朱雀高而温和连绵，其形如龙。但白虎似乎没有，或者断裂……所有这些，我只是猜测，袁、李二人为先贤大家，学究天人，他们勘选坟墓于此，肯定有其深意。用不着我等无知后辈在此置喙。

夜宿五龙村。这个村子不大，大致有数百人口，深在群山低洼处，整体呈锥圆形，四周山峦高低一致，封挡严实但又通风透气。其中几道山岭，势态昂扬，身形如龙。站在黑黑的山坡上环顾，黑色的夜幕之中，整个五龙村灯火明灭，寂静悠然。星辰在天空中隐现之后，使得阔大的天幕顿时生动起来。我在想，如此高远的虚空之中，究竟存在着什么样的力量，有没有人们所说的神灵？将来，人类的科技工具进入太空，会遭遇什么？如此之多的星球，到底有没有其他生物存在？传说中的外星人是不是真的？又在何处存在？他们以什么为生？又和我们人类构成怎样的关系？对于地球，宇宙对我们究竟是怎样的作用和影响……所有这些，大致也是伏羲、落下闳、邓平、袁天罡、李淳风等人观察和思考过的。只不过，他们都做出了自己的探索，并给出了答案。

黎明，被鸟声叫醒。这草木丰茂的山间，到处都是活跃的生命。蚂蚁、蛐蛐、虫子、野兔、山猪和蛇……构成了一个繁华的世界。空气异常温润，呼吸之间，觉得甜丝丝的。这令我感到幸运。对于久居城市的原乡村人，这种恬静的光阴是久违了的，也是可遇不可求的了。下得山坡，满山的野菊花和油牡丹在晨光中，黄得令人心生痛楚，柔情顿生，白得叫我想起人类素净的情感。一些田地里，新苗正在冒芽，青青的或是黄黄的，在微风中楚楚可怜，懵懂可爱。一位年过八十的老人在替新苗拔草，看到我，他笑着说，这是另外一家撒种子的时候，不小心撒在我这边来了。跟他们说也不好说，算了，自己拔掉，就好了。我笑笑，向他竖起大拇指。心里想，这么大年纪了，还在田里干活，这是多么美好的事情！对于令自己不快的事情，他能给予理解，并且自己承担了后果。虽然只是劳动，但他的那颗宽恕之心是值得尊敬的。

三五人坐在乡间小院喝茶，聊一些东西南北的事情。茶是绿色的，在杯子中呈现的颜色，好像装下了整个春天。梨花开得有些败了，可还是有蜜蜂嗡嗡嘤嘤。远处田间的油菜花也是，也正在娇艳时节，微微晃动着柔软的青色身子，在明澈的日光下袅袅婷婷。午休醒来，忽然觉得全身轻松。这种感觉如同我在乡村时代，一天的高强度劳作之后，饭后，轰然躺在床上酣睡，再醒来之后的舒适与自在，仿佛整个人又恢复了活力，并且，这种活力似乎是神赐的那样，浑身清凉又惬意。同行者皆说，如长此居住和生活，也是一种美好的事情。事实上，当代城市人对乡野的感情，大多是"一见钟情"，谁也做不到"不离不弃"。

这是非常悲哀的，但也是这年代人的共同病症。再去构溪河湿地，乘坐船舶优哉游哉地漫游，两岸的湿地、青草坪、白色的房舍，偶飞的白鹭、戏水的鸭子、群飞的野鸭，构成了这片静谧世界当中最为安闲与幸福的居民和过客。恰又小雨，似落未落，轻轻地打在身上的感觉，轻而脆，静而幽。我想到，在城市之外，乡野是留给我们这个时代最后的养心之地和精神家园了。尽管，人无处不在，各种矛盾和冲突也在所难免，但能有一些清静地，供我们一时安妥身心，也算是一种幸运和福气了。

傍晚在鳌山胜境，俯瞰对面的阆中古城，那些久远的房屋、古朴的街道，在嘉陵江边如历史一样陈列，简陋之中，洋溢着一种古色古香的辽远气息，那气息当中载着远古的神话传奇，也有着王朝更迭的血腥和痛苦，以及少有的太平年间的繁华与富足、歌舞与欢愉。由阆中来去的人们，不论古今，也都是有福的。那些慕名而来且久居的人，更是对阆中的一种灵魂皈依，如袁天罡和李淳风，包括最终葬在这里的我的前辈老乡燕人张翼德，当然也有他早逝的儿子和战死的孙子。

离开阆中前一夜，我做了一个梦。一只全身青色的大鸟，好像从遥远的西藏飞来，在天宫院的屋顶上落下来，伸颈叫了几声。瞬间，满山发光，就连河边的碎石头都异彩生辉。而后，大鸟飞起，一下子就跃到了半空，更加奇怪的是，我竟然骑在大鸟背上，在云霄之上，看到了一群呵呵说笑的人们。其中有人叫落下闳，还有张飞、陆游、袁天罡、李淳风、杨瞻等等……看到我，他们都止住了笑声……我正在惊异，忽然大鸟一个翻身，我忽然凌空直坠……惊吓而醒。回成都动车上，我还在想这个梦，也想起了陆游名为《阆中作》的诗："挽住征衣为濯尘，阆州斋酿绝芳醇。莺花旧识非生客，山水曾游是故人。遨乐无时冠巴蜀，语音渐正带咸秦。平生剩有寻梅债，作意城南看小春。"诵完之后，突然觉得，陆游此诗，倒与我在阆中的心情和感觉大致吻合。

壤塘：觉囊派与黄财神之地

好像在天边。

过都江堰、赵公山、紫坪埔，迎面是一片巨大的废墟，以及废墟之下的亡灵。他们还在呻吟、嘶喊，注目、仰望和思想；滔滔岷江在山谷里呼啸奔腾。映秀镇之后，接连的隧道，雄峙对列的陡山，无形中给人一种强力挤压之感。这是我第二次踏入横断山脉之阿坝地区。感觉中，这一带的山脉好像高原上逃亡而来的一群史前巨兽，以不同的奇诡姿态，在昆仑山之下、大地隆起之处，形成一个奇异且又庞大的兵阵。众多的草木和人群、河流和山岳遍布其间，构成了一块特殊的、美妙与凶险的万物存活之地。早在几年前，我搜集并阅读了诸多关于阿坝州的资料，尤其是发生在雍正和乾隆时期前后持续十八年的大小金川之役，以及二十世纪三十年代的中央工农红军长征、五十年代初期的川西剿匪，这三个历史事件所牵扯的阿坝历史及其纵深，都是饶有意味且富有文化、政治、地理乃至人类学意义的。

阿坝也叫嘉绒地区，总面积八万平方千米，北有崛山，南为邓睐山，大小金川河贯穿全境。整整一天，山路如龙盘旋，从沟底到山腰，再到山顶。其凶险程度，古人说地则险阻异常，山则壁立千仞，水则怒涛万顷，溜坡陡磴，恶警阴森。坐在车上，车在山上，一侧深谷源涧，一侧巨石森立，每一寸道路简陋而又曲折。我想到，难怪当年的大小金川战役如此耗时费力，先后有四十多万清兵参战，主将换了几个，才勉强与当地土司及其多个民族组成的本地武装打了一个平手。二十世纪三十年代的黑水剿匪也是如此，我人民解放军先后三次调集重兵围剿无果，后在彭德怀的西北军区空军配合下，才得以肃清周迅宇等残匪。唯独中国工农红军在此胜利会师，并一路开赴延安，最终获得了全面胜利。

由此，对阿坝及其所属每一个地方我始终心怀惊惧。一种是来自一个弱小人类的敬畏，一种则是源于确切的自我渺小感。大地何其幽邃与丰富，一个人无非是其上的一个无足轻重的过客。到壤塘，忽然下起了雨，不大也不小，使得草地顿时有了泥泞之感。车子离开公路，进入一个巨石耸峙的沟谷，远远看到一缕白烟盘旋而起，在雨中如伸展懒腰的蟒蛇。同车的朋友说，这叫"煨桑"，即用柴草点燃青翠的松柏枝叶而燃起来的白色烟雾，是藏族人民欢迎贵客的一种礼仪。

每一个人都是地域的产物，而人群依据地域渐渐形成的文化和信仰，无疑是大地上最美好与最生动的景象。阿坝与邻近的甘孜、甘南等地区，不仅是西藏高原向下的一种地理缓冲与切换，也是东方人群及其文化信仰、生活习俗的一种递进与嬗变。在草地的帐篷中坐下来，雨珠如白色的珍珠，从苍冥的天空下落，接连与青草乃至青草中的乱石、草芥和牛羊粪便亲密融合。同行的一位作家也说，这壤塘，感觉就像天边。另一位说，从成都到壤塘的过程，总有一种层次上升的扶摇之感。到了之后，却又觉得，这里好像只是去神秘天空的一个重要驿站。雄浑的山脉与狭长的沟谷，连绵的植被与飘浮其上的生灵和寺庙、人居，都有着一种如梦如幻的神灵境界与仙人意味。

吃东西、手抓羊肉等等，尤其是油炸的人参果，无疑是一种上好的美味，也更能体现壤塘的仙境意味。少顷，阴雨骤停，太阳重生，金黄的光辉从容铺排，照得远山近水一片辉煌，树叶和草尖上的露珠晶莹剔透，成群的蝴蝶呈螺旋式飞升，一些不知名的鸟儿羽毛擦着树巅和高坡上的岩石飞行。当地的朋友说，这里是壤塘县的宗科乡，距离县城壤巴拉塘还有四十公里的路程。

壤塘县位于大渡河上游，总面积六千八百六十三平方千米，与青海班玛并甘孜州的色达和炉霍等县接壤。壤巴拉塘是藏语，翻译成汉语为"财神的坝子"之意。藏传佛教中的黄财神名字叫作藏巴拉色波，其形象全身金黄，头戴花冠，束有发髻；嘴角两撇胡须，下颌有一撮胡须短；上身袒露，下身着裙。左手抱着一只大猫鼬（又名蒙哥、狐獴，小型、花面的哺乳动物，喜欢群居，性凶猛），鼬嘴含宝珠，象征财富。黄财神两腿做弯曲状，端坐莲花。

左脚踏一只白色海螺，意为他有举杯入海取宝之能。人皆以为，财神就是掌管钱财的，拜之便可获得数量不等的财富。事实上，在藏民看来，予人财富只是财神的一个表面能力，而人生所谓的财富，则是福德、寿命、智慧。我觉得，这种解释才符合宗教乃至"财神"的本意。物质为人生所需，但毕竟是浅薄的，福德和智慧才是人生最大的财富。

趁着日暮，乘车去石坡寨观看日斯满巴碉房。当地朋友说，这是阿坝州保存最为完整和年代最为久远的藏族民居。临近，见一精美建筑依坡而立，侧看如沉穆之世外高人，姿态端庄而又古朴。其外墙均用不规则石片砌起，在落日余光中，宛如片片龙鳞。从底部向上爬去，站在二层的房顶上，环顾四周，群山蜂聚，植被青翠欲滴；寨子以下的河滩上油菜花开，青稞整齐。我想，在这里生活的人都是安静的，也是有自我精神追求和俗世规范的。他们并不嫌弃偏远与高冷，而是用一种古老的、游牧与农耕并存的生活状态，在人间高地进行着生命的繁衍与轮回。

日斯满巴碉房整体北高南低，整体呈长方形布局，共九层，下大上小，共高二十五米，自二层起层层靠北内收成台，北石墙自底直通顶部，但顶层面积很小，大小仅有底层的六分之一。依照藏民习俗，底层为牲畜圈，二层分南北，即北厨房、南客厅，第三、四层是睡房，五层为佛经堂，六层以上为杂物库房。每层的走廊为木质，用于晾晒粮食，三、四层还建有木质吊脚厕所，并设有窗户和若干个小窗口，其军事作用显著。按照藏民传孙不传子的习俗，该碉房已历十三代人。其建筑年代，大抵在元末时期。站在上面，苍鹰在逐渐灰暗的天空中鼓舞风流，寨子里的人们三三两两聚在路边或者某个院落聊天，或者看着我们这一群陌生来客。

世界越大同，万物越无所遁藏。尽管人类都渴望与更多的同类交往，以一种融合共通的态度来完满这个世界，但很多时候，人又是十分唐突的。有些唐突带来幸运，有些则带来不安甚至破坏。离开日斯满巴碉房的路上，我一直有一种愧疚感，以往那些到此一游的满足感荡然无存。何以如此？究问内心，又说不出原因。回到宿营地，篝火燃起来了，慢慢增大的火焰，在空旷的青草台地上，像一群倏然向上散开的美丽女子，舞蹈着，翩跹在星空笼罩的壤塘县宗科乡的夜幕当中。

随即是舞蹈，当地的藏民男女一起。他们的舞姿让我格外羡慕，那些笨拙的男子身体也格外轻盈，每一个都像天使。女子扭腰、踢脚，身姿之美，超越所有的舞台表演。游牧民族的歌声和舞蹈是最能打动人的，也是他们在艰难岁月甚至绝境之中用以鼓舞和安慰自己，激励精神和抚慰灵魂的最好"武器"。是的，在高原，在游牧民族后裔面前，我宁愿把舞蹈、歌声称为"武器"。正如道家所主张的"柔软胜刚强"。唯有柔软和慈悲才具有通行于世和打通不同文化与信仰的非凡力量。

夜宿藏民家里，户主是兄弟两个，极其热情。晚上，宗科乡的副乡长、一个年轻的藏族小伙子和我们同住。睡前，喝茶聊天。听了他一番话，我忽然觉得他是非常优秀的。他对政治、文化、教育和基层牧区建设发展的看法和思考，令人服膺且心生感慨。他说到了一些真实的现状，一些难缠的具体事情。还说到了自己在这个位置上的一些作为，特别是在处理牧民和牧民之间一些琐事争执上的方法技巧和态度，都很符合当地的社会实情又非常具有启发意义。我们还谈到藏传佛教，特别是壤塘的历史文化。这位年轻的藏族副乡长说，宗教的唯一目的就是叫人向善的、和谐的，是人心当中最高和最后的一道美好屏障与阶梯。对此，我们深以为然。这位副乡长还说了当地几位大活佛的精彩事迹，其中不乏神仙意味，但更多的却是对普通人的教谕。

凌晨睡下，一切安静。小小的藏族寨子当中，除了几声犬吠，黑夜像是一个巨大的曼妙之物，在紧靠高山、濒临河流的寨子内外覆盖和漫浸。早上起来，我面对主人家墙壁上的佛像，恭敬站立，鞠躬。那一刻，我深信肃然，有一种虔诚的明净感笼罩身心。离开主人家的时候，我向他们表示了敬意和谢意。他们一脸憨厚，说：这里很少有人来，昨晚和我们聊得也很愉快。还特别强调说，很少人能够对他们的现实生活感兴趣，更少人愿意与他们敞开聊天。我知道他们说的是客套话。其实，这里的牧民对于马尔康和成都等地并不陌生，甚至，他们就长期住在马尔康和成都等地。但他们所表现出的谦卑、热情和温和的态度，却是令我们心生温暖，并且由衷地感激。

出宗科乡，沿着公路，向着壤塘县城行进。杜柯河在一侧的河谷里激越或者平静。我看到，这一带，似乎没有一块平阔之地，山山相对，逼仄勾连，河流在其中向着低处不作声色。但苍翠的树木和遍地的青草令人心旷神怡，满鼻孔的青草气息乃至牛羊新鲜粪便的味道。到半途停车，仰望建筑在山岭上的村寨，其险要与精工，美妙与结实，大致是世上所独有的。人必然是环境的产物，也必须依照地域地势才能很好地生存发展，安顿好自己的身心和灵魂。壤塘县的藏民们，以自己超常的智慧和韧力耐心，把自己的起居生活之处安放在半山腰并奇崛的山岭上，其勇气和匠心令人叹为观止，心生景仰。

路过一座寺庙的时候，我仰望、浏览庞大的建筑，红色的喇嘛，坐在阴凉处聊天的藏族民众。这一切，显然与内地形成了鲜明区别。我没想到，活佛居然很年轻，而且还非常帅气，个头还很高。他轻声细语，讲解寺庙之历史，并说到藏传佛教觉囊派的源流等等问题。我发现，凡是得道的僧道都是安然的，也是朴素的、谦卑的，充满神意而又心怀敬畏的。我们先后与年轻的活佛合影，并在新修的高大寺庙面前虔诚合十。上车后，大家一路讨论，我觉得，自然界和宇宙之中，人类绝对不是唯一至高无上的生灵，在我们之外，肯定还有许多的不可显示与不可抵达的事物。比如神灵，比如人类无法拆解的秘密与唯有智者、修行者与灵魂才可以相通的实而又缥缈之境。

壤塘县城所在地名叫壤柯镇，一座位于群山之间开阔平地的坝子，四边青山，中间河流。不长的街道上店铺林立，不多的民众在浓烈日光下的各式建筑阴影下端坐，或者手摇经筒。当地朋友说，香拉东吉山是《格萨尔王》中的神山之一，当地民众至今奉之为心中的圣山，传说乃是金刚手菩萨的化身，其形状犹如"众"字，周边还有八十八座山拱卫，仿佛金刚手菩萨的侍卫。人们对于自然物的神灵层面的赋予源自敬畏，是人类最初融合于自然时候一种自觉的肉身和精神、灵魂反应。

从历史上看，壤塘也是一个偏僻之地，在公元前三一〇年，西汉统一西南之前，壤塘是真正的化外之地，称为牦牛徼外。从字面看，这个地方显然是远古中央帝国无力发现和顾及的地方。但汉武帝之后，西南地区渐渐明朗，壤塘自然也在其中。从资料上看，隋唐之后，壤塘被称为剑南西山，长期为吐蕃的领地，同时也是唐帝国的边疆地区。关于隋唐与吐蕃，乃至突厥、铁勒、薛延陀、南诏等民族和部落的历史，其惨烈与浓烈程度令人唏嘘，但好在时间是向前的，人类最好的美德便是宽容、和解、合作、互助、共享。在今天，壤塘与阿坝、甘孜和甘南地区一样，同为藏文化与汉文化的过渡区，也是民族与部落在漫长的历史时期自相融合的高地与通道。

壤柯镇的海拔三千七百米左右，人在上面，有一种飘浮的感觉。我似乎听说，在高海拔地区反应强烈的人，是身体好的缘故，反之亦然。不知道这个有无科学根据。在壤塘，我时常觉得紧张，后脑还有一种被紧抓的眩晕与不适。有时候觉得全身发软。这是我从前没有过的现象，记得二〇一三年五月到山南，还可以在海拔五千米以上的垭口拍照、抽烟，快速地走动和说话。而今……我感觉到了时间对于生命的强悍力量，也意识到，时间是不会饶恕任何生灵的。万物都是它的俘虏。好在，在壤塘，我时常觉得了一种强烈陌生感，哪怕在成都可以随处看到的芙蓉花或者蜀葵，在我眼里，都恍若隔世。

牧区博大辽阔，犹如雄浑诗篇。车子从县城出发，向茸木达乡、南木达乡，以及上壤塘、中壤塘和下壤塘等地进发。盘山路，远处隐约的雪山峰顶，翠鸟在松树之上的曼妙飞翔与鸣声都是自然的，也是人类的，是生命在大地和空中的一种活着的姿态与表达情感的方式。抬头的天空湛蓝，云朵潜伏在高山之巅，用飞龙、奔马、狮子、麒麟等等富有神意的形状引人惊叹。到一所幼儿园，孩子们穿着藏戏服装，其中几个可爱得让我心疼，忍不住抱起照相。他们都很温顺，脸上漾着浅浅的笑意。世上人群中，还有比孩子更好的人吗？孩子，是父母乃至层叠先祖的灵魂显现与肉身翻版。

人的肉身是物质的，物质会灭，灵魂则是永生的。关于这一点，中原的道家与藏传佛教乃至一切宗教的基本教义都是相通的。道家说，从混沌中来，还到混沌中去。关于这一点，阿坝州文联副主席庄春辉先生是一个对宗教文化研究极深的学者，他告诉我，藏传佛教当中一些佛教用品上的符号，也大多采用了道家的一些理论和形状。可以这样说，汉民族和藏民族其本源肯定是一家，是华夏民族之后。只不过，生存之地的迥然不同，导致了文化信仰和生活习性的区别。事实上，人类同出一家，无论民族、无论信仰。

棒托寺始建于元代，背靠格萨尔王修行过的瞻巴拉山。瞻巴拉山的本身就像是一尊巨大的佛像，雍容沉静，博大神秘。面对的则是象山，作为大渡河之流的则曲河在这里形成了一个巨大的颇有意味的"U"字形状。象山探出的如象鼻子一样的山脉探入其中。这种地形，肯定是修建庙宇的好地方。棒托寺最宝贵的，莫过于元代佛塔（上有千手千眼佛、释迦牟尼佛、无量寿佛、莲花生大师、佛、绿度母等大量的精美壁画）和镌刻在石头上的《大藏经》，分《甘珠尔》《丹珠尔》两部，所用石片超过五十万张。目前为藏区最完整的石刻藏经。

得到应允，参观棒托寺现任活佛的起居室。在一座独立的小院子里面，花草茂盛，看起来简洁而又普通，一切都很平民化，但也用上了电视、手机、冰箱等等现代设备。墙壁上，张贴着一些佛像，其中有棒托寺前任活佛的相片。我发出赞叹，也觉得，其实，在偏远之地修行也是一种不错的生活。一个人有信仰，并且甘愿为信仰而笃行终生，就是幸福的，也是幸运的。在寺庙内，人会恍然觉得，外面的世界虚软不堪，一切都是幻象，也都是那么地不堪一击，没有意义，唯有皈依在佛祖之下，于朝霞夕阳乃至山川河流之中，与草木共鸣与神灵密语，才是有价值和安妥灵魂的。

进入南木达乡之后，大地平阔，微微起伏的山岭峰峦紧凑，疏朗有致。这里是壤塘县的主要牧区，与宗科乡等农耕与游牧并存的地区形成区别，即这一带主要以放牧为主。中午时分，在帐篷内吃饭喝酒、众人欢乐的时候，我特别去骑了一次马。对于马和骑马的热爱好像源自天性。我始终觉得，在自己的精神当中，肯定还流淌着游牧民族的血液，是那种于高天阔地纵横驰骋，并且唱着悲歌与情歌的情愫与民族基因，让我对马这一牲灵葆有热爱的情感。可惜的是，这些马已经被驯化了。现代文明无孔不入，机动车也开始在牧区替代了马匹和骆驼。尽管如此，骑在马背上，胸中豪情顿生，也有一种悲壮的情绪，在周身沸腾蔓延。

斯时，日光浓烈，车辆奔行，不一会儿就到了夏炎寺。这座寺庙，位于高台之上，其形状宛如莲花，四周群山拱卫，近前翠峰有序凸起，还有一道山岭，形态如苍龙探水。其形势刚柔兼济，自在开阔，又留有余地。更可喜的是，当我们来到之时，天空中竟然出现一条圆圆的彩虹，而且还在天空正中，从寺庙的檐下看，正好位于寺庙的金顶之上。众人惊呼，纷纷拍照。一位觉囊派喇嘛说，这种情况并不多见，你们这些都是有福的人了。我也倍感惊异。虽说，天空永恒，健而康达，其变化也无从捉摸，但此时于天空的彩虹，称之为佛光显然是恰切的。

大地之上，宇宙之中，总有一些冥冥的暗示。道家有天垂象之说，释家也有相同的说法和现象。好像是源出一脉，并无太多的分野。我也相信，在无边的人生乃至宇宙自然之中，很多事物和现象不唯是一种无意的显现，其中肯定包括了更多的隐喻，甚至有着无法解释的诸多征象。夏炎寺全名为"夏炎扎西赞拉贡巴寺"，也叫"夏炎吉祥历神寺"，建成于公元一七八四年，即乾隆四十九年，其创始人为阿旺·更嘎求觉喇嘛，母寺为藏洼寺。其中，夏炎寺当中陈列的藏传佛教的文物极其丰富和珍贵，但极少公开。参观的时候，我能够明确地嗅到隋唐时期乃至明清和民国时候的某种特殊气味，如隋唐时期那种浓烈的羊绒味道，明清的羊肉腥膻，以及民国时期的土腥。

这不是亵渎，而是一种直觉的，或者说内心的嗅觉。我倒是觉得，像夏炎寺这样的偏远寺庙，对于当地民众以及藏传佛教来说，其历史文化乃至现实意义都是无与伦比的。觉囊派是藏传佛教萨迦派第五代祖师八思巴（名罗卓坚赞，或译洛珠坚赞，为乌思藏萨斯迦人，即今西藏萨迦县）的徒弟衮邦·吐吉尊追所建立，与宁玛派、萨迦派、噶举派的一些主张相似，但与格鲁派完全对立。宗教也有歧义，是好事也是坏事。人不相同，认知也不尽然。但多一些对宗教乃至人生本义的阐释，对于众生来说，是非常有益的。我在夏炎寺徘徊良久，彩虹的佛光也持续很久，直到我们离开，佛光依旧清晰、浑圆，围绕日光，在湛蓝的空中，好像一个永恒的神话，在昭示和引领仰望它的人。

就像去海子山的路上，佛光萦绕心头，久久不去。其实，每一个人心中都有一个神圣的宗教，也都有一些高贵且又慈悲的神像和佛像。只是，很多时候，我们被庞杂的世俗淹没了，而没有时间仔细检点和翻阅内心。当地朋友说，海子山也是富有神意的，海子山上不止有一面海子，而是三十五面。传说是位于今青海境内的阿尼玛卿雪山圣洁的王后，对这一方土地和人民的护佑。海子山主峰名为尊玛，海拔四千七百六十米。是壤塘、马尔康和阿坝县交界处最高的山峰。

一行人吃力爬上，对面的草甸上，牦牛遍布。海子背后的峰峦寸草不生，唯有接近湖水的山坡上，长有零星的草木。而在湖边大片的青草之中，野花烂漫，些许的芳香在风中流窜。到海子边上俯身，可以看到硕大的淡水鱼，黑色的，还有花色的。它们在明净幽蓝的水中自由生息，天长日久，也都具备了某种仙气。众人在海子边照相、嬉戏，还有的干脆躺在巨石上。尤其是同行的漂亮女性，在海子山长裙和围巾飘起，便都成了衣袂翻飞的美丽仙子。我也照了很多相片，以各种姿势。在如此的海拔，如此的水、青草、野花、鱼群、清风当中，距离尘世异常遥远，觉得自己完全成了世外之人，与以往和今后毫无瓜葛。

　　事实上，这绝不可能。我也和大多数人一样，是彻头彻尾的俗人。我贪恋芜杂的现实生活场域，也更爱与我关系紧密的每一个人。我甚至觉得，一个人绝对不只是他自己，而是属于他的亲人们的。但很多时候，我又极其向往宗教的那种澄明境界与无为人生。这种矛盾，是全人类共有的，是每个人无法挣脱的两极。返回时再去中壤塘乡的觉囊派文化中心。这大致是觉囊派在壤塘最为集中的宗教圣地。斯时，日光开始下落，山峰上的乌云镶了一层金边，光彩夺目。可就在我们车子转向中壤塘寺庙群的时候，我蓦然发现，远处天空中的乌云有一块像极了一对比翼齐飞的凤凰，在高空中向上舞蹈。我说给其他人，车内一片惊呼，接着是拍照的咔嚓声此起彼伏。

　　在寺庙当中，人完全净化了，而且有一种说不出的敬畏，同时还有沮丧感。这种沮丧大致是源自我的诸多限制以及对神仙和佛陀世界的向往而不可得。当地朋友说，这里是觉囊派三大寺庙的坐落地，分别为确尔基寺（一三七八年建）、泽布基寺（一四五六年建）和藏洼寺（一六五七年建）。三大寺庙之后，便是壤巴拉（黄财神）神山，正面为卧象山，则曲河由东向西。这三大寺庙当中，文物众多，多数是元以后各朝代所有。其中，确尔基寺内佛像众多，释迦牟尼像高达七米，各为该寺镇寺之宝。寺内经堂四周墙壁上绘有《遍知十四师徒》《释迦牟尼画卷》《时轮金刚》《莲花生威仪像》等四十七幅唐卡。而最令人敬仰的是活佛肉身，在高高的塔上，还如活着一样，据说，指甲和眉毛都还在生长，牙齿也是。这样的得道高僧，是令人羡慕和尊敬的，他们用毕生的心力来修行，他们一定抵达了传说中的佛国，成了永世长生的菩萨之一。

趁着夜幕回到县城，小小的坝子里灯火灿烂，四周群山静穆，形态庄严。去看当地藏民演出的藏戏《文成公主进藏》，剧情人人耳熟能详，但现场的表演更加逼真，尤其是戏剧中的音乐，人物的表现形式，以及藏语唱腔，都令人耳目一新，浮想联翩。关于文成公主进藏的历史，历来是伟大的颂词。事实也确乎如此。在历朝的和亲政策之中，勇往蛮荒之地与游牧部落牺牲的女性，王昭君之外，就是文成公主了。两位和亲者不管其自身幸福与否，但她们某种程度上对帝国有利，在婚后帮助其他汗国和部落是有实际功绩的。但她们的这种"牺牲"或者说情怀，在某种程度上对帝国某一阶段的历史发展是有利的，也在婚后不同程度地帮助其他汗国和部落实现了"移风易俗"。

临近县城的则曲河边有一座浮桥，浮桥过后，便是一块开阔的草地。是一个类似农家乐的地方，老板颇喜欢舞文弄墨，为千年的树木写了一副对联，很有文采。坐在松软的草地上，河水哗哗，松涛激荡。这里大致是壤塘县唯一的休闲去处。坐在阴凉的草地上喝茶聊天，自有一种惬意之感。尤其夜里，河流的声音越发响亮，月光之下，似乎滚动的蟒蛇和巨龙。说不清楚原因，我格外喜欢河边的那一片草地，特别是在壤塘时候，于此静坐与吃饭的那些短暂时光。以至于第三天乘车返回成都的时候，我还请司机师傅特意从河边绕了一圈，远远地看着奔腾的则曲河、茂林中的草坪和小木屋，难舍之情油然而生。从心里觉得壤塘这个地方，看起来远在天边，但其实在每个人的心里，因为它的干净、纯粹与类似原生的种种神秘和美妙。我暗暗对自己说，下一年或者别的时候，一定再单独来一次壤塘，再细细地浏览一番，争取把它真的装进心里，放在自己灵魂最干净的那一部分当中用以回想与珍藏。

雅安四题：蒙顶山上，二郎山下

蒙 顶 山 上

头顶蓝天流云，视野空阔，连绵群山被白雾缠绕；入眼之处，大地青翠。就着春日的阳光，坐下来喝茶，什么也不做，亦不想。整个人沉浸在一种自我的安恬氛围中，不一会儿，就觉得时间也开始变得缓慢，四周也逐渐升起一道无形的屏障，此内的一切，唯有自己，此外的世界，再嘈杂也和自己无关了。在很多时候，人需要独处，需要被一种自然物带领，比如茶、茶香和茶水，可以使得我们与天地连接，心意相通。

而我所体验的这种境界，是在雅安名山区的蒙顶山上。雅安古称雅州，地处成都盆地西边，邛崃山南延至天全与泸定交界的二郎山，又在宝兴县与夹金山南延会合，大雪山由其西南方向伸入城市之间，南部和东南部的大相岭与小相岭也盘桓其中。岷江水系由青衣江和大渡河组成。

这样的一块地域，山水穿插勾连，纵横连绵者有之，浩荡澎湃者有之，温婉曲折者有之，或沧桑激越，或怒涛冲天，或群起昂扬，或奔纵沉潜，但不管怎样的姿态，都围绕着这一座以降雨量大而闻名世界的古城，雅鱼、雅女、雅雨，是其区别于任何一座城市独有的印记和特点。无数的水，在雅安汇合，再泱泱而流，转入大渡河，成为长江的有机组成部分。这种万涓成水、汇流成河的地理优势，使得雅安既得到了山水的护卫与滋润，又成了重要的经济和军事重镇。

蒙顶山之名，取"雨雾蒙沫"之意而成，且此地每年降雨量两千毫米以上，古人也将之成为"西蜀漏天"。传说茶祖吴理真长期在此驯化茶树，采之撷之，煮之泡之，意趣天生，灵气四溢，过的是一种诗意的生活。这种人对自然之物出自本心的尊崇与研究，其本质是一种文化创造行为。山下有江，名青衣。大抵是取其流势幽蓝沉着的意思。俯瞰之间，江水绕着雅安这座古城，一边流淌，一边沉潜。这青衣江，发源于邛崃山脉巴朗山与夹金山之间的蜀西营，也叫宝兴河，在飞仙关处与天全河汇流，流至雅安、洪雅、夹江之后，在乐山草鞋渡进入大渡河。

青衣江这个名字叫人联想不已，我想，最初为之命名者，肯定是一位优秀的诗人和地理学家。轻声说出"青衣江"这三个字，便觉得口齿之间水花乱溅，鱼腥味与泥沙气息蹦跳而出，还有一种超越凡尘的仙气，满身游散，并激起涟漪。登山，到吴理真当年开凿的茅庐水井旁边，只见红石青苔，昭示时间沧桑。人说：只要掀开井盖，马上就会下雨。我试着搬开井盖，向下一看，里面还是汪汪的井水。心想，在这半山腰上，水井数千年而不枯干落尘，一方面说明蒙顶山自然生态一直没有遭到破坏，另一方面，也觉得，自然的造化是匪夷所思的。非人力所能及。再者，自然也是有心的。

有人还说，这口水井，是当年青衣江龙女与吴理真幽会的通道。常常是，龙女夜晚由水井腾跃而出，至黎明再由此返回。这样的故事，大半是牵强的。但这种附会，我觉得非常美妙，体现的是人和天地的关系，在中国人的心目中，天地人自古就是浑然一体的。再者，从俗世的角度说，赋予一地以美妙传说，人与神的恋情向来是最有效的策略之一。更重要的是让凡俗的人在闷暗的现实生活中有些谈资和向往，也是先民们自我安慰与精神超度的基本策略之一。

沿着小路一路向上，周边都是茶树，满坡的绿叶，在日光之中苍翠苍郁，还有些泛着银子一样的碎光。到达山顶，透过扭曲的千年老树，俯瞰四野，城市之外，村庄散落在大小山间与丘陵，俨然一幅本真的人间生活图画。雅安市区，高楼林立，围着青衣江，散落在平坦的坝子上。至天盖寺，当地的女子在表演茶道，忍不住坐下来看。女子身影曼妙，举杯投盏、扬水弃渣之间，有一种天然的美好韵味。也因此觉得，所有的事物都是具有艺术性的，人类基于它们的种种表演，都是一种发自内心的加强。

功夫茶或者茶道表演，其实也是极其锻炼心性的。陆羽"饭囊酒瓮纷纷是，谁赏蒙山紫笋香"，说的就是蒙顶山的紫笋茶。他的《茶经》句句皆妙，尤其对茶的定义、脾性和优劣鉴别，可算是深得自然之心和"道"，如："茶者，南方之嘉木也，一尺二尺，乃至数十尺……其树如瓜芦，叶如栀子，花如白蔷薇，实如栟榈，蒂如丁香，根如胡桃……其名一曰茶，二曰槚，三曰蔎，四曰茗，五曰荈……野者上，园者次；阳崖阴林，紫者上，绿者次；笋者上，牙者次……"等等。

多数人时常劳于俗务，不饮茶的多，即使饮者，也不能说是饮，只能是用来解渴，不管怎么样的茶叶，也不在乎好与坏，泡在杯子或者碗里，仰头即干。充其量只是解渴。真正的饮茶之人，无论在哪个时代，也都是人们富裕之后的一种生活雅趣，几个人相约，于某处坐下来，闻香、细品，体味一种逍遥境界。正如我，每年都要去一次蒙顶山，坐在银杏树下，闻着远远近近的草木香味，在茶水中思想和体味人生的某些境界。最好的，莫过于冬日的太阳下，清茶一杯，念天地之悠悠，独冥想于山野。这样的一种趣味和情境，我以为最美妙和忘我的了。

碧　峰　峡

蒙顶山向北，便是碧峰峡，这山的来历，据说与女娲炼石补天有关。先是乘坐缆车下到谷底，抬头仰望，只见峡谷之内，有一面清水潭，一边红崖上不住有飞瀑飞溅而下，在水潭当中，发出相互拼杀的激烈声响。沿着小径向前行走，路越来越窄，越来越陡峭。有的地方只容一个人通过。虽是初春，可山仍旧是绿色的，一些花朵已经举起蓓蕾，一些嫩草从老草根部噌噌地冒出身子。

山路曲折，一会儿向上，一会儿向下，一边的峡谷里，流水充斥巨石，一个水潭接着一个水潭，缓慢或者飞速向下的水在其中犹如性格多变的丰腴女子，或娇嗔，或暴怒，或低眉顺眼，或顾影自怜，或大刀阔斧。有些石头上，结满了翠绿色的水藻，让人联想到长满禾苗的稻田。有些临水的树木无故死掉了，但枝干上仍旧萌发出新的枝叶，娇滴滴的叶子，在初春峡谷的风中颤抖，让人心生爱怜。

行至一块大一点的空地上，稍事休息，然后再向上，小路折转向上，先是几十层的石头台阶，攀爬而上，不由得气喘吁吁。沿途当中，蕨菜满身苍翠，于枯枝败叶之间成群独立而起。有些岩穴的滴水，不由分说地打在头顶，有一种清脆的被敲击感。还没爬到半山腰，我已经汗流浃背了。忽见前面传来一阵哗哗的响声，紧走几步一看，原来是一道连环飞瀑，由高崖飞泻而下，在高崖半身处，形成一面水潭，而后又连续冲出，以更为张扬的姿势，向着崖下深潭连续跳落。

有人说，这里便是女娲池了。女娲，这位远古神话人物，她的故事在甘肃天水、平凉和河北太行山一带广为流传，即使乡民，也都知道有这样一位神仙。而在川地，女娲也有遗迹。看起来，古代的神仙是无所不能、无所不及的。苍茫宇宙，天上地上，都是他们的领地与活动场所。这种自由的美妙，难怪使得一代代的人想尽办法以期自己也能够成仙入圣，加入其中。

在路边买了一块水煮腊肉，喝了一杯蒙顶甘露，算是为自己补充体力，然后，再沿着一边的陡峭石阶继续向上，湿漉漉的两边，青草丛立，或高或低，其中还有一些不知名字的虫子在奔走，或者趴在草叶上。这种看见，连我自己都觉得非常滋润，也觉得自己与周边的一切事物有了惺惺相惜的意味。一阵喘息之后，登上一段陡坡，却发现，这高大的山崖之上，还有几层流水瀑布，一层一层，环环相扣，让人顿觉神奇，对自然本身的巧妙构造，惊叹之外，心里还有一种说不清的神奇感觉。

到山顶去看大熊猫，虽然没有想象得那么漂亮，一只只的身上染灰，憨笨、旁若无人，但它们的稀缺与珍贵，却是自然界独有的。看它们戏水、睡觉、走路、爬树等忍不住发笑，也觉得，大自然中的生灵每一个都是奇妙的产物，每一个，每一类，都是那么地与众不同，叫人心生爱怜。

雅安及其往事

如同蒙顶山和碧峰峡，雅安也曾有一个很好的名字：雅州。雅安及康定等地，也曾设立过西康省。这个省设置时间不长，但其中几件事，却令人至今觉得有益，且充满了科学的光辉。其一，十八世纪，普遍被认为是人类地理大发现的黄金时代，也是众多探险家狂想和行动最终都收获满满的时代，当然，西方科学家科考的目的并不单纯，他们想通过这种手段，加上经济和军事的能力，多数是妄图在全世界进行殖民。

地球的博大与神秘，自然界这本"天书"，对于人类永远有着极强的诱惑力。自十八世纪开始，法、意、俄、英、瑞士、美、奥地利等国家先后组织了十多支科考队进入西部横断山区内的宝兴、天全、芦山三县交界的"金三角"地区，以及康定、贡嘎山一带，他们的每一次科考都收获不菲。其中，在宝兴夹金山脚下邓池沟教堂做神父的法国人戴维发现了三十三种哺乳动物新种、三十七种鸟类新种，另有一百多种的高等植物新种，尤其是他对大熊猫、金丝猴、珙桐等物种的发现，令世界自然科学界侧目。

我国著名植物学家和果树分类学家俞德浚教授于一九三六年在考察木里、九龙时，经过瓦灰山、子梅山，直达贡嘎山主峰脚下的贡嘎寺，采集了大量的标本。冰川学家李承三、李春昱和崔之夕于一九三五年对康定、道孚等地的冰川特征进行了考察。一九三八年，日本全面入侵中国，沿海地区沦陷，盐路中断。时为西康省主席刘文辉政府避居康定，为探明川藏交界处的矿藏与物种，刘文辉邀请了一大批科学家前来进行科学考察。时为金陵大学电化教育专修科实际负责人的著名摄影家孙明经也在其中。跟随科考队，孙明经拍摄了由《西康一瞥》《雅安边茶》《川康道上》《省会康定》《金矿铁矿》《草原风光》《康人生活》《喇嘛生活》八部影片组成的"西康"系列，成为珍贵历史资料。

孙健三所著《定格西康：科考摄影家镜头里的抗战后方》一书中引用孙明经回忆说："在西康我们工作了五个月，最远到了金沙江上的德格、白玉、巴安，是中英庚款董事会西康科学考察团四十几人中走得最远的。此行我也收集了累积几尺的资料，并有一百封信稿。另外此行也拍摄了八百多张照片，业经编目。"这是一个波澜壮阔的历史景观，在彼时的中国，一些科学家和艺术家已经在做一些有意义并且影响久远的事情，这是一种了不起的作为，也使得雅安平添了许多科学、艺术探索与自然考察的夺目色彩。

其二，时间再向前推进至一八六三年五月，太平天国翼王石达开的部队至紫打地，即现在的安顺场，时任四川总督的骆秉章联合当地彝族部落，实施坚壁清野、围追堵截的战争策略。石达开至大渡河，下令全军在岸边稍事休整，夜间天降大雨，河水暴涨，船只不可渡。五月二十七日，石达开组织所属军队强渡大渡河，行至河中，骆秉章所属军队对其炮火连击，太平军死伤大半。石达开见大势已去，决定投降，但向清军提出要求，即他一人赴死，释放他从广西带来的两千多名战士，骆秉章应允。石达开上前就缚，后被押解至成都，在与骆秉章的对话中，石达开义正词严，骆秉章被驳斥得哑口无言。六月二十三日，骆秉章在成都下令凌迟处死石达开，行刑全程，石达开一言不发，神态自若。随后，骆秉章又食言，将石达开部下两千余人斩杀殆尽。

太平天国的悲剧，其实是自身的悲剧。石达开的天纵英才，也是世所罕见。但他最终的失败和覆灭令人百感交集，难以断言。鲁迅先生说："悲剧就是美的东西撕开给人看。"对于石达开，于我个人而言，同情的成分更多。我总是觉得，唯有悲剧，才能真的震撼人心，获得流传。在太平天国将领当中，石达开的个性及其遭际是最有意味，值得用心用力去挖掘、考据和书写的。只是历史记载往往不可靠，大致如此之下，很多东西已经被更改。

其三，历史也真是蹊跷有趣，时隔一百多年后的一九三五年五月二十四日，由毛泽东、周恩来、朱德和刘伯承、聂荣臻等率领的中央红军至安顺场，不仅渡过了这一道天堑，且消灭了守河敌军。这种霄壤之别，其最重要的因素，便是中央红军料事如神，用兵巧妙，且与当地的彝族百姓建立了良好关系的缘故。这也是一个伟大的奇迹，一个典型的战例，一曲铿锵的史诗。正如毛泽东《七律·长征》诗歌中所表现的那种气概和豪情，可谓惊天地泣鬼神。"红军不怕远征难，万水千山只等闲。五岭逶迤腾细浪，乌蒙磅礴走泥丸。金沙水拍云崖暖，大渡桥横铁索寒。更喜岷山千里雪，三军过后尽开颜"。

二 郎 山 下

车子在窄小的公路上谨慎行驶，到飞仙关，我蓦然觉得，以前的猜想一点没错，天全一定是西康路上第一道天堑，在冷兵器年代，得天全可偏安一隅，失天全，则西康门户大开，成都盆地也指日可下。在中唐时期，吐蕃势力强盛，剑南道及西康一带，也发生过很多的战争。到天全县城，去一个很老旧的理发店吃鸡肉，又辣又麻又甜。那家小食店，竟然是用一座曾为理发店的老房子而做饭馆的，已成当地一个名吃名景。那条街，也正是茶马古道出发点，现在还存留着许多老房子，如民国时期的小木楼、铁器店、木匠坊和草鞋店等。置身其中，好像又回到了肩扛背驮骡马铃响的年代，想那些背着茶叶远走青藏的人，骡马驮行的商贾，现在想来，虽艰辛异常而富有诗意。茶马古道沿途风光旖旎幽秘，漫长而又新鲜别异，由汉区逶迤向上，入藏地，沿途尽是高崖深涧，异样自然状貌与物种，不一样的生存图景与生命景观，人和人那种陌生而熟悉的交易，肯定有着各种各样的故事与传奇。

当然，雅安对西藏地区的茶叶供应也堪称筚路蓝缕，源远流长。这种交易方式，其实也是文明和文化的碰撞与融合。如今，三一八国道上，车辆依旧众多，且重卡轰鸣。早年间的茶马古道旧址已被茂林修竹及年复一年的落叶与尘土遮蔽了，昔日繁华通道被公路和飞机代替。走在蜿蜒的山径上，到处翠竹，穿行其间，我也适才明白苏东坡先生之"宁可食无肉，不可居无竹"诗句之真意。竹子丛生而根根峭拔，骨节清奇，皮质坚硬，看局部清脆溅水，令人眼睛温润，整体看，则昂昂然怒发冲冠，尖锐而不暴戾，若得道之智者。人在其中行走，便觉得灵魂也挺拔了。

走到一座临河村落，当地的作家李存刚、何文和杨贤斌说，每年夏季，有很多外地人来此小住，乘凉度假。我也想，于山间村野闲居，静心养神，堪为人生之大乐事。几个人坐在河边的小亭子里喝茶，凉风习习，感觉惬意，两边峰高林密，不时的鸟鸣如在头顶，脆音入耳，让人心神荡漾。有些孩子，不分男女，在浅滩细水中赤身游戏。不由得想起自己小时候，大致也是如此这般，不知羞耻为何物，光着屁股冲同龄同学大呼小叫，真是一段恬不知耻的美好岁月。可惜，那一段美好的时光，对于我而言，却是万劫不复，只能兀自羡慕和惆怅了。

二郎山，这个在歌曲中被传唱多年的地方。奇峰秀水，是通往藏地的天堑与最险要地之一。因为当年十八军筑路通藏，并有著名歌曲"二呀二郎山，高呀高万丈"大面积流传。我们所去的那座村子，正好位于二郎山正山下，两边皆是高坡，苍郁林幛雄壮而富有灵性。村子临河的一侧，还有一段被荒草和灌木掩蔽的茶马古道遗址。相约几个人坐在河边，在涓涓细水当中，杨贤斌、何文还给我讲了几个他幼年就听说的故事，都是关于茶马古道上流传的心酸爱情，还有表现古道行者与其妻子、情人之间相思的民歌。

回程，沿途见到许多骑着赛车向泸定方向的人，有单身一人的，也有成对的男女，或者三五成群，我想，他们这样的旅行真是自由自在，不那么急躁和恍惚，而是慢慢地看到和发现。而我，总是乘坐车子，对那些美景和那些人，看到即离开，看到即消失，这是何等的轻慢？同时也觉得，一个人在大地上，其实都非常仓促，所有的看到和遇见也仅仅是一瞬，当我们与大地上的事物擦肩而过，与熟悉并且有着某种默契的人面面相对或者遥遥相望，其实都在消失。因为，一切都难以确定，正如一个人伸出的手掌，往往是空着而去，再空着回来。而在雅安及其各处，有茶和悠悠往事，再加上川藏交界之处的幽秘物种及其存在，民族风情与现实变迁，任何来到和路过雅安的人，都将是饱满的，也都是温润的。

汶川：羌人之地与威州史迹

　　再一次去威州，即现在的四川阿坝州汶川县，已经是七八年后了。记得十多年前，我平生第一次落足巴蜀之地，去的第一个地方，成都之外，就是汶川的映秀镇了。那是二〇一〇年八月份，岷江再一次摧枯拉朽，汪洋恣肆，以泄天的暴雨，在大地上酝酿和汇集了超大洪水暴虐大地万物，尤其是众多的生灵。刚刚于"五·一二"地震中开始复苏映秀镇乃至整个川西地区，又遭受了一次自然灾害的蹂躏与摧残。在涛声如雷的映秀镇江边，我采访了以在"五·一二"汶川大地震、舟曲特大泥石流等重大灾难中表现优异的黑水民兵群体。面对那一张张朴实的面庞，语言中的类似传奇的惊险经历，在他们生与死的故事中，我多次忍不住眼泪不止。也就是在这一次，我认识和体验到了整个川西北丰富和丰厚的历史文化，尤其是人们的坚韧生存及其富有传奇色彩的民族风习。

　　也第一次知道，汶川之前曾有过的绵虒、汶山、维州和威州等名字，当然也知道这里是治水先祖与大夏开国之王大禹的故乡。这个在历史上有着诸多神奇传说的君王，于鸿蒙之际，开创了大夏王朝，且为中国乃至人类历史上最早的治水天才与有德之人。他的睿智和贤明，是上古华夏民族智慧的再一次有力体现和完美阐释。我常常想，彼时，在古老的大地上，山川纵横，巍峨连绵，其中沟壑何止万千道，天降之水淅淅沥沥或如珠如箭，最终集合成滔天大河之后，就对人类产生了巨大的威胁。

　　而一个人，在他有生之年，能够心怀天下，胸怀众生，所作所为，都是激昂的，也都是有利于更多人的。司马迁《史记·大禹本纪》所载："以开九州，通九道，陂九泽，度九山。"天下九州之地理划分，至今仍是科学的。这也是上古人们的智慧体现，同时也充分说明，我们的民族，在人类的蒙昧时期，已经是具有强大的文化力量，以及适应和改造自然的超强能力。这不能不说是一个奇迹，一种令人匪夷所思的历史往事。

太史公司马迁《史记·大禹本纪》中也说，大禹治水，由冀州开始，凡中华之地，水患之灾，大禹不辞辛劳，亲而治之。可以说，大禹的足迹遍布中华大地，即使远在西北的河西走廊乃至青海的河湟之地，也留下了大禹治水的事迹和传说。这样的一代伟人，其先祖是羌族，最为古老的民族之一，他们先前于西北的敦煌祁连山之间，与后来的游牧民族乌孙、大月氏、匈奴有过长期的割据与争战，即便是青藏高原上，也有他们先祖的传说与历史痕迹。

而在汶川，羌族的历史可能更悠久一些，据现在的考古研究，包括建立蜀国的杜宇也为羌族人。从大禹、杜宇等人的传说及其当世功绩上看，汶川这个地方在早期的中国西南，已经形成或者说掌握了较为先进的文化，特别是在养蚕、丝绸，以及对天文地理的了解与领悟等方面，俨然超越了其周边的很多部落与民族。

那一次，在映秀镇的江边，看着地震后新建的住宅，青砖白墙的楼房，在一派绿色江边和山根，呈现一种新生的迹象。只是，在河道里汹涌吞噬的洪水，浑浊而且充满破坏的欲望。尤其是地震留下的废墟，还有附近滑坡之后的狼藉和凶险，让我觉得了这一带生民的顽强。对于自然灾害，人类还是渺小的，但是人类和草木一样，有着生生不息的传统与力量。那时候，我就想去汶川县，深入大禹的故乡，以及传说的姜维城。且说这个姜维，也是羌族人。作为大禹的子孙，姜维既善战又有一颗忠心。偏安的蜀汉王朝虽然已经灰飞烟灭了，但姜维依旧继承诸葛亮的遗志，力图恢复刘汉天下，可是，他和诸葛孔明一样，也是一个生不逢时、时不我与、虽有心力不逮的英雄。他个人最终的悲壮结局，也堪称一曲绝唱。

几年后，我们开车再次经映秀镇而入汶川，只见两边高坡耸天，每一面坡都显得异常陡峭，几乎是牛马难登。山上的植被也不算丰厚，其中的岩石和悬崖很多，但似乎也都是悬着的，完全不像北方的岩石山，即使悬崖，也是坚硬的。而这一带的山峰，大都是由沙土和巨石堆积起来的，看起来高大崎岖，但多数是松软的。这也难怪，汶川乃至阿坝等地区，遇到大雨天气，总是会发生泥石流、滑坡等现象，有的甚至规模很大，令人触目惊心，这一系列的自然灾害，对这里的人和其他生灵造成的威胁甚至伤害不仅是巨大的，而且还充满了不可抗力与突然性。从这一点上看，在汶川，或者说汶川的地理构造像极了人生，充满了各种蹊跷和奇崛，还有突如其来与不可逆转。

路过绵虒的时候，我被"虒"字难住了，查字典才得知正确读音。紧贴着雄峙的陡坡与奔腾的江水，车子绕来绕去，彼时，都马高速还没有修通，只有数个隧道可以供来往的车辆穿行。还没进汶川县城，就看到高大的大禹塑像，那一位头戴草帽、身披蓑衣的古圣贤，其姿态完全是慈祥的和善的，也是亲民的，更是睿智的。古来的圣贤，其实都朴素近道。因为，在中国的传统文化中，每一位圣贤，他们都是集中了天地精华乃至所有美德的人。大禹当然也是。车子停下，我走到塑像下面仰望，那一瞬间，我感觉到了自己发自内心的虔诚，也感受到了一种亲近圣贤的安静与美好。

汶川县城一边滔滔大河，一边依山而建，看起来很小。走进去之后，又觉得这座城市很大，道路虽然不平，人在其中，却能够强烈地感受到一种别样的风情。羌族人民古老，凭借着的是他们传之悠久的历史文化，是他们在天地之间的勇猛、智慧，也凭借着他们对于一方水土的热爱。有些街道上，挂满了羌族人的手工艺品，还有银饰与风干牦牛肉、各种菌子和水果等。据说，汶川一带的樱桃或者叫作车厘子、苹果、桃子等水果尤其好吃，水分足，甜，且外形光滑、晶莹。

太阳快要落山之时，庞大的山峰不断挪动着阴影，江水在县城之外的滔滔之声越来越清晰，宛若天地之间滔滔不息雄浑的歌唱。我们几个人找了一家餐馆，吃这里的羊肉和牛肉。我最喜欢的还是这里盛产的各种菌子和蔬菜，爽滑可口，且充满了别样的新鲜味道。羌族人自家酿制的米酒有一股粮食的清香，喝起来也不怎么辛辣，反而有一股甜味，很舒服的感觉。但我知道，这样的米酒是不可以喝多的，要是不知其厉害，过分贪杯的话，一醉就是几天，即使清醒了，总觉得身体还是软的。

入夜时候，同行的几位女眷买了羌族的服装，还有鞋子，个个都是兴高采烈的，到酒店休息，也还在各种装扮和摆弄。我总是觉得，其实这种行为很好，反映的是一个民族对另一个民族的喜欢，也传达着文化和文化之间的亲近与融洽。站在阳台上，仰头便是满眼的星辰，一颗颗地、寂寞地亮在这大地山川之上，也高远地显示着宇宙的广阔和博大。尽管是夏天，风吹来，却凉凉的，犹如清水细若游丝地敷过身体，让我觉得了一种说不出的清爽感。这汶川，这巍峨连绵的山里，与成都端的是两重境界，一喧嚣而溽热，庞大而又熙攘，一则清风群星，高山雄峙，水声滔滔。一深处其中，同类如过江之鲫，难能寻到一处安然之所；一坐落山中，濒临大江，时刻能够感受到大地自然的细密气息。

黎明即起，到处都是清亮的，唯有附近山腰以上的云雾，丝带一般缭绕不散，姿态还很美妙，有一种美说不出的轻盈与灵秀。这令我想起古羌人的蚕丝与丝绸。日光从山顶再山坡，慢慢走到县城和江水之上的时候，我们去到姜维城。其实只是古迹了，可对于历史的怀想，是每一个后来者不自觉的文化行为。姜维之忠勇和悲剧，尽管有人诟病其愚，可人类历史的发展，却往往很需要这样的人。倘若人人都见风使舵，甚至遵循良禽择木而栖的政治游戏，那么，人类的身体和精神里面，一定会缺少钙质与信仰。因此，面对这老去的姜维城，我的思绪是复杂的，而且惋惜多于指责，喟叹多于埋怨。

历史上的人，总是会受到当世特点环境的限制，同时，当世的环境也是塑造他们的基本因素。倘若以现在的眼光去丈量历史，其实是不够公允的。如姜维，再如清时代的改土归流，以及前前后后持续十八年之久的大小金川战役，都是有其特定原因及结局的。还有红军经过此地战斗，以及解放初期，我人民解放军在阿坝地区进行的剿匪斗争等等，都是可歌可泣和可圈可点的。我也想，汶川这样的一个偏僻之所，几乎在每个重要历史时期，都经历或者说参与了时代的变迁，这是非常了不起的。

再去卧龙自然保护区。横断山脉在亿万年前的地质变化，使得这一带的地理地貌具备了复杂和神奇的构造。卧龙自然保护区，就像是一个巨大的谜语或者说上天给予的一种奇迹，使得这里植被繁茂、鸟兽聚集，仿佛神一样的存在。其中的大熊猫，当然是最有趣的，也是最珍稀的。那些为数不多但看起来异常可爱的家伙，在树下玩耍和在树上睡觉的憨态，让人忍俊不禁，又觉得很有趣。大致，也只有大熊猫才会如此，它们在深山密林之中的生存，笨拙而富有灵性，常常令人联想起很多的事情，比如，生命在漫长时间中的过渡与进化，保持自身的各种能力以及与其他动物的相处情境等等。

当然还有金丝猴，这些最接近人类的灵长类动物，在人面前，它们仍旧保持了有史以来的灵巧和顽皮，当然，还有一些心机。我常常想，猴子也好，大熊猫也好，其他的动物也好，它们肯定有着超越人的某种能力，比如耐寒、捕猎的手段、繁衍的方式，以及人类难以觉察的语言等，都是神奇的，也都是自成系统的。

说地球不唯人类独有，人类也不过是其中的一个物种而已，是正确的，当然已经成了铁定的事实。

第三天，在回成都路上，我们几个人分别买了不少水果，还有菌子等。奔行之中，总觉得有些遗憾，在汶川待的时间太短了，很多地方还没有好好领略和体味，就离开了。这好像对汶川，尤其是大禹和姜维的一种不敬。好在，成都距离此地很近，再加上都马高速的修通，再来汶川乃至走遍整个阿坝，都是一件轻松愉快的事情了。因为，汶川乃至整个阿坝地区，就像是深藏的一个巨大的谜，它的神奇与丰富、幽邃和广阔，尽管有着逼仄的地形地貌，但其中的历史文化乃至民族传说，自然的演变，人们的迁徙和聚集、合作互助与兼容并存，在漫长时间中形成了风俗习惯与精神信仰，特别是镌刻和飘荡各处山间的传奇故事，当是令人心醉，也肯定是充满各种趣味与现实意蕴的。

康定：蜀山之王、岳钟琪与仓央嘉措的理塘

睁开眼睛，是白色的雾，犹如雄壮而灵巧的兵团，在陡峭的山上大规模围绕，隆重而异常迅捷。其中一些轻盈的，不断独立出来，向着尚没有被围困的地方扩散。躺在酒店的床上，我不由得轻咦了一声，蓦然觉得身心有些异样。心里想，这甘孜，高海拔的理塘、横亘于此的贡嘎山，遥远而神秘的古羌和木雅人以及如今的藏、苗、傣、土家、彝、傈僳、白等民族；其中的大渡河、雅砻江、澜沧江，以及衔接川藏的历代王朝风云，分布的族群及诸多的人文历史和遗迹，使得人有一种接近天庭或者明澈之境的神思，也有一些源自自然史与人类文明史的无尽联想。

从天全县的二郎山、宝兴境内的夹金山以及邛崃山向上，是一个递进的过程，而且非常迅速。泸定还是海拔一千二百米，出县城不久，就是两千多米的海拔了。至康定市区，平均海拔为两千七百米。再向上，又是一个大台阶，一下子跃到了三千六百米的海拔。凡是走过川藏线的人，大抵都有一种明显的感觉，在三一八国道上，总是有一种从低处向高处的攀升，由低地而峰顶的绕行——朝圣的心情。看那些雄奇的山，就像是一群奔跑的马，以各样的姿势和速度，冲向更深远的平坦之处。

这一座庞大之山，从色隆拉岭开始，一味地自西向东，沿途雄踞着伯舒拉岭、他念他翁山、怒山、芒康山、云岭、雀儿山、沙鲁里山、大雪山、折多山、锦屏山、邛崃山、邓殊山、大凉山。其中河流密集，怒江、澜沧江、金沙江、雅砻江、大渡河、安宁河等等，无不激荡贯穿，流域深广。如此雄

奇的地理，江西人黄懋材用横断为其命名，的确精当恰切。在物种加速消失的当下，甘孜州境内仍然活动着大熊猫、小熊猫、羚羊、金丝猴、白唇鹿、雪豹、豹、欧亚猞猁、亚洲金猫、豹猫、荒漠猫、兔狲等珍稀动物。深藏于高山密林，峡谷窄地之间，以隐秘或开放的姿势，与甘孜之自然俨然一体。

康定城不大，三边高山，像是一种持久的夹击，更像是强势覆压的巨大幕帐。左侧的跑马山以《康定情歌》为人熟知，几成爱情绝唱，慕之来者络绎不绝。这里的天空也如这座城市，瘦但又格外高远，其中的云朵硕大明亮，如群马、猛虎、狮子、羚羊、菩萨、金刚等等，细细端详，意味丰厚。

站在广场一侧仰望，我觉得晕眩。折多河横穿全城，流水之哗哗声日夜不息，仿佛一种持久、强烈的穿凿。河水多数时候清澈，雨季浑浊。但浪花始终是白色的，一朵朵，犹如雪山不断挤出的白色乳汁。泱泱涓涓的水及其汇集的河流，对人和万物的滋养无以伦比，是润泽，也是贯穿。这大地的血液，上天的恩赐，使得世上的生命得以葳蕤，也充满光泽。甚至，水之于人和万物，大抵就是像精神和灵魂一样的东西。

大地的每一处，之所以令人喜欢、陶醉、忘乎所以、心旷神怡，除却其自然所有，更重要的还是其中的人文历史。三国时期，康定名为打箭炉。这个名字，大致也与诸葛亮及他的蜀军有关。三国时期的小国蜀国，国祚虽短，但影响弥深，尤其对于西南地区而言。按照现代的研究成果，康定之地原为羌人驻地，司马迁《史记·匈奴列传》中称羌族原在敦煌祁连间，由此来看，这里的羌人大抵也是由西北地区迁徙而来的。

历史上，民族和民族之间的兼并此起彼伏，从没间断，惨烈异常，也属于正常。在"以力为雄"的游牧者看来，尊奉、践行"以暴制暴，以战止战，以战养生"的策略是延续其生存、扩大资源拥有量的不二法门。历史上民族的迁徙无非来自四个方面，一是战败之后的无奈搬离，二是扩张之后的绝对占有，三是自然气候改变导致的不得不另寻佳地，四是内部纷争使得弱小部落不得不"避之锋芒，养精蓄锐"的妥协策略。

羌族是最为古老的民族，他们的衍生及壮大的时间要早于匈奴、月氏和乌孙等。传说中，道教的广成子以及治水大成又为夏朝开国君主的大禹，甚至蜀国第一个王者蚕丛等等，都源自羌族。因此，将康定乃至甘孜地区称为羌族的另一个生存之地，应当是没有异议的。这一高地的原居民，对甘孜来说，无疑具有开辟之功。还有现在定居在那曲的牦牛部落。这种以图腾崇拜为信仰的游牧族群，可能是甘孜地区最早或者与羌族同在的一个部落。

高海拔地区坚韧生命之一的牦牛，和人类的关系到现在仍旧密切，人们对牦牛充满感恩之心。人不可独存，生命和生命之间，一直是相互依存又相互猎杀的关系。有时候我奇怪地想，马、牛、羊等家畜不仅与人类关系密切，也是最易驯服的动物，常被宗教称之为良善的代表，甚至比作为信众的形象。而人不仅用它们的生命为神灵献祭，且自己还要啃食它们的血肉和骨头。这种矛盾，实在不可理喻。但人们已经习以为常并且不以为然，甚至，有些人已经过不了没有肉食的生活了。

自我矛盾、冲突、杀伐、戕害、仇视、记仇不记恩，以德报怨、以怨报德等等，是人类由来已久的秉性，也是世间祸福的根源所在。再多年之后，唐帝国在此设立府衙，以为统摄。唐帝国这个庞大、兴盛一时的王朝，它给人最强烈的印象是繁复、开放、雍容与曲折。整体看起来，就像是一座山峰的两端，前后的渐强与之后的渐弱，高峰的短暂甚至荒谬，都饶有意味、令人深思。

吐蕃是公元六世纪兴起于今西藏山南泽当、琼结地区的藏民雅砻部，他们的首领名叫达布聂赛，其子囊日论赞。父子二人武功至伟，德行仁厚，带领其民众，实力不断提升，疆域连年扩大。至松赞干布时期，他们击败了苏毗（西藏北部和青海西南部）的古羌人，又慑服了羊同（今西藏北部）等，从而成为西藏高原的实力最强者。

至墀松德赞，吐蕃的疆域之大，兵力和民族（人口）之多，当世罕有其匹。先后破党项、白兰、吐谷浑等，取其旧地；又向西征服克什米尔地区，向南兼并尼泊尔。康藏、川藏尽归其有，且还包括今四川西部、滇西北等大片地区。

这一切，都是吐蕃在唐帝国"安史之乱"之后，历史给予了吐蕃的一次空前绝后的发展机遇。与之相对，唐帝国全面深度萎缩，突厥、回鹘等也逐渐衰落，西起葱岭，东至陇山、四川盆地西缘，北起天山山脉、居延海，南至喜马拉雅山南麓，都在吐蕃统辖之下。

无论哪个王朝，其兴也勃焉，其亡也忽焉，是一个历史铁律，也好像是人类历史冥冥中的"定数"。老子《道德经》言极则反，盈则亏，此乃天道也。经过了几个世纪的沉默，党项和羌再度崛起，即后来的西夏。作为一个效仿宋朝而又与宋对峙的王朝，西夏的命运也如同大多数游牧政权。成吉思汗的蒙古壮大，西夏便成了它铁蹄之下的灰烬，时间的风一吹，曾经的庞大与伟雄便消失无踪。

王朝覆灭了，其民众不可能一个不剩，全部死于蒙古铁蹄之下，总有一部分人侥幸脱难。于此间迁徙至甘孜道孚县的木雅人，就是党项和羌的后裔，可能人数较少，选择如此高绝寒冷之地生存繁衍，大抵也是无奈之举。斯时的打箭炉，已经是茶马古道的重要节点。其间往来的人们，除了商贾，就是军人了。就像汉唐帝国对陆上丝绸之路的维护一样，经济往来，特别是在民族和部落众多的地区，军事上的保障必不可缺。可从"安史之乱"后，吐蕃和唐朝的边界便以大渡河为界，而打箭炉却在吐蕃境内。

从现在的角度看，康定此城，难以说得上是最好的生存和生活之地。三山之间，最宽处恐怕不到八百米，最窄的地方，也就是二百米左右。左边的跑马山上，岩石参差，荆棘和荒草遍布，极难攀缘。我想，古人在此建造、居住，不断传递人间烟火，一方面因其特殊的地理位置，如要冲、可供休息的地方、山脚下、水流边可以定居之处……诸多的原因，使得康定在横断山脉，尤其是川藏走廊上，拥有了无与伦比的地理与人文地位。

无论再广大的区域，对于人类来说，最重要的还是其在某地生存和生活并形成的文化风习及文明历史。正如《易经·象传》所说："刚柔交错，天文也；文明以止，人文也。关乎天文以察时变，关乎人文已化成天下。"天文与人文化育泽陂而成"天下"。因此，可以说，凡是认同中华文明，并且以中华民族方式"思想"与行事的，就是中国人。至于其他的分野和区别，不过是自然和气候环境的结果。

世上最好的植物是人，是人的生育能力，以及对气候和自然地理的适应，尤其是文化和文明。这一点，直到现在，它的有效性甚至强势性依旧明显。康定的最初，肯定也是无人的静谧之地，而当它成为在此生存繁衍的诸多族群的来往通道时，打箭炉应运而生，逐渐成为茶马古道上一个有名的驿站。人们常说，某某某地方，是我们世代生活的家园。其实这句话有问题，大地的本质是人类和万物共有共享的，不可能是某些人或者某一群人的，尤其是在一国之内。人们热爱家乡故土，是一种美德，但这种美德后面，隐藏着一定的狭隘性。

这种狭隘也是冲突的原发点之一，因此，在这个越来越大同、世界相互融合、共同参与文明的进程与创造的背景下，任何以民族、地方、族群为出发点，进行各种各样的自闭和封闭，自我确认而排斥他人，张扬独一文化和文明，拒绝与世界对话、合作交流的非理性行为，都是促狭且有害的。美国学者斯蒂芬·格罗斯在其专著《民族主义》总结说："（民族主义）它相信民族是唯一值得追求的目标；这种肯定常常导致一种信念，即民族要求不容任何质疑和任何妥协的忠诚。这种关于民族的信念一旦成为主导，便会危害个体自由。另外，民族主义经常宣称其他民族是自己民族不共戴天的敌人；它把仇恨植于外来物，无论对方是另一个民族、一个移民，还是一个可能信仰另一种宗教或说不同语言的人。"

就此，斯蒂芬·格罗斯又说："政治的任务是出于对社会集体利益——尽管难免有些模糊——的关心，通过理智地践行文明美德来对不同目的所要求的不同生活方式做出巧妙的裁决。"这样的方式，我觉得是最可取的。此外，人类最大的力量和智慧，还是其数千年以来创造的文明文化，如包容、理解、互助、和谐、仁慈等等，这才是用以去除掉存在于人心甚至信仰当中狭隘性的根本方法。

虽是六月中旬，一点也不灼热，风沿着折多河，掠过两边的各种建筑，一往无前地吹拂。康定城极为干净，尽管有饭馆不断分享牛羊肉的味道，但总体上的感觉是清爽的。我沿着陡陡的街道走，左顾右看。实在说，在日渐雷同的今天，康定仍旧保持了它杂糅的建筑及民族民风。其中有佛像，也有清真寺。康定的包容性显而易见。这似乎也和它长期作为重要驿站与战略要地有关。

　　走到一处，看到一尊白色的雕像。一个站立的将军，手握长剑，美髯，一身戎装，目光果毅而又智慧。下面的石礅上写"岳钟琪"三个大字并其主要事迹介绍。岳钟琪，为四川提督岳升龙之子，岳飞第二十一代孙，在清代，他是唯一以汉族将领节制、指挥过八旗部队的人。历康熙、雍正、乾隆三朝，死后，被乾隆称为"三朝武将巨擘"。其一生主要功绩是，以游击将军由出四川而康定，至拉萨，阻止准噶尔部对西藏的侵扰与策反。以参赞大臣之名，协助年羹尧以征青海和硕特部首领罗卜藏丹津，先断敌后路，次年二月奇袭罗卜藏丹津大营，平定青海。受命为宁远大将军率师出西路，会北路靖远大将军傅尔丹进攻准噶尔部游牧地伊犁。平定西藏珠尔默特那木札勒叛乱。与傅恒、阿桂等人指挥了第二次大小金川战役，以平定该地区并实现改土归流告终。

　　对于岳钟琪，也有人说是汉奸，其最重要的一点，便是靖州书生曾静劝其反，岳钟琪将之告发并押送北京。但这未免有些牵强。斯时，清朝已经稳固，反之则会使得诸多黎民百姓复入水火之中，有违天命与人道。从另一方面看，岳钟琪既为清臣，率领将士造反，是为不忠不义，二臣贼子。

　　在彼时官场上，岳钟琪与鄂尔泰、张广泗等人也素来不睦，经常相互弹劾和攻击。鄂尔泰参劾岳钟琪说"专制边疆，智不能料敌，勇不能歼敌"，张广泗参劾他"调兵筹饷，统驭将士种种失宜"等等，欲置岳钟琪于死地。公元一七三三年，经鄂尔泰联合其他大学士共同参劾，雍正判岳钟琪斩立决，又念其忠心、作战勇谋兼具，改为"监斩候"。五年牢狱后，乾隆继位，岳钟琪被释放回成都，赋闲十年再被启用，用以征伐叛乱，直至平定重庆陈锟的叛乱，回成都途中，病死在今四川资阳。

　　在大小金川战役中，岳钟琪参劾张广泗"玩兵养寇，信用良尔吉及汉奸王秋，泄军事于敌"。张广泗被押解进京斩首。朝臣之间的妒忌、争斗，说到底是相互排斥，也是皇帝用以制衡群臣的策略。

岳钟琪为岳飞之后，而清帝国则是金人后裔。岳钟琪不断被参劾和策反，这大致是最大的理由。从现在的角度看，岳钟琪所为是正确的。冤冤相报，是愚者所为。冰释前嫌，是智者之路。岳钟琪为清帝国平定多处叛乱，忠君不二，也是一种节操和境界。今康定市为岳钟琪塑像，大致也是想告诉后来者，这是一位与康定渊源深厚的清朝将领，也是一位顾全大局、顺应时势的英雄。

在岳钟琪的塑像前，我躬身，向这一位英雄的后代，同时，也向那些在康定或途径康定的杰出之人，包括军事、政治和商业家，以及死难的将士们。康定之地，从来就是民族的走廊，也从来就是民族融合、互利合作、团结一致、求得更好生存和文明进步的通道。岳钟琪及其同道的作为，显然是符合历史发展规律和人道主义的。

甘孜和阿坝是川藏联系最为紧密的地方，同时又连接甘南、迪庆、青海、甘肃等省区，这一带的民众，以藏族居多。历代王朝在此用心勠力，也是有道理的。岳钟琪之后，还有一个名叫陈渠珍的清朝将领，在其《艽野尘梦》（湖南人民出版社2019年2月第1版第19页）一书中说：

> 打箭炉……相传诸葛武侯南征时，遣郭达于此设炉造箭，故名。其地三面皆山，终日阴云浓雾，狂风怒号，气候冷冽异常，山巅积雪，终年不化。三伏日，亦往往着棉裕焉……一入炉城，即见异言异服之喇嘛，填街塞巷。闻是地有寺二十八所，僧众二千多人。居民种族尤杂……又有英法各国传教士甚多。

陈渠珍所述景象，是清朝末年了。

在此之前，甘孜境内就发生过多次袭扰、抢掠官家的事件。地点在今甘孜新龙县境内，古称瞻对的地方。《清史稿·清高宗实录》记载说："上下瞻对，在雅砻江东西，夹江而居，各二十余寨。东有大路二条，西南北共有大路三条，俱属要隘，界连四瓦述等土司。凡瞻对之出入内地者，俱由四瓦述地界经过。"其民众尚武，经常为争夺地盘相互攻伐，"性情蛮横，盛行抢夺。"公元一七四四年，清朝部分官兵从江卡换防至此，被地方土司抢夺。四川提督庆山上书说，每每官兵经过瞻对，都会遭到当地的"夹坝"抢劫，其中，下瞻对土司班滚所指示的"夹坝"尤甚。"夹坝"藏语意为"盗匪"。一七四五年六月，在多次晓谕、劝告无果的情况下，清朝开始对瞻对用兵，并于次年八月获胜。班滚或被烧死，或乔装得脱。

瞻对之乱，并不是川藏道上的孤立事件，其中意味颇可斟酌。尽管被清廷一举剿服了，但它的影响却是巨大和深远的。瞻对之役，直接导致了阿坝州境内大小金川土司之间为抢夺地盘而进行的一系列斗争。与瞻对情况相同，阿坝州中也是民族众多，由于地理上的逼仄，生存资源的匮乏，民族与部落之间，也经常为抢夺地盘和资源而大打出手。清朝在成都的总督府，要负责调停他们之间的纷争。瞻对之役并没有起到杀鸡骇猴的作用，反而使得大小金川土司之间的明争暗斗日趋白热化。清朝不得不派出兵力，前后耗时十八年，方才将之平定，实现改土归流。这其中，主要的将领是傅恒、阿桂和岳钟琪。而其他参战的将领如张广泗、大学士讷亲等，却因为久战无功和任用间谍为高级参谋而被杀。

康定两边的山上，有许多的玛尼堆、风马旗和经幡，这种藏地的典型标志，使得它既有一种宗教的神圣，又有信仰的虔诚。在康定街上走的时候，我忍不住想，这座城市，这块地域，是出产上好文学作品及影视产品的富矿之一。无论是哪一段历史往事，都可以演绎成精彩的故事。而每一个故事，都是多情的、跌宕的，也都是悲壮的、有意味的。仅仅其中的险要、旖旎、特别的自然风光、特殊的地理文化和多彩的民俗民风，就是一大亮点。晚上吃藏餐，肉食居多，我不怎么喜欢，却偏爱奶茶。这大致是出身北方的缘故。北方人的血统是混杂的，尤其是河北、山西、北京一带，因为长期作为王朝的边疆，又多次遭受屠城之惨祸，百姓迁徙的速率极高。如我家乡县志就有记载说，自明洪武年间开始，移民活动持续了两百多年的时间。也曾是辽宋的边疆，即使在中央政权比较强盛的隋唐时期，于太行山活动的大多是契丹、女真、库莫奚、室韦、鲜卑、乌桓等游牧民族。喝酒，和朋友说一些话。藏族朋友极其豪放，酒与歌声，还有美妙的舞蹈，是最令人欢乐的。

新都桥，其实我不陌生。此地被摄影者称为天堂。也是自康定向上第一

158

个台地，田地里的庄稼青青，杨树刚刚换了一身绿装。远处的山峰被阳光照亮之后，显得格外端庄。新都桥的美，是粗犷中的细腻，高寒之间的春色。车子飞奔而过，到塔公草原。游牧者最好的牧场，正值青草崛起之时，葳蕤铺排，天然油绿，其中的野花黄粉成片，白和黑的蝴蝶在其中飞飞停停。站在山包上极目远眺，只见远处雪山，如天使仙女，也像菩萨金刚，以素洁的表情，注视着天地万物。在塔公寺内，我真正领略了虔诚的信仰。那些磕长头、转经筒、诵经的人们，让我看到了生命和精神的另一种意义。

　　无论是哪一种生物，只要来到人世，就是有使命的。哪怕只是传衍下一代。我也始终相信，世俗生活之外，人的内心和精神需求才是最重要的，当我们没有了灵魂的要求，就是行尸走肉了。在很多时候，所谓的护佑，其实是人在自己护佑自己。无论是极乐的升迁，还是痛苦的下坠，唯一能拯救自己的，还是自己，特别是自己的心。在寺庙，最好的事情是闭目冥想，然后再坐下来，面对虚空背诵一段经文，如《般若波罗蜜多心经》《楞严经》《地藏经》《大悲咒》，也只有在这样的境界，可能才会对其中奥义有所觉悟。《楞严经》中说："不见内故。不居身内。身心相知。不相离故。不在身外。我今思惟。知在一处。佛言。处今何在。阿难言。此了知心。既不知内。而能见外。……"然而，我却是愚笨之人，对经文久不能解，默诵几句，只能算是对自己的安慰。

　　夜里的康定，只有折多河的水声，起初听众声喧哗，静下来则犹如诵经。没有一点其他杂音，入眠，仿佛进入了另一种境界。即佛家说的，无我无相，也无有不有。既像是一种飞行，又似乎在尘埃中冷看世相。早上醒来，从心里冒出的第一句话便是，好一场物我两忘的睡眠！由康定去海螺沟，被许多人追慕且渲染的地方。我去，只是为了朝拜贡嘎山。这座山，兄弟很多，平均海拔都在六千米以上。越是人迹罕至的地方，越是会被认为是链接人间与天庭的通道，或是神灵们的居所。

　　到磨西镇，这个名字与《圣经》上的"摩西"有些雷同，但出自古羌语，意思是"宝地"。磨西镇中有一座天主教堂，如此建筑，在磨西镇显得尤其突兀。所有的宗教信仰都应当是为人类的幸福而服务的，相互之间没有太多的藩篱。重要的是，宗教的指向永远是人内心的良善，以及对他人的尊重、关怀，期望罪孽的被救赎，作恶的能够在此惊醒，放下屠刀，立地成佛，或作为"上帝的儿女"。到景区，乘坐缆车向上，大地逐渐抬高之后，贡嘎山越来越清晰，除了少部分还没散去的白雾，整个巍峨的雪山以俊美、伟雄的姿势向我张开怀抱。

那一刻，我忽然眼泪流出，有一种感动，莫名的，不知为何，但很强烈。我一定被什么击中了。而能击中我的，只有这庞大的自然存在和人们对它的神性赋予，是神性之中的宽厚与慈爱，是人在自然面前的敬畏，对他人的念想与感恩……因为，我们能够与所经历和看到的一切在某一时刻相遇，就是奇迹，就是恩遇。上到一号营地，大雾仍旧丰厚，团聚于山间，亲热得不明所以。再到三号营地，方才看到普照世界的阳光，那么清新、澄明。让我忽然觉得自己来到了一个崭新的境界。这里没有人，只有自然和热爱这样地方的生物，没有聒噪，只有风冷冷地洗劫。

看到贡嘎山，条状的白云如银色腰带，将之缠绕。下半部金黄，上半部洁白。这一种自然陈设，本身就具备了天庭的意味。黄色的，大抵是人间，白色的肯定是神仙所居。神仙的传说遍地皆是，可谁也没有真正见过。越是不可见的，人们越是向往。越是拒人千里之外的，人们越会以为他们的修行已经等同于天地。在贡嘎山前，我只想在心里默诵："这世上的一切，都是天地的恩赐。世间的人们，都将在仁爱中，获得心灵的快乐。"仰望着蜀山之王，不由得想起关于仓央嘉措与理塘的传说。其实，仓央嘉措这样的修行者，才是真的有信仰的人，超越了宗教与人世俗套之后，我相信他一定获得了内心的大宁静。

可惜的是，在海螺沟，无论我站得再高，也看不到海拔四千多米的理塘。只能在心里不断默念仓央嘉措的诗歌："洁白的仙鹤啊，请把双翅借给我，不飞遥远的地方，只到理塘就回。"实际上，仓央嘉措的故乡在西藏门隅宇松地区乌坚林村。传说中，他心爱的人故乡在理塘。我还记得，前些年在拉萨，特意去了八廓街的玛吉阿米，喝了几杯酒，也学着那些虚妄的男女，缅怀仓央嘉措，并在留言簿上写下几句歪歪扭扭的情诗，算是对仓央嘉措的尊敬与怀念。也记得，当年从理塘走过，只顾着拿着相机胡乱拍照，根本不知道仓央嘉措曾经为理塘写过诗歌。

藏地之山都是神圣的，与贡嘎山相对的是色达的五明佛学院，我的一位好朋友，曾在那里待了两个月。她可能不怎么信佛，只是想去色达体验并想清楚一些纠结内心的问题。她每天绕坛、诵经，过高度自律的生活，与笃信佛教的室友结下了深厚情谊。我觉得她是了不起的，回到成都，她把在色达绕坛时的崖柏手串送给了我。很多时候我戴在身上，每一摸到，就觉得了一种力量。用佛家的话说，好像是无形的加持，使我在很多时候觉得了安全和有信心。

可我至今没有去过色达，但先后去了石渠、九龙县。群山深壑之间，居民很多。大多是躲避战乱，而入深山生存的人——在海螺沟，想起这些，忽然觉得，甘孜之地其实也是历史上那些逃难和迁徙的人们心中以为的安全之地。在极端的情况下，安全才是人的第一需求，尽管当下的世界已经令人无所遁形，再高再隐蔽的地方，也都难逃科技的追踪和窥视。就像康定这座城市，从茶马古道的驿站、军事要冲到现在的旅游集散地，每一个地方及其民众，其实都受限于具体的时代。但相比而言，当下可能是最好的历史时期了，科技的主要功能是用来为人服务的，比如，从雅安到康定，已经是全程高速了，时间大为缩短，驾驶的难度也相对减小。

任何事物都有多面性，隧道和桥梁技术的发展，使得天堑成为通途。但科技对自然的破坏，也是无与伦比的。在科技主导的年代，任何人已经不可能再避居一隅，过隐居的日子了。全世界的人，都被无形中纳入一个巨大的透明的网络中，无所遁形。这对每一个民族、每一个人来说，是消除狭隘民族主义的最好的方式和时间。世事浩荡，顺之者昌逆之者亡，斯乃铁律。

返回成都路上，我竟然睡着了。觉得自己身体很轻，还有一种说不清的通透性。短短三天的康定——甘孜，似乎是进入了另外一个世界，一切都那么新鲜，又似曾相识，那么神奇，又司空见惯。我想到，人总是会在某一自然和人文环境中恍若隔世，脱离当下，可事实上，我们所在的，其实是同一个世界，我们邂逅与观望到的，也都是另一个自己，乃至俗世之外的另一种存在。

石棉：安顺场、石达开与蟹螺藏族

途　　中

隧道是白昼的瞬间黑暗与失忆，也好像是强迫症的间歇性发作。灯光发黄，车子穿行的声音具有现代性与某种匆促之感。十多分钟，就过了泥巴山。对这一座山脉，几年前我就有所耳闻。川藏兵站部的官兵说，还没修通隧道的时候，泥巴山是川藏线运输车队的必经之路，因为海拔高，弯道多，路面窄和泥石流、塌方等自然灾害易发，他们在物资运输过程中，遭遇到了不少的险境，特别是那些壮烈的牺牲，生命的折断与猝然重击，使得每个人都心生恐惧，对泥巴山始终怀有一种无法表述的情感。从这个意义上说，泥巴山隧道的开通，便捷倒在其次，许多生命不测因此而避免。

泥巴山主峰三千三百米的海拔，垭口二千五百五十米。即使夏天，抬头也可以看到皑皑白雪，但更多的是缥缈云雾，这大地最好的舞蹈与遮挡，在石棉县显得最为经常和壮观，据不少摄影的朋友说，拍云来石棉是最好的选择。而在我看来，泥巴山似乎也是一道地理和气候的分界线。这一次去石棉正是冬季，成都盆地虽然气温在摄氏三度以上，但在房间坐久了，总是会有一种冷，似乎沾了冷水的钢丝一样，一点点将身体缠紧，进而透过皮肉使得骨头发出咝咝的碎裂之声。而泥巴山一过，可以明显觉得一种温热，像是温水一样慢慢地围裹上来。

地理是大自然最为神奇和妥帖的安排。几乎每一块地域，因为山川与江河，都会与其他地方有所区别。在我看来，从泥巴山开始，西南的气候便开始向云南递进了。过汉源县的九襄镇，高山围绕的谷地，城镇坐落在流沙河一侧，缓慢而起的山坡上像是一张阔大而紧凑的梯子。阳光骤然明亮，天空呈现本来的颜色，与成都盆地冬天的阴霾形成鲜明对比。置身在这样的环境当中，晦暗的心情也随之开朗起来。心里也想，这样的环境其实也是一个非常有意味的隐喻，即人在大地上始终为过客，住在低处，是为了基本的生存和更好地体验生的过程，而灵魂始终向着高处。高处是终极，尽管它在白昼看起来一切如常，但在黑夜甚至生命的黑夜里，却是混沌无限的，是无限地张开、照耀、俯瞰，也是永无穷尽地回收、释放、再造与衍生。

车子奔行，穿行在风中。我极其羡慕会驾驶车辆的人，特别是女子。不仅因为自己没有那项技术。在我看来，不可控、奔行和飘移的物体都是危险的，我对人类的某些发明创造始终有不信任之感，有时候觉得徒劳。人本来是大地上的万物灵长，双脚行走应当是我们从始至终的本能和姿态。人为的工具虽然仍旧以大地为中心和起落点、匍匐地，但超越大地的行为，总是让人心不踏实。沿途，我问了一些情况，说一些典故。开车的美女有所回答，车速飞快，但以群山相比，再快的交通工具也都显得癫狂、可笑、微不足道。

石棉县也坐落在两山之间，大渡河穿城而过。从环境上说，四川的每一个地方都是适宜人居住和生活的。草木繁茂，土质肥沃，种什么都可以生长，不用担心衣食。见到儒雅的王泽清和周万任先生，前者摄影和书法艺术雄峙一方，谦和若虚，后者以地域文化研究而颇费心力，收获巨大。聊天之间，觉得再小的地方，也有致力于文化艺术的人，他们的年纪可能很小，但对文化的痴迷与所下的功夫，在这个时代，不仅显得另类难得，也使得他们在增加自身文化厚度与广度的同时，也让一方地域的"灵魂"得到持续丰盈与健壮。

石 棉 之 夜

入夜时分，在街上行走，可以见到彝族、藏族人。蓦然觉得，石棉县也算是一个混血之地，处在大渡河中游、贡嘎山南麓，接连泸定、康定、冕宁等地。县文化馆的周万任先生告诉我说，石棉县是一个很有意思的地方，不仅仅因为石达开在安顺场的失败和红军在那里的胜利，更重要的是，这一带始终是民族流徙与定居的走廊地带。不论是彝族还是藏族，他们在这里的文化和生活痕迹依旧隆重。他还给我讲了几个藏族和彝族土司的传奇故事，也说到了石棉县的一些民间风俗。我适才觉得，很多时候，我们对大地上的往事越来越陌生，甚至对土地本身失去了关注和探查的兴趣。在这样一个浮华的时代，人心已经慌乱、飘浮到了无视生存根本存在的程度。王泽清和周万任这样的文化工作者，在很大程度上肩负了一方地域文化精神传承的重任。

水声清澈，从寂静的街道一边升起，在两岸及其空中打着旋儿，进入我的睡眠。这种情境，在成都是不可能有的。城市就是人声及其那些工具的声音，还有铺天盖地的灯光以及各种各样的人工装饰。而在石棉这样的小城，人才可以与自然亲密接触，并且在自然的怀抱当中，觉得了人在天空和大地之间那种安稳与扎实感觉。安然入睡。忽然看到一个怀抱孩子男人，一身盔甲，头部留长发，领口系着红围巾，从逐浪排空的河水向着我缓慢走来。我诧异，觉得不可能。因为，河流向来也是神灵的居所，每一个从中站立着走出来的人，不是仙人就是人的灵魂。

心中惊恐，我转身要走，却发现，身边也站着两个穿盔甲的人，一个手持长刀，刀锋在月光下闪着幽冷的光。另一个举着长矛，眼睛好像金刚。我知道自己身临险境，只好原地站立。也不知怎么着，那个抱着孩子涉水而来的将军已经走到我面前，眼神和蔼地盯着我好一会儿，然后才开口说，先生，这是我的孩子，现在托付给您！说完，那人便给我跪了下来。我大惊。完全不知道怎么回事。正要开口，旁边一人嗯了一声，瞪大眼睛，又晃了晃长刀。

倏然惊醒，一身冷汗。开灯，房间寂静，只有大渡河水发出连续的涛声。此时，是凌晨五点半。晨曦微现，在窗玻璃上昭示着新一天的来临。拿出手机，我在网上搜到了太平军和翼王石达开的一些条目。细读之后，忽然发现，世上所有的失败，内讧是最普遍的根由，不论是一个政治集团，还是一个家庭、家族，甚至一个人。对于那段历史，写的人已经非常多了，复述没有任何意义。

我注意到，公元一八六三年的石达开才三十二岁。而此时的他，已经身经百战，在几次大规模的战役中，这个军事天才曾经三次击败曾国藩所部，曾国藩有一次还跳河自尽未果。就当时的局势来看，倘若太平军内部不发生矛盾，主要将领之间不相互屠戮，还像起初那样精诚合作的话，尽管有曾国藩等能人良将，清朝也未必可以再苟延残喘。我还注意到，石达开是太平军阵营中最具有军事才能和战略眼光的。当他带着自己的部队辗转至此，尚还有十多万的兵力。尽管命运至此，但安顺场不应当是石达开折戟沉沙、束手就擒的人生终场。可历史和事实就这么吊诡，一代豪杰与战将，却在这偏远的峡谷与大河之间被时间掩埋，这太令人惋惜与不解了。

安 顺 场

英雄只有一个归宿，那就是战场和牺牲。而事实上，许多的英雄、壮士、良将、能臣不是死在劲敌手中，而是死在自己人的屠刀之下。带着对石达开的种种情绪，在日光浓烈的清晨去往安顺场。到近前我才发现，当年挡住石达开大军的大渡河居然狠狠地收缩了曾经磅礴的身段，即使不用船，涉水也可以渡过。王泽清先生说，据当地县志记载，一八六三年五月，石达开大军到达这里后，先是安营扎寨进行休整，原因有两个，一是大渡河水势平缓，对岸并没有多少清军，危险系数不大；二是石达开的一个小妾在此生产，军中一个相师说，此子将来一定是九五之尊的真命天子，石达开高兴，便下令部队休整，并庆祝王子出生。

无论哪一种事物，处于困境时候，如果不顺势而为，遵从自然法则，适应当时具体的自然和人文情势，整个事件和命运必定会发生意想不到的逆转。正在石达开大军懈怠的时候，天公不作美，夜里暴雨狂泄，河水暴涨，石达开多次组织将士强渡不成。下雨偏逢屋漏，驻扎在泸定或冕宁某地的彝族土司趁机烧掉了石达开囤积在马鞍山上的粮草，使其军心大乱；驻扎在今安顺场右侧山坡上的另一个土司以大炮滚石，隔河与石达开对峙。石达开数次派人与之交涉，该土司不为所动。四川总督骆秉章带军赶到，在对岸陈兵布防，并派出官吏劝降石达开。石达开为保全全军性命，决定投降。

一代猛士与战神，为了属下将士而甘愿投降。石达开的这一悲剧，让我

165

想起了在漠北战场与匈奴主力苦战八昼夜、最终甘愿就擒的李陵。两人虽然相隔了一千七百多年，但他们的这一举动同样震撼人心，令人心生敬意。周万任先生说，石达开投降的时候，有两千将士不愿被遣散，他们是石达开从广西带来的亲兵。在此危难时刻，这些将士甘愿跟随主将去赴死，这种将士同心同命的悲壮，在战场上极少见到。可是，行至半路，骆秉章即违背协议，将石达开属下两千将士悉数屠戮。到成都，面对审讯，石达开慷慨陈词，使得骆秉章等人哑口无言，不久，被凌迟处死。

参观安顺场陈列，看到红军在此渡河、成功突破敌军封锁的诸多老照片。其实，历史看起来是重复的，但某些细节往往会出乎想象，甚至不合常理。据说，工农红军到此刚驻扎，毛泽东去拜访隔壁的一位老先生。在昏暗的灯光下，老先生咬着烟竿，一再对他说，此处不可久留，早渡河为吉。红军再次兵分两路，均实现了战斗计划，为后续转移的红军打开了通道，也使得红军避免了重蹈石达开命运覆辙的危险。

站在河边，对面山坡上草木繁密，颜色青青，河水在宽阔的河道中只剩下一个瘦削的身影，泱泱而动，但早就没有了那种气吞万里的凶猛与奔放。发生在这里的两场重大历史事件，总是给人无限的猜想。但时过境迁，后来者再怎么想象，也难以与当时的实际情景吻合。人和万物，周而复始，从这一个时空到另一个时空，情境基本雷同，但每逢重大时机和节点，一个不起眼的细节往往会凝结巨大力量，进而撬动整个事件，迫使它走向另一个方向。石达开和中国工农红军在安顺场的不同结局，充满了历史的悖论，也有着命运的玄机与诸多可以猜想的可能。

蟹　　螺

这个名字也让我惊诧。离开安顺场，思绪还没有从石达开和工农红军身上挪开，便又陷入另一种惊喜之中。史载，"安史之乱"后，唐和吐蕃曾订立条约，其中，西南便是以大渡河为界。斯时，吐蕃的势力扩展到了云南以及云南以外的大多数国家和地区，如缅甸、老挝、越南等等。这个庞大的帝国，也像匈奴、蒙古一样，不只是一个部落和民族组成，还有其他被他们征服并被驱使的民族。

由此我猜测，石棉县的蟹螺藏族，大致也是斯时被吐蕃派驻在边境地区成边的某一个弱小民族呢？抑或是吐蕃和其他民族通婚之后，又衍生出的一支新的民族和部落呢！从我有限的民族流变知识判断，上面的两个说法都是成立的，也是可靠的。周万任先生还提出过另外的观点，他在石棉县专职从事考古和文化研究保护工作，他的话，应当是最有发言权的。然而，时间沧桑，大地上的人群总是在融合，不管采取战斗和征伐的激烈暴力方式，还是团结和睦之后的自发通婚，都是人种演变迭生的基本渠道。

蟹螺藏族村接近山地，房屋大多是石头建筑。其中有一座碉楼，据说有二百多年的历史了。这种建筑在藏区，或者说山区地带是较为常见的。它不仅居住功能显著，同时还具有防御功能。四面的墙壁上，分别留有瞭望孔或者射击孔。从外面看，这种军事防御设施丝毫不起眼，不仔细观察很难发现。进到其中，第一层是用来圈养牲畜的，如牛羊和猪狗鸡等，二层住人，三层也是，四层是祭祀所用。从里面看才发现，那些射击孔和瞭望孔其实都很宽大，看外面异常清楚，附近的一切都尽入眼底，内部是一个较为宽敞的平台，放一张弩机或者轻松射箭、打枪，都没有任何问题。

关于祭祀，苯教、道教、巫师这些神秘的事物和行为，我一向觉得，每一个民族都有这种传统，汉族也不例外。伟大的《易经》也记载了大量的卦辞。在漫长的农耕和游牧时期，以巫师沟通天地人神，治疗疾病，传达某种意志，都是一种经常的甚至深入骨髓的文化行为。巫师作为人神合一的载体，他们始终扮演了大地人群与上天神灵之间的使者角色。巫术可能是一种伪科学，但这种伪科学可能是科学的原始雏形或者触发点，正如弗雷泽《金枝》所说："巫术或科学都当然地认为，自然的进程不取决于个别人物的激情或任性，而是取决于机械进行着的不变的法则。不同的是，这种认识在巫术是暗含的，而在科学却毫不隐讳。"

沿着村后的山道，周万任先生带着我去看蟹螺藏族的墓葬。大多是在某棵大树下面倒插一块形如男性生殖器的石头。一家占据了一棵树并一个位置，其他人便不可再占。从树的年龄上可以看出，哪一家迁徙到这里更久。周万任还说，蟹螺藏族是一个极有意思的民族，他们自述说是沿着山脊迁徙而来的，也有的说，他们的先祖或许是逃难而来的。事实上，对于久远的往事，哪怕是祖先的来历和出处，我们很多人都是茫然的。这种茫然显然是时间造成的。当然，文字的记载功能远比口口相传更具有可靠性和神圣性。换句表达的话，那就是，无论是一个国家、民族，还是一个家庭和个人，把自己在大地上的生活经验诉诸文字，当是一种令人欣慰、有历史意义的文化传统和精神继承。

石　棉

在石棉两天，于城镇和山川之间，我觉得了一种散漫于大地上的自由。王泽清、周万任等人还带我去看了位于县城右侧半坡上的旧土司衙门。当然已经很残破了，而且置身于大片的橘子树当中。途经的时候，我才发现，橘子也是要喷洒农药的。一个中年妇女告诉我，不喷药虫子吃，还有其他病虫害。我感到沮丧，空气和大地已经不是从前的了，人为的事物攻占了我们和我们所热爱的一切。

土司衙门虽然被置于荒地，但威势尚在。自古以来，官衙从来就具备威慑的力量。人们在制造皇帝和臣子乃至各级行政的时候，就把防止民众反抗作为首要任务，在各个方面加以体现。在他们看来，民众不仅愚昧，而且崇尚暴力。由此，我们可以说，以暴易暴是人类的一种传承不懈的本性和能力。从门口的石狮子等残留物来看，当年在此为一方最高行政长官的土司，也是相当显赫。不仅在朝廷中拥有威望和被信任度，也在当地有着至高无上的特权。

第二天上午，我又结识了一些当地的诗人和作家赖杨刚、岳秀红、鄢晓兰等。在聊天当中，我说了自己的两个观点：第一，对我们庸常的生活来说，文化艺术才是真正慰帖心灵、照亮精神和灵魂的。一个小地方有诸多的文人，那么，它就是丰厚的，其厚度和广度也肯定会无限增长。第二，以文化艺术的方式去展现、挖掘、记录和表达一方地域的民众和自然、社会的变迁，并且力求发现时代背景下的个人生活和各种精神困境，以时代的个人经验和个人的时代经验进行艺术性和典型化的创作，自有其价值和意义。经济是手段，文化才是灵魂。经济解决的是当下的肉身层面的问题，而文化艺术解决的却是心灵和精神问题。一个讲求此时我在，一个留诸后世。不可同日而语。

回程车上，我还从资料上看到，石棉县据说是诸葛武侯七擒孟获的地方，现在境内的彝族大都是孟获的后代。但作为县级行政区的石棉，设立的时间很晚，命名为石棉，也是因出产石棉而得。从这一点来看，这个县也是带有浓烈的时代意味的。工业化不仅是一场生产的革命，也是一次人对人的强力篡改，包括人和大地事物的各个层面。

与其说人被人裹挟，不如说，人被自己的发明创造一次次深度革新。技术提高生产力也在摧毁人的本能。在石棉乃至诸多的乡野，我时常有一种身心安妥的感觉。人到一定年龄才发现，年轻时候追求的东西，都是不惑之后要极力摆脱的。我时常想，如果有一个可以安妥的人，我宁愿放弃在城市的生活，转而回到农村，过简单的生活。

可一回到成都，我的这种心态就消失了，那种居于城市的麻木的优越和自恃就又卷土重来。在深夜街灯下，步行回家，我觉得自己的肉身渐渐加重，石棉所给我的短暂的轻盈之感迅速被雾霾和嘈杂代替了。进电梯的时候，我忽然自语了一声"石棉"。我不知为什么会这样，但也觉得，叫一声石棉，除了怀想，也许还有另一种连自己都说不清楚的感觉或者某种寄寓吧。

攀枝花：空谷起高楼

走或者坐在某处，暴烈的日光下，三角梅一年四季开得热烈，水流沿着谷底，在时间中衔沙吞石，浩浩荡荡。尤其晚上，天空狭小而窄长，星星似乎是从天庭逃匿的仙子，于额头之上的晴空，颗颗闪烁。很难想到，七十多年前，这个地方还是一处空谷，只有几户人家在这里繁衍生息，彼时的荒草和岩石铺满山谷，尽管偶尔有牛羊在其中散漫，但当时的人们谁也不会想到，这一道偏远而又荒芜的裂谷，居然会在未来的某一天，成为众人的聚集之地，甚至由此而成了一座与世界和人们文明发展同步的现代化城市。

这个地方，名叫攀枝花。

站在保安营机场边缘俯瞰，一座城市在峡谷中赫然陈列。一栋栋的楼宇，虽然不够紧凑，但也起伏有致，且设施和样貌与中国的其他城市丝毫没有区别。四周是莽苍连绵、纵横勾连的群山，攀西裂谷以上的苍天蓝如汪洋，阔大无际，且纯粹透亮，浓郁的阳光似乎色彩明丽而又黏稠。满城的花卉以各种颜色点缀其中，红的似燃烧的炉火，白的像洁白的卵石，粉色、黄色、蓝的也跻身其中，使得这座崎岖不平的城市，像是一艘造型极为奇特的巨型船舶，横在峡谷底部，若不是川流不息的车辆，以及各种各样的矿产设施，散漫各处缓慢移动的人群，整个攀枝花市区，就像是一幅横卧于天地之间的自然巨画。

而在这幅巨画衔接山谷之间，有两条蔚蓝色的锦带，在高山峡谷中蜿蜒，如静静飘逸的丝绸，以优美的动感自由地延展，浩然于苍茫远方，奔纵于城市一侧。那种姿势像极了亲近的注入，也像极了鼓动的双翼。它们的名字，一个叫金沙江,是川藏之间又一条伟大的河流,又名绳水、淹水、泸水。发源于遥远的青海唐古拉山主峰各拉丹冬雪山,或者与之相距不远的唐古拉山脉东段北支五〇五四米无名山地东北处。起初成为通天河,至玉树直门达更名为金沙江。其如游龙,于万山之间,流经川、藏、滇三省区,途中,又有雅砻江强势汇入,奔流到四川宜宾,再纳岷江,便就是浩浩汤汤、千里连贯的长江了。另一条便是名闻遐迩的雅砻江,作为金沙江的最大支流,这条河又名若水、打冲江、小金沙江,在藏语当中称为尼雅曲(多鱼之水)。

雅砻江发源于青海巴颜喀拉山系尼彦纳克山与冬拉冈岭之间,它的孕体也是洁白的积雪,高孤之处的神灵般的密集存在。其行至四川甘孜州石渠县之时,便被唤作雅砻江。其身全长一千五百公里,多数时间在奇崛山谷中奔腾咆哮,向南穿过龙县、雅江县的箭杆山,再到蜀山之王贡嘎山,而后转道木里县,在锦屏山甩了一个一百多度的大急弯,因而形成了一道堪称奇观的大河湾,从容流经冕宁县,越过锦屏山和牦牛山共同挤压而成的峡谷,进而直奔阳光之城攀枝花。

两河交汇,使得攀枝花在攀西高原的高山峡谷之中有了柔性的特质,也具备了人居和城市的根本动力。当然,金沙江和雅砻江的忽然结合,也使得整个攀西地区有了灵性的内蕴和血脉上的沟通。

攀西裂谷隶属于世界上最年轻的横断山脉,这是中国境内最长、最宽和最典型的南北向山系,唯一的兼有太平洋和印度洋水系,横亘于青藏高原东南部,贯通四川、云南和西藏东部。

在华力西晚期(405±5-250Ma,包括泥盆纪至二叠纪)岩浆活动频繁,进而在空间分布上形成了攀枝花带、昔格达带、金归塘带和三堆子带等四个近南北走向的岩浆岩组合带。所谓的裂谷,是地壳伸展构造作用的产物,它使岩石圈减薄和破裂,地壳完全断离,有时新生的洋壳就会在其间产生,因此它代表了大陆裂解、洋盆产生的初期过程。而形成裂谷的根本驱动力,则来源于热构造的应力和浮力作用。在海西晚期(270Ma-200Ma)攀西地区曾经历过一次强烈的构造-岩浆热事件。这次构造-岩浆热事件以海西晚期岩石圈张裂,地幔熔融开始,超基性-基性岩浆的大规模侵入和强烈喷溢为特征,此后裂谷发展进入沉降裂陷阶段,形成宝顶断陷盆地、红泥断陷盆地。当岩石圈底面的热穹窿只有一个穹窿顶时，便形成一个裂谷；当热作用不均匀时，在热穹窿的顶部便又形成某些相对低温的区域，对应裂谷中央的窿起区。当穹窿顶的低温区不断扩大和加宽之后，就形成了两个穹窿顶，即两个构造岩浆带。因此，攀枝花-西昌带具有"双裂谷"的特点。

遥远的地壳运动雄奇而壮观，但目击这一奇绝运动的动植物，则无一例外地成了灰烬或者化石。地球—自然的伟大性不是我们现在可以想象的。那种彻底的改天换地的自然运动，在地球的早期历史上频繁上演而使得当时的生物灾难重重，古生物们的消失，以及地球样貌的改换，使得人们在不断的科学研究中，一点点地追忆和验证到了我们所在地球的坚韧和无常、仁慈与残酷。

庆幸的是，直到今天，我们所在的这个星球依旧安然若素，如此之多的人和其他生命同处一堂，在风雨和云霓、日月星辰、山川江河、村庄城市、沙漠大海之间，人们利用科学技术，为自己装上了穿透性的眼睛，并且有心灵始终与天地保持着一种相互依存、谛听与领悟的关系，用智慧和科学，一点点地了解它的过去，并且试图洞彻它的未来。作为人，以及这世界上的一切，都是这个星球的组成部分。

这就像我所了解的攀枝花的前世今生，起初，它只是地球的一部分，剧烈的岩浆运动之后，逐渐成形，并且很快随着人类的诞生和不断的迁徙，进而成了与世界，与每一个人同气连枝、不可分离的一部分。据科学家考证，在史前时期，这里就有了人类的足迹。其中的元谋人、蝴蝶人和回龙洞人都在这里留下了生活的踪迹。可惜的是，地球自身的变迁乃至人类多舛的命运，以及气候的作用，总是令一些人来到而后又归于无声。地球和时间的利剑快刀，总是在屠戮被其笼罩的万物。

没有人知道，在距今一万或者两万年前，有多少人在这里生活，又有多少人和其他生物由此迁徙，去向远方，或者融合。至上古时期，在这里产生的神话令后人猜想不已，即司马迁《史记·黄帝本纪》记载，黄帝这位传说中的雄武大帝之次子昌意便被分封或者被派遣到若水（金沙江和雅砻江交汇处）居住，并且统御一方。在这里，昌意生下了后来作为"五帝"之一的颛顼。不管这个记载真伪，但至少可以证实，无论是多么早的历史，无论多么

172

纷繁的传说，古中国始终是一体的，而不是割裂的，也不是狭小的某一个专属地域。关于这一点，《禹贡》上说"禹分天下为九州"，"华阳黑水惟梁州"。

所谓的梁州，就包括了现今的攀枝花和西昌地区。

斯时，在这片土地上生存的先后有髳人、微人和濮人，这些人现在是难以描述和确认的，但《尚书·周书·牧誓》当中，俨然有这些人或者部族参与武王伐纣的记载。这也从一个方面表明，在早期中国历史上，苍茫的大地上就住满了各种各样的族群。这些族群是相互联系的，也可以说是同族同源的。也可以说，我们的先祖从来不是分裂的，也不是互不造访、迥然隔绝的，而始终保持着一种形式不同、目的有别，但相依共存的社会或者部落联盟关系。

人和人的关系始终是紧密的。因为我们从来就不是单独的个体。个体只有容身于集体之中，才能找到基本的安全感。这种情况从宇宙洪荒之日起，延展到了现在，仍旧没有很大的改变。就像攀枝花苏铁，那么多距今二亿八千万年前的铁树，在巴关河西岸的丰家梁子上依旧葳蕤，且年年开花。相对于植物，攀枝花的地域和政治属性则一再更迭。在西汉前期，这里一度成为"化外之地"，直到汉武帝时期，这个雄才大略而又将西汉王朝真正折腾得家底贫瘠、显露败象的有为之君，派出司马相如带队前往该地区招抚"雟夷"，并于公元前一一一年在现在的西昌设立越雟郡，置馆廨及驻军，对攀西地区的民众进行统领。至王莽时期，这里又被改称集雟。随着西汉王朝的崩溃，中央帝国不复存在，攀西地区也和其他边远之地一样，与所谓的中央帝国失去了联系。

这也说明，中央帝国的强盛与否，一直是左右边地乃至下属之地的主要杠杆。尽管东汉一度恢复了对越雟郡的管辖。但盛衰自古有序，只是众生不察。到蜀汉时期，诸葛亮远征孟获。这个具有传奇性的彝族首领，他的疆域包括了今之攀西、云南昭通、贵州毕节等广大地区。因此，在这些地域上，均留下了诸葛亮"五月渡泸，深入不毛"及令人不疑的传奇故事"七擒孟获"。

江应樑《诸葛亮与云南西部边民》（《民国时期社会调查丛编·少数民族卷（上）》，福建教育出版社 2014 年 11 月第 1 版）中说"蜀汉丞相忠武侯诸

173

葛亮，在现时云南全省各地区中，是被一致崇拜敬仰着的一位古人——或者可以说是一位神灵，武侯祠是在任何城市村镇中可以常看到的，孔明之名，虽村妇孺子，也多知之。这原因，当然为着这位历史上的伟人，在距今一千七百年前，曾经身统大军，五月渡泸，来到这南蛮之区，七擒孟获，使矿悍成性的南蛮，也居然能心悦意服地俯伏于地曰：‘南人不复反矣！’神威厚德，广被南中，一千余年来，受南中人民的馨香敬仰，自不是偶然的事了”。

诸葛武侯在西南地区之威名，尤其是流传至今的，深入民众的被崇拜与祭拜，且不分民族，地域广大，足见其在民间的影响力。

古来的文人名士、将相大臣，都在大地上、人群中留下了自己的痕迹和传说。“人过留名，雁过留声”，这句民间俗语端的是至理名言。像诸葛武侯这样的忠义孤臣，明知不可为而为之，“鞠躬尽瘁，死而后已”的不二之士，百般计谋、所为一事的孤绝之人，纵然有违世之执拗、弃时宜而不顾的种种偏执和失败，但其所为及所留，特别是个人品行上的自觉高拔、思想和入世之后的独善与兼济，想来也是独一无二，令人敬佩的。关于他的故事，至今在百姓口中、西南大地上久久不散，处处皆有。然而，无论哪一种人生都是短暂的，王朝也是。三国之后的攀枝花地区，随着中央王权的频繁更迭，而再次落入隔绝。至北魏，再称严州。隋朝因循之，唐帝国又改为嶲州，设置都督府。强文弱宋无力顾及，元朝击灭大理国后，随手将攀西地区纳入版图。后来的明清，则一直对攀西地区行使管辖权。其在近代史上逐渐明了的时期则是从康熙平定“三藩之乱”开始的，其间虽有多次更名，州府易地，但始终与“中华民国”和中华人民共和国相衔接。而吊诡的是，攀西地区经历了漫长的时间，却一直是沉睡的，那些在这片土地上生活和迁徙的无数人们根本意想不到，就在这旷寂的高山峡谷之间，居然蕴藏了堪与他们的生存、发展和迁徙史相提并论的丰富而“卓越”的矿藏。

攀枝花当地朋友说，诸葛亮率军在此擒放孟获。现在的攀枝花机场所在地保安营就是其当年驻军地之一，此外，还有万宝营。保安营是攀枝花市区的制高点，万宝营也是。前者以开阔的山头和雄奇的身姿，构成了一道天然的军事屏障，后者则以其幽秘纵深而又超拔深藏，成为松露及其他野生珍稀动植物的家园。攀枝花的朋友还说，当年诸葛亮及其军队至此，还得到了著名的七星砚台，即攀枝花仁和区之独有的"苴却砚"。

苴却砚是最能体现攀枝花古来文化气息与文化内涵的，这一种名砚，以其色彩多而亮丽、丰富，独步于四大名砚，石眼、青花、金星、冰纹、绿膘、黄膘、火捺、眉子、金线、鱼脑冻、蕉叶白、庙前青、玉带、紫砂、鸡血等等，品种多达百种，尤以碧翠神溢、如珠似宝的石眼著称，此一特点，唯独端砚和苴却砚所有，一般由带核心的绿色，呈极规则的椭圆形团块分布于砚石中，顺圆心水平单面剥开中心，可以看到或红或紫或带金星的瞳眼（眼心），有心为活，无心为死或盲眼。其周围或带晕，或有数圆环。其形有龙眼、猫眼、象眼、鹤眼、鹰眼诸多种。

按照人类对地球新的研究和测量方法，在时间之中穿越无数晨昏的攀枝花，具体位置为东经101°08′至102°15′，北纬26°05′至27°21′。在来自高寒之地，澎湃激越的金沙江和雅砻江交汇之地，东边是著名的古城会理，北边则为德昌和盐源县，西边与现在隶属于云南的宁蒗、华坪、永仁临界。如此的一方地域，既有仿佛神灵的大水源源而入，又有苍苍生灵于其间的扎根、挪移和更迭。时间行至二十世纪四十年代初期，世界正在经历又一场浩劫——二次世界大战如火如荼，无数人在其中丧生，即使偏安一隅者，内心也充满了惶恐。在东方战场，日本侵略者攻势猛烈，奋起的中国人民与之进行着殊死较量。

对中国和世界而言，先后相距不远的两次世界大战肯定是空前的，无论武器装备更新换代，也无论战争对自然乃至人类的摧毁力度。尽管攀枝花地区在抗日战争当中并不是主阵地，但一国之灾难，任谁也无法幸免。对这方土地和人民具备统领权利的，依旧是孙中山之后的"中华民国"。当时的政府所在地依旧设在西昌，称之为"西昌行辕"。这个名字，显然带有文白夹杂的意味，其中也隐隐透露古老的中国由封建社会向现代文明时代转身的艰难与某种蕴意。

这个西昌行辕颇有意思，虽然地处西南，又适逢国难，但其配备一样不少，可谓五脏俱全。其中的地质专员就是一个颇有意思的职位，另外的国立西康技艺专科学校也令人闻有所思。今天的人们，不妨做如此猜想，即"中华民国"虽然没能蜕尽明清之皮囊，但从国家机构乃至其倡导的科学、文明角度来看，它又是与世界发展特别是科学发展具有同步或者趋同性质的。因而，对彼时甚至今天的攀枝花来说，也从中受益匪浅。而这个"益"，一方面源于地球运动的玄妙与神奇，另一方面，则来自现代科学对地质的全新认知和科学探测。

这里隆重出场的人名叫常隆庆，还有刘湘、刘文辉、卢作孚、刘之祥、汤克成、赵亚曾、殷学忠等等重要人物。历史总是在不期然之间，格外垂青某些人和某些有灵之物。但在此之前，一场六点三级的地震席卷了马边和雷波县地，据记载，这场地震的主震区是马边县的玛瑙乡（今民主乡）和雷波县马湖北，全长三十六千米。

从一九三五年十二月十五日到一九三六年五月十六日，这一带先后发生了三次强烈强震。最大的为六点四级，最小的六级。

这三次地震，使得攀西地区以及宜宾、重庆等地都有强烈的震感。这三次地震，均对攀西地区产生了重大的影响，由于当时缺乏必要的预测和抗震能力与技术，造成的人员伤亡比例很大。但这一历史事件，除了在专业的学科期刊和书籍上有所记载之外，很少再被人提及。地球母亲在时间中的暴怒及其决绝的剧烈动作，带给众多生命的伤害，似乎是司空见惯了的。人类是善于忘记的，也是善于从灾难中再度站起来的。人的生存与繁衍的顽强能力，绝对与天地之恒久相提并论。

攀枝花处于亚热带地区，日光充足，气候宜人。直到现在，仍旧是四川乃至其他地区人们过冬的最好去处之一。然而，在一九三六年，这里还是一片荒寒。整个峡谷中只有上坝和下坝两个自然村。除此之外，莽苍峡谷，多数的山是光秃的，没有一丝生机。只有少部分山野之中，草木茂盛，野花众多。在此交汇的雅砻江和金沙江也寂寞奔淌，没有任何自然的节制和人为的影响。这一年冬天，重庆雾锁大江，日渐寒冷。作为地质所所长的常隆庆带着助手殷学忠跋山涉水，前往"宁属七县"调查发生在马边和盐源县的三场地震，他们在马边和盐源的主震区实地察看并做了调查之后，发现当地的灾情不怎么严重，遂把主要的任务转化成为对攀枝花地区矿产的探测和研究上。

这是一九三五年十二月。此前，现在属于凉山州的会理县也发生了强烈地震。当时通信不够发达，关于地震灾情，流传的说法不尽相同。有的说，这次地震震幅很大，造成了大面积的山体坍塌，从而阻断了金沙江。在此背景下，时为四川省建设厅厅长的卢作孚就派常隆庆前往勘察。常隆庆便和助手殷学忠一起，从重庆出发，到会理进行实地勘察。

从重庆到会理，何其遥远？斯时，并没有公路，即使现在，从成都乘坐火车到攀枝花市也要九个小时左右。当年，交通落后不说，沿途的一些情况也比较复杂。当常隆庆和殷学忠到达会理的时候，已经是又一年的春天了。

照实说，这种漫游在大地上的崎岖行程，不管是旅行还是公务，其过程肯定是相当艰苦。等常隆庆他们走到会理已经是一九三六年了。此时，春天本来就温润的会理一带春花竞放，万山葱翠。气候显然与重庆和成都有着天壤之别。经过调查，常隆庆和殷学忠发现这次地震对会理乃至金沙江的影响并不像传说的那样。遂写好报告，转而把自己的任务重点转向了探测和发现会理周边的矿产资源上了。

常隆庆自一九二一年开始痴迷于地质学，北大学成后，又跟随翁文灏先生，地质学造诣深厚且敏锐。在调查过程中，常隆庆等人强烈意识到，宁属七县之地理地质条件极有利于金属成矿。所谓的宁属七县，便是今天的攀枝花—西昌地区。因为当时隶属于宁州（今德昌）之西昌、越西、冕宁、会理、盐边、盐源、宁南七个县。从重庆至宁属七县，路途遥远且艰苦，与其匆匆返回，不如就地做一些地质考察。这也是当时四川省建设厅厅长卢作孚先生的意见，或者说交给他们的另一个任务。常隆庆决定与殷学忠一起以调查矿产资源为目的，把重点放在宁属七县。他在后来发表的《宁属七县地质矿产》绪言中说："此次调查，纯出于四川建设厅厅长卢作孚先生之计划。"说明他们的野外地质调查和卢作孚建设抗战大后方的战略思想是相一致的。

宁属七县地域面积广，地质构造特点独具，是川滇交界之地极富有特色的地方，境内有彝、苗、蒙、回等多个民族，历来为王朝所重视。常隆庆和殷学忠迈开脚步，以双脚在这一片神奇的土地上漫游和勘察。他们先是从会理步行到盐边东南、金沙江左岸的三堆子，又渡过雅砻江到达倮果，然后沿

177

着江边的崎岖山路继续西行。

这是一片没有任何道路的山地，途中的崎岖、艰险可想而知。在奔流的雅砻江畔，两个地质学者一边艰难跋涉，一边细心踏勘。见到特殊的岩石和地形，都要爬上去仔细搜索和勘验，每到一处，他们都采集标本，一块一块地放在口袋里。若非带有两匹老马，可以代为负重，仅凭常隆庆及殷学忠二人之力，如此漫长旅途，恐怕很难带回那么多的标本。

许多天后，他们到达密地、倒马坎江边，常隆庆和殷学忠发现这一带有很多的铁矿石，以后说不定可以找出一个大矿来。他在山头上、大江边上盘桓许久，仔细查看，并采集了一些典型的标本带回去化验。然后又在地图上做了标注，与殷学忠继续前行，到走马颈子、烂泥田、弄弄坪、巴关河、棉花地等处，再翻过冷水箐，到达盐边县城之后，稍微休息了几天，整理了资料之后，又去往盐源、西昌，然后到达雅安。

这一次行程，常隆庆和殷学忠走了近七个月，走破了七八双鞋子，衣服也变得褴褛不堪。斯时的成昆路上，高山峡谷，河流浸漫，想想也是一场苦行僧般的路途。这一次勘察可谓收获多多，正如常隆庆在其《宁属七县地质调查》一书中所说"费时半年，周历七县，在勘矿区五十余处"。这一次，常隆庆和殷学忠采集了数百块化石和矿物标本，并用地图的方式，把自己所到之处进行了详细的标注，并做了大量的考察笔记。

常隆庆和殷学忠的这一次勘察，大致是中国科学家对攀西地区有史以来的第一次。这在他们两个之前，似乎没有人系统地考察过这片土地上的矿场资源。四川师范大学历史文化与旅游学院的黎明教授《常隆庆：攀枝花之父与攀枝花磁铁矿的发现》（载《攀枝花学报》第33卷第3期）说攀枝花位于四川省西南部，地处金沙江、雅砻江汇合处，攀西大裂谷中南段。早在《后汉书·郡国志》中便对台登（今泸沽）、会无（会理）出铁做了明确无误的记载。而在清朝，会理小关河一带的冶铁业已经十分鼎盛，小土炉达百座之多。

近代以来，外国列强利用不平等条约的特权，开始由沿海向内陆渗透侵略势力，以经商、传教、考察为名，深入长江中上游地区进行各种勘测和科考活动。从一八七二年到二十世纪初，在川滇一带的羊肠小道上，出现了金发碧眼的外国人，他们先后进入攀西地区，对矿产资源进行了初步的勘探。

据资料记载，这些西方地质科考人员当中有法国的莱克勒，德国的李希霍芬、乐尚德，奥匈帝国的劳策，瑞士的汉威等人，皆是当时科学巨擘。其中，一九〇一年由法国派出的矿产工程师勒克莱编写的《东川附近省份地质和矿产研究》获得出版，记述了"纳拉青北部滨江台地（今攀枝花东区肉联厂一带）第四纪含金岩层与马尚（今攀枝花矿务局技工学校东南）附近瑞提斯煤层"等地质矿产情况。

据一九一二年修订的《盐边厅乡土志》（清朝时期的行政区划，即现在的盐边县）记载："'磁石名戏石，产白水江边，能吸金铁。'自一九一四年起，丁文江、谭锡畴、黄汲清、常隆庆、刘之祥、程裕祺、汤克成等地质学家，多次冒着生命危险进入当时匪患严重的攀西地区进行地质科学考察。而常隆庆正是他们当中非常杰出的一位。"

从以上资料可以看出，攀枝花乃至往昔的"宁属七县"范围内，人们早就发现了储量较多的铁矿。只不过，限于当时的技术能力，只能小规模地开采和冶炼。但对于攀枝花的巨大矿产资源，尽管有不少西方科学家涉足，并且企图在这里发现惊喜，进而作为一种个人乃至国家民族的荣耀，但他们对攀西地区总体上还是轻忽的。十九世纪和二十世纪，尽管西方有不少科学家和学者长途跋涉地来到遥远的东方，而且都带着异乎寻常的发现心情，但在具体的事情上，很多方面还是疏忽了一些。

可以说，二十世纪初期，是西方对东方大发现的高峰时期，那么多人来到古老的东方帝国境内探险，寻找他们足以光耀当世、影响后代的宝藏，尽管其中有许多人在中国乃至整个亚洲的不同地区发现了一些震惊世界的"文明"遗迹与"证据"，可是，中国内在的文明还是无法被真正发现和套取。因为，在泱泱数千年的历史当中，中国一直是世界先进文明的创造者和延续者，直到工业革命的到来，科学技术的普及，才导致了这个老大帝国近代的积贫积弱，再加顽固与愚昧，才遭受到了残酷的几近于灭顶的灾难。

然而，在中国，始终有睁眼看世界的高瞻之士，也始终有着不折不挠、献身于家国民族的仁人志士，更有着怀着热血之心、激荡青春理想、用知识和科学为家国奉献生命和智慧的人。

攀枝花矿最初的发现者，后来的开创者，都是如此。其中有一些名字不该被忘记，如卢作孚、刘之祥、常隆庆、汤克成、徐学勤等实业家和科学家。当然，新中国成立后，邓小平亲自到攀枝花指导，确定了攀钢建设地点。应当说，每一座城市的形成都凝聚了无数人的智慧，甚至是他们血肉和骨殖。攀枝花也是如此。由于攀枝花钢铁集团和攀枝花市的发展建设，今天的攀枝花，已经是花果遍地芳香弥散的阳光之城了。每次去，都可以吃到很多的水果，火龙果、芒果等等，味道香甜，令人一再贪恋和喜欢。此外的温泉，从多矿源的山中潜流而出，用一种热度，滋润着攀枝花这座年轻的钢铁之城、阳光之城。

在攀枝花，有一种古老的植物，完全可以与攀枝花矿资源的存在时间相提并论并且有过之无不及。它们长在攀枝花一面山坡上，那面山坡现在为攀枝花西区和仁和区所共有，地理坐标介于北纬 26°36′31″和 26 度 38′24″之间，东经 101°32′15″和 101°35′46″，总面积一千三百五十八点三公顷。其所在最高海拔二千二百五十九点六米，最低海拔一千一百二十米。其中生长有三十八万六千株成年苏铁，幼苗十四万五千株。这一种植物界的奇迹，古老的生命延伸到了今天，俨然是一道令人思接千载、精骛八极的关于生命和灵魂的风景。

苏铁最早出现在距今两亿多年前的古生代二叠纪、中生代晚三叠纪至早白垩纪为其繁盛时期，是当时植物中最喜欢结群者。术语称之为"建群"，它们的身影遍布白垩纪，仿佛那个遥远年代，它们才是地球表面上堪为最高统治者的植物之王。可是，自宇宙诞生之日起，盛衰就成了整个自然界的整体命运。这多么像是我们人类，乃至逐渐在地球上销声匿迹的动植物们！进入新生代又经第三纪造山运动及第四纪冰期气温下降之时，苏铁开始了它们的衰败历程。强者生，弱者死，这种地球表面上的演化从来没有停止过。苏铁也是，强大的留了下来，弱小的归于大地。当地球来到今天，苏铁也渐渐稀少，目前，仅间断性地零星分布于热带和亚热带地区。

攀枝花苏铁的生长区域主要分布在布德镇巴关河西侧海拔一千一百四十米至两千米之间，一面比较陡峭的山坡上，苏铁与其他植物相生并存。这些散开的，看起来有着无限扩张力的茎叶，尽管有些锋利和粗硬，但它们却毫无杀意，完全是一种虚张声势的"自卫性"的肢体语言表达。想来，在远古时期，苏铁也如同这般，在大地上丛丛生长，四散开来，以这种柔和的硬度，用来保卫自己。

谁能想到，如此的一种植物，它们见证的、经历的显然已经超出人类的想象范畴。植物的灵性体现在它们对于大地自然的顺从性上，什么样的环境，生长什么样的植物，也潜藏什么样的动物。适者生存不仅体现在动植物的生存能动性上，更体现它们高度自我的选择性上。攀枝花苏铁胚珠无毛，与分布在日本、波利尼西亚、马达加斯加等地的同类不太相同。其大孢子叶片为篦齿状，雄花球刚硬直，一如青春期的男性之生殖器……雌花球内部凹陷，如女性之生殖器。天地造化，自古就是男女平衡，万事万物都是相对的。中国古老的阴阳学说，是大地上所有生命当中的共有特性。

我拨开茎叶，仔细观看，只见雄花球果真刚直，雌花球则微微下陷。有一些蜜蜂潜入其中，不停地挪动，扇着翅膀，寻找苏铁当中的甜蜜部分。再去看其他的苏铁，大致也如是。在这片保护区，苏铁和柏科、壳斗科、杨柳科、桑科、荨麻科、莲叶桐科、石竹科即五味子科、十字花魁、蔷薇科、景天科、豆科、大戟科、使君子科、仙人掌科、桃金娘科等等数十万株植物同生并存，其状，若原始的荒野，众多的植物在其中竞相生长，有交叉但没有战斗，有覆盖，但没有强行的压制。如此森然之貌，生存之地，体现的是大自然的宽容之美，也体现着万物秩序之精妙。

在其中，还有长吻鼹、穿山甲、豹猫、高山姬鼠、西南绒鼠、大绒鼠等地面上的动物出没，天空上，有白腹锦鸡、红腹角锥、大鵟、黑鸢、雀鹰、苍鹰、燕隼、斑头鸺鹠、棕胸竹鸡、中华鹧鸪、红隼等等鸟类。可以说，攀枝花苏铁保护区，乃是一个美轮美奂的自然之地，因为苏铁，而使得众多的动植物得到了完整的保存，在峡谷以上的山坡，日日眺望着高楼林立的攀枝花市区，也守望着日月星辰，以及沧桑的时间。

从山上朝下看，整个攀枝花市区尽入眼底，攀钢在最远处矗立。而城市，则呈间隔性在峡谷之中参差不齐，一片片的楼房建在山坡上，一片片，给人的感觉清爽而又明亮。走在街道上，无论是哪一条，都可以吃到各种各样的水果，也还有很多北方的吃食。说攀枝花是三线建设带动的城市，不如说，攀枝花更是不同地区的劳动者，乃至散落在这片地域上的各个民族，共同塑造了攀枝花的混血性，尤其是文化上的多样性和包容性。这些年来，对于巴蜀之地，我最喜欢的大致就是攀枝花了。这座城市虽然没有成都大，但它的宽和度却是足够的，又毗邻云南，到处都是阳光，无论是原始森林，还是荒废的滩涂，无论是城市楼宇，还是乡野四合院，那种照耀，是其他地方所不具备的。尤其是冬天，在攀枝花生活，其惬意的程度，与日光的温度成正比。

阳光米易：颛顼溶洞与普威土司衙门

第一次去到米易是一个傍晚，车子进入，只见一座小城横在两山之间，逐渐繁盛的灯火当中有一些清凉，还有一些果实成熟乃至化浆的味道。一条河流无声无息，将小城分成两个，河水上聚满了灯光，好像万千的金鱼接连跃出水面。给人的感觉是美好的，也是自然的；是安闲的，也是舒适的。河面上有一座大桥，上面装饰的灯光花红柳绿，璀璨夺目。若是稍微走个神儿再看，果然像极了彩虹卧波。

我大为惊诧，没想到，在川南居然还有如此美好的地方。此前，人都说，攀枝花和米易是四川冬天最好的地方。水果、蔬菜、水质和空气，是无与伦比的好。更重要的是它冬天的阳光。每年的十二月份到次年四月初，成都湿冷令人烦躁，又觉得无奈。很多人便去了攀枝花和米易。也有朋友告诉我说，米易的阳光晒一天，可顶在成都晒一年。那种感觉和温度，不仅让肉身发暖，且会让自己的灵魂开花。

大多数的道听途说我是不信的，过耳就忘。而第一次去到之后，站在米易的街道上不过几分钟，就觉得了一种舒适。这种舒适用语言极难表述，大致是一种由外而内的适宜温度，从四面八方悄然侵袭，从脚踝和脖颈、脸部开始进入并开始蔓延，进而是那种贴皮贴肉的热量，让人感觉亲切，心情不躁；肉身安适，精神为之一振。我对同行的朋友大声说，米易果然是很好的！他们笑笑。除我之外，他们都是来过的。对我这样一个多年身处北方的异乡者来说，第一次的米易，让我觉得了川地乃至西南地区另一种地域及其气候的倏然不同与安逸美妙。

夜里也不冷，躺在床上，甚至可以感觉到一种燥热，好像春天逐渐向夏季转换的那些时刻，日光总是会骤然提高热量，让人猝不及防而又无话可说。米易的夜晚，虽然也有少数的车辆轰鸣而过，但极其稀少，甚至可以忽略不计。此外，一切安静，一切都好像沉睡了，即使那些树木，也很有礼貌地站在窗外，以安静的姿势守护着这里每一个生灵的睡眠。这样的一种境界，是在北方乃至成都等地体验不到的。现代文明乃至城市建设，都体现了一种紧张的焦灼感与无时不在的挤压感觉。人在其中久了，感觉整个身心越来越逼仄和惶恐，也越来越脆弱和疲惫。而放逐于山野乃至偏远之地以后，每一个人都有一种逃逸的愉悦和轻松。

　　而米易，就是这样的一个地方。

　　米易是攀枝花下属的一个县级行政区，位于青藏高原的东南缘，属于亚热带干热河谷气候，是川西南重镇，也是通往云南的必经之处。传说是五帝之一颛顼的诞生地。这个颛顼，也是华夏民族早期神话中的一位显赫人物。其治国的能力备受赞扬，所谓的天下九州就是颛顼当政时期划分的，分别为冀、兖、青、徐、扬、荆、豫、梁、雍，因此，古代中国别称"九州"。县城之间的河流名叫安宁河，是雅砻江下游最大的支流。其发源地为横断山脉小岭的阳糯雪山与菩萨岗，流经今冕宁、西昌、米易等地，并在米易县安宁乡汇入雅砻江，安宁河全长三百三十七公里。

　　早起在河边散步，见有不少人在捉一种营养价值极高的、类似泥鳅的东西。站在整洁的滨河路上，左右可以看到拔地而起的青山峰峦，蜿蜒的河谷两边山冈参差起伏，有一种音乐的流畅与动感。太阳升起，大地一片清新，路边的花卉和青树格外崭新。空气中弥漫着花香、草香和各种果实迸发的混杂香味，呼吸起来，让人心神畅快，整个肉体似乎被清水清洗着一样。朋友们说，来米易，就是洗肺的。这样的地方，在如今的中国，恐怕还不是很多的。

　　上午去看颛顼溶洞。这一窟位于该县白马镇、龙肘山内部的溶洞，充满了神话意味与自然的鬼斧神工。其中的负氧离子含量居全国第一。在颛顼溶洞，其养生价值远远超越饱眼福。进入洞中，俨然又一个世界。若是只看山脉，谁也想不到，这庞大的龙肘山腹中还有如此奇妙而宏大的隐藏。其中的钟乳石、水潭林立交互，美轮美奂，让人惊奇而又无话可说。其中一处，像极了颛顼与共工作战的场面。这两个神话人物，是先民在洪荒年代的一种精神赋予与神奇想象。颛顼更符合中国人对于皇帝的理想标准，而共工则更像是一位失败了的英雄，与希腊神话中的西西弗斯有着同样的悲剧性与永恒性。

人在其中爬升，每一步都惊险，也很惊奇。这样的一个山体内的世界，似乎是川西南地区独有的，即使全中国也极其罕见。很难想到，大自然的运动与改造如此神奇又充满想象力，并且与华夏民族早期神话有着异常细微和逼真的勾连。这的确令人匪夷所思，思索不透。我也以为，在地球浩瀚的时间运动中，肯定有着无数的大规模的改造与突变，也与宇宙与地球上的生命有着无可解释的内在联系与相互作用力。当我们爬到最高处的时候，已经筋疲力尽。当地的朋友说，这个溶洞还只是开发了三分之一，还有更多的依旧隐藏在山体之中。

我也相信，在庞大的山脉内里，肯定还有一些不为人所知的事物，甚至生物和其他一些存在。我更相信，在人类之外，更多的生灵自古就有，也不会消失。游览颛顼溶洞，内心震动的，一方面是对大自然之造化发出惊叹，另一方面则内心更加敬畏。我们人类，在很多时候是太过狂妄了，殊不知，在自然深处，宇宙极点，还有更多的，比我们更为高大和智慧的东西一直在用他们的眼睛和心灵来观察、分析着我们人类。

那一次，离开米易的时候，我萌生了在这里买房居住的想法。从气候和环境看，米易是一个最适合养老的地方。可是，再好的地方也不如有一个好人，人才能令人安心。带着这样的一种情绪，回到成都以后，城市浩茫，人事纷繁，生存和现实都非常地强硬。唯有闲暇，偶尔会想起米易，自己笑笑，心里也漾起一股暖意。

第二次去米易，却是秋初，蜀地从溽热中稍微解脱，季节的凉意在早晚表现得更为真切。一行人乘坐列车前往。车上，一顿吃喝，有人醉倒。有人在晃晃荡荡的车厢说话。我很早就躺在自己铺位上玩手机，想心事。对于米易，尽管已经去过了一次，但感觉还是陌生的。一个人对于一块遥远的地域，仅凭一两天的走马观花是不足够的，也是轻佻的。

从人的行走及其所使用的工具上说，倘若成都到攀枝花或昆明的高铁修通以后，这样的往来便是很快捷的了。有些时候，我们明知某地很好，想去，可就是被距离和所耗费的时间吓倒与阻隔了。凌晨到达，一片漆黑的车站，微弱的灯光让人看不到自己的脚尖。但空气中非常湿润，仿佛一下子踏进了庄稼遍地的乡野，到处都是自然散发的那种气息。

到宾馆，继续睡觉，醒来，屏窗看到浑浊的安宁河。所有的河流都来自高山雪野，每一滴水都携带了人迹罕见之处的某些信息。这个季节，是米易降雨量最大的时候，洪水把山野的泥土打开、搅碎，纳入自己的怀抱，之后，顺势而下，跌跌撞撞地冲下山谷，进入平坦之地，然后浩浩荡荡融入更大的河流当中。

这是一种宿命，万物万事都是如此，有来处，也有归处。上午乘车，沿着盘山公路去普威镇。当地朋友说，那里曾经是米易的县衙所在。我也知道，米易这个不算很大的地域当中，分别居住着白族、彝族、汉族、傈僳族等，混血的成分也很大。相传，当年诸葛亮七擒孟获的故事大致就发生在这里或凉山州的雷波县一带。作为连通川滇并西藏、越南以及缅甸、泰国等地的攀枝花地区，古来多民族往来频繁、兼容剧烈，更是南丝绸之路的要冲。

每一块地域都有它自己的命运，而这个命运，就是地域的历史和文化精神。当地朋友带我们去看当年彝族土司衙门旧址。旧址位于现在普威镇的上方，两山龙头合拢之处的坝子上。从地形地势看，这里是全镇的制高点，依山傍水，且两边有挡，后面有靠，这样的地方，当真是绝好的住房选择地。由此可见，即使在西南，道家的学说和现实应用也非常普及。也由此可以推测，自古以来，无论哪个民族，都源于华夏。因为，中国是一个以文化认同为区别的族群，彝族和其他民族，虽然语言和行为习惯不同，但在文化习俗和信仰上，却都有着深刻的华夏民族强烈的烙印。

土司衙门旧址已经荡然无存，唯有院子里的巨大黄桷树和榕树枝繁叶茂，毫无颓败之相。道家认为，人不过天地一过客，人事也不过一些灰尘罢了。在消失的事物面前，多少喟叹都无济于事，再多的人事也都殊途同归。鲜有例外。

镇子不怎么平整，街道大致是一些个斜坡。许多人在卖石榴、木瓜、苹果、梨子、菠萝等等水果，以及多种蔬菜。这些都产自普威。米易的其他地方也多。有一种很小的硬核野果，他们说叫山核桃，其营养价值很高。还有更多的果实和蔬菜，我不认识。当地的朋友说，米易这个地方很奇怪，不管是哪里的植物，只要埋进土里，就可以生根发芽开花结果。

大地就是用来收藏和包容的，所以老子说"厚德载物"。

离开普威的时候，朋友把我们带到他的果园。哇，满树的梨子，沉甸甸的，在尚还发青的大叶子之间，一只只，黄金钟锤一样悬挂，柔美而又刚硬。这种梨子大一点的如女子拳头，小点的则如鸭蛋。表皮上有一些红色斑点，像人脸上的雀斑或者分散的红晕。它有一个很好听也很大气的名字：满天星。摘的时候，忍不住吃，牙刚碰到表皮，就有甜汁喷出，其味，犹如高浓度的蜂蜜。我摘了很多，又带回一些，给几个朋友品尝。他们都说好吃。问我是哪里的梨子，我说了米易。他们哦了一声，说，那真是一个好地方。

次日，回程火车上，与邻铺的一位老人攀谈，他说他也姓杨，老家广汉，但他在米易已经四十多年了。还说，米易这个地方蔬菜水果多，想吃啥吃啥，气候也是四川境内最好的，是养老的最好地方。我连连称是。老人还一再对我说，下次来米易一定要到他家去，他亲手给我做几个菜，喝点酒。并特别强调说，关于米易，他有很多很多的传说和亲身经历的故事，保证让我听够，还很新鲜，有趣味。如果能写到文章里面，他会觉得很高兴，也很安慰。我则说，一定会去米易，而且会去得多。这是真话，我也不知究竟为何，对于米易，始终有一种难以割舍的情感，恍惚而又实在，遥远而又可触可摸。

会理：古城沧桑与绿陶石榴

从成都到会理，开车需要一天。沿途诸多的山河，体现着横断山脉那种庞大的恣肆与莽苍辽远。此前，虽然多次路过西昌而去攀枝花，但对于凉山彝族自治州那一块在川西南突起的高原，还是异常地陌生。我只是听说彝族及其民族艰难的迁徙历程、种种神异或者悲情的传说，以及现在的一些境况，还不断听说红玛瑙或者石榴等等果实。一个地域被某一些现实物质所概括，或者说，被更多的自然物所遮蔽，是极其片面和不负责任的。因为，人才是地域的主要产物及其文化、精神和灵魂本质的持续体现与显著标识。

出京昆高速，沿着盘山公路，于傍晚到达。透过车窗，可以明显感觉到，尽管地处偏远，各种资源相对匮乏，但全球化，特别是中国近些年来的发展建设面貌也在会理得到了明确体现。我不是说高楼大厦林立便是现代文明，而是觉得经济的发展，尤其是国家统一行动的影响力是无与伦比的，即使在偏远之地，也自觉地具备了整个国家的某些特征。当地人说，会理现有四十五万人口，物产丰富，且是凉山州乃至整个川西南当中历史文化最为悠久、积淀最为深厚的县级地域。早在商周时期，会理已经是一个较为发达的农耕区了，时为西南夷的邛都国管辖范围。公元前一一一年，西汉征服西南地区，在会理县内设置了两个县级官衙，一个名为会无，一叫三江，同属于越巂郡。而越巂郡的郡治所，就在今西昌市西南某地。

可以说，在东方文明之早期，西南地区与中央政府一直藕断丝连、一衣带水，荣辱共进的。有时候，帝国的地域明确划分使得远离王朝中心的蛮荒边疆也顺理成章地进入了全国政治范围内。这种军事的征服到政治经济和文化的归属，构成了早期国家疆域最基本的演变和构成方式。入夜，吃饭，再去观看会理县有名的古城。走在青石和青砖铺就的道路上，在红红而密集的灯火当中，有一种恍惚的感觉，仿佛时光穿梭。当现在的城市越来越趋于雷同，古老的乡野与边疆也自觉不自觉地融入了这一浩荡潮流和趋势，如果能够保留一些冷兵器和农耕时代的遗迹，我觉得是非常幸运的，也是对先民劳动和灵魂的一种尊重。

会理古城建于乾隆十二年。斯时，正是清帝国持续强盛与稳定之际。因位于川滇两地要冲，又商贸通畅繁忙，会理自然是富庶的，南来北往的商旅，行走的过客，都在这里相逢一时或擦肩而过。一个朝代的盛衰与其民众乃至具体地域休戚相关，不可例外。从文明史角度来看的话，所有的战争，在某种意义上都是一种陷万民于水火的团体政治和军事行为。因此，在很多时候，稳定与改良应当是最合乎潮流与历史规律的，可以避免大规模的人群受难，并且有利于国家的完整与民族的生存繁衍。

其中的城鼓楼建于明代，也是那个朱姓王朝还算强盛之时。居安思危，是中国一个很好的传统，也是《周易》乃至其他圣人学说的一直主张。所谓"未雨绸缪"和"生于忧患，死于安乐"也是同样的道理。眼前的城楼高有三十多米，一色的青砖，白灰勾缝。各个楼台上插着仿古旗帜，猎猎而动。当地朋友指给我们看鼓楼正面墙上的一处炮痕。说是当年国民党军打的。近前看，所谓的炮洞，不过是一个小小的、只有拳头大的凹槽。

我常觉得，与我们比起来，古人最好、令我们最为景仰的一点便是时刻心怀敬畏，对于一切事物都不敢过于放肆、轻妄。他们知道，凡事都有个极限和边界，而不可随心所欲，胡作非为。确乎如此，如《周易》所说："极则反，盈则亏。此乃天道也。"事实上，我们的先民不管是神道主义还是实证主义，对于世界乃至自然万物，都是在丰沛的想象力当中，体现了他们出自灵魂的自然之心与修道之为。算起来，这鼓楼和城墙也该有四百多年的历史了，时间多么强大，而这些泥砖之物也毫不妥协，在沧桑变迁之中，依旧保持了原来的风貌。

古城四面通达，大街与小巷相对而立，灯光如织布，辉煌而又敞亮，幽深且带有某种古典色调。向北，穿过一些店铺，可以上到城楼。城楼高有十多米，俯瞰左右，只见灯火连绵，犹如白昼，所有房屋高低一致，规整有度。当年，建城之人也是匠心独具，以四方的形式昭示稳固与长久，并且希望以坚固的堡垒来保证人和财产安全。但世上从没有什么东西永恒不败，城墙之类的军事工事，很多时候只是一道屏障而已，而最根本的，则是人心和精神意志。

街道上分布着连片的灯火和人流，湿润而稍冷的风吹过来，让人肌肤生凉，又不觉得特别冷，反而舒适。城墙一侧，挂满了野草荆棘，这些善于攀缘和生长的植物，在黑夜的城墙上，好像一些缄默不语的预言，安静自在地任人张望，并由此浮想联翩。

城楼上有茶馆，还有一家小书店。这叫我大为惊喜。在实体书店多数荡然不存的今天，会理小城居然还有如此高雅的地方，由此可见会理人的一种文化情怀。下楼，再游览各条巷子，光滑的石头路面，临街的墙脚下长满苔藓，水漉漉的，有不同种类的虫鸣声时断时续，悠远深长或者短促清脆。巷子里院落众多，又很安静。若是在古时，这样的住宅当是读书与写字的绝好场所。院子里有许多橘子树，间或有数株石榴树，密叶之间挂满果实。有居民坐在昏黄的灯光下吃饭，或者搓麻将。其中一条巷子叫作科甲巷。一看名字，便是书香之地。果不其然，当地朋友说，仅清代，会理县内就出过三十多位状元、举人和秀才。会理文风之盛，在凉山州也是历来有名。

会理不独有汉族人居住，还有彝族、白族、傈僳族、苗族人等等。而会理却能够文气鼎盛，历代不衰，大致和当地的文化及精神传统密切相关。果不其然，当地朋友说，这里也有建于乾隆年间的金江书院，至今还在。

在清代，或者更远的朝代，类似会理、海南、云南、西北等地都是皇帝流放犯官逐臣的地方，而这些犯官逐臣大多是那个时代的精英。其中不乏饱学之士与远见之人。他们将"学而优则仕"与官本位传统思想从北方和中原带到了西南地区。一方面传播圣人之道，另一方面用圣人之道，为自己或子孙返乡、再登朝堂提供必备素质。当然，也不能排除一些犯官逐臣，借开设书院修身求道的个人意愿。

金江书院并不远，在会理一中校园内。不大，但书香气质浓郁，高大的门楼，依然完好的青砖，硕大的榕树和黄桷树冠盖庞大，浓荫翠绿。门楼上有一副对联，写的是天地人伦至理。东西侧门上面写有"三畏"（畏天命，畏大人，畏圣人之言）和"四非"（非礼勿视，非礼勿听，非礼勿言，非礼勿动）等规整汉字。我诧异，也觉得自己浅薄，自诩读书多年，可连这个都没有记住，更没有做到。书院内两间侧房，可能是先生起居之所和杂役所用，一间正房，较为宽大，一看就是课堂。院子内有一株巨大的紫薇树，干枯的树干，头顶却枝繁叶茂。在幽静之中，有落叶掉在长着青草的泥地上，那种感觉，好像时光慢动作，让人心神悠然，不觉耳边响起琅琅书声。

如此偏远之地的书院，很多时候是个人所为，这种个人的行为在很大程度上构成了文化和文明最根本的种子。据说，金江书院原名会华书院，进而又改成玉墟书院。这期间，经历了明清两代和民国，现为会理第一中学所有。在会理，还有一个关于民间办教育的事，更令人心生敬意。这个女子名叫夏瑶光，原是会理一个大户人家的女子，自小跟随父亲读书学艺。成年后，嫁给同城的王学义。王学义也是一个爱书如命的人，祖上是外地来会理采冶白铜逐渐发家的。十九岁那年，夏瑶光为王学义生了一个女儿。不幸的是，王学义却在三十二岁那年因积劳成疾辞世。王家其他人意图瓜分遗产，而知书达理的夏瑶光则将家产全部捐献，兴建女子学堂。起初，事情并不顺利，几经周折，最终成功。其女儿王鳞初也侠肝义胆，读书成才，继承母志，在自家私宅开设女子职业学校，开始了纺织、算术和刺绣等多门课程，为会理的妇女进步和独立贡献甚大。新中国成立后，王鳞初的女子职业学校与会理师范学院合并。

类似夏瑶光和王鳞初这样的母女，即使放在现在，也是一等一的远见女子，这样的女子也是可遇不可求，千里、百年都难再有的。带着深深的敬意，我也觉得，会理这个地方，虽然地处大凉山高地，可是它的文化，它所孕育的人，却是丰厚的，又是令人自愧不如并肃然起敬的。

次日，当地朋友带我们去看绿陶厂。据说这一门古老的工艺，在会理已经有千余年的历史。此外，还有传统的造纸术。绿陶厂在城外一个小山包上，新建的楼房内有一个巨大的废墟，是先前的老窑。车间内，一排排成品和半成品，上面的图案古朴而又充满禅意。老师傅介绍说，这些颜料，都是矿物质研磨而成，不加任何现代工业合成剂。

当地朋友说，绿陶是会理独有的，以前有很多好的师傅，现在所剩无几了。参观时候，一次次被会理绿陶的绝妙工艺所震撼。特别是那些古意浓郁的水彩，以及中国画所特有的悠远意境，还有现代性很强的变形和夸张手法，都非常形象，并且充满隐喻性与艺术的张力。

会理虽小，但却内里博大而又悠久。这样的地方，无论哪个季节来，其温度都是适宜的，也是一个养生休闲的好去处。我们这一行人，几天的走和看之间，都不由得连连发出惊叹。同行的人都说，真没想到，会理竟然如此丰富，令人意想不到。

其中，有人还说起当年刘伯承元帅与彝族头人小叶丹歃血结拜的传奇。其中的小叶丹后被国民党处死，但其对刘伯承乃至对中国共产党的信任，却从不动摇，嘱咐其妻子和女儿用生命守护刘伯承元帅亲手授予他的"中国工农红军沽鸡支队"队旗，并在新中国成立后交给了我人民解放军。小叶丹的这一份铁血丹心，令人肃然动容。无论怎么艰难，小叶丹和他的沽鸡支队没有放弃信任和信仰。而且，小叶丹的配合乃至对红军的护送和引领，使得我工农红军顺利通过了大凉山。

临别时候，当地朋友在车上放一些石榴，还有一些绿陶做的茶具。会理的石榴远近闻名，用石榴酿制的石榴酒口感细腻，养生价值也很高。车子向下，到西昌，也还能够觉得到会理那种特有的味道，高纵、散漫、酒香、安静、美妙。据说，要不了几年，从冕宁到会理高速公路就会开通。到那时候，去会理的时间会大大缩短。而会理，这座古色古香而又内蕴独特、丰厚的小城，特别是它的那些令人刮目相看和由衷尊敬的历史文化和文明传承，将会更好地发散开来，引得更多的人对之进行访问、探查、研究和赞美。

赫章：夜郎国与最高处的韭菜

　　下飞机，忽然觉得，毕节乃至更多的西南地区，其气候、文化历史和风俗民习大抵是一致的。整个中国的西南地区始终是妖娆的，它的山脉与河流、人民与故事，尤其是靠近北纬三十度附近，文明灿烂也苦难深重，这一自然带，具备神奇甚至诡异的创造力，也有着旖旎多彩的文化传承。毕节这个地方，为云南和两湖咽喉，又是巴蜀门户。以其雄奇秀丽、幽秘深藏而派生乌江、北盘江、赤水河等江河。几年前，我曾在云南听一个朋友说起湘西及毕节苗族的民间传说与历史正载，尤其是巫蛊的传说，其丰饶跌宕、灵异有趣，至今不忘。也觉得，西南地区除丰富的生态资源之外，不同的人群和族群的民族变迁、信仰、风习和文化，也足够迷人的了。

　　这里是新生代第四纪的喜马拉雅造山运动中强烈隆起的古大陆，人类在此活动可以追溯到五十万年前。这种遥迢的感觉，令人晕眩。时间总是用它柔软之力，击毁在它统摄之下的一切事物，当然包括人。而今，人们对于远古的自身的历史尚不能够明确认知。由此而言，老子《道德经》所说的"混沌"一词及其释义，可以引申为自然界乃至人类及一切事物的终生状态和命运的基本概括。

　　毕节之历史，由充满政治美德的尧舜时代开始，称为"鼻"。这是非常费解的，而古人造字用词，其准确性毋庸置疑，往往也另有深意。"鼻"这个字，现在已经沦为专指人和动植物的某一个器官，但在古代，"鼻"字被挪用之后，人们又以"畀"代"给予和付与"的意思，另外，"鼻"字又被赋予"初始、发端"之意，如《汉书·杨雄传》中有记载说："有周氏之婵嫣兮，或鼻祖于汾隅。"如此看来，"鼻"字乃至毕节史上第一个国名，一则与当地民众风俗有关，如"戴鼻饰""以鼻（高低、大小）为美"等等，二则"鼻"国之鼻字，大致是以当时的黔西北地区唯国王或者国王出身的某个民族为最大和最具权威性而设定的。

人都是地域的产物，山川河流对人的改造和塑造无时无刻。长期以来，我一个毫无根据但却强烈的主观判断是，世界上所有人群其实并无太大的差别，也没有民族之分，在某些地区待得久了，其相貌、语言、文字和风俗习惯也都会自成一格，独立成脉。毕节这个地方，给人的感觉是山高水长，丛林丘陵密集，多种地貌在云贵高原的分布，导致了它的居民众多且各有异禀。如我们去往的赫章，在此之前，我都没听说过这个地名。而当地的朋友说，赫章才是夜郎古国的发祥地或者首府所在地。关于这个古怪的名字，凡是读点书的人，都知道有一个成语叫"夜郎自大"，起初，我以为"夜郎"是一个骄傲自大的男子，殊不料，是一个具有两千多年历史的古国。

在中国的每一个区域，人群的多样性构成了历史和地域文化的丰富性。《华阳国志·南中志》记载说"将军庄跃溯沉水，出且兰（今贵州福并），以伐夜郎王"，"且兰既克，夜郎又降"。斯时，正是公元前二九八年至公元前二六八年，战国群雄，各自征讨，文化思想迸溅，既是一个纷乱无常的年代，也是一个人文灿烂的时期。而夜郎国之所以能够偏安一隅并发展壮大，必定有其过人之处。关于夜郎国的起初，至今尚无明确说法，彝族的文献当中记载似乎更详细。作为长期生活在西南地区的一支有着悠久历史的民族，彝族的先辈以祭文、石刻、文书等方式，留下了大量的献祭、祈祷、酬愿、做斋、禳祓，以及关于各种自然物经咒、咒术技法、婚姻生产、丧葬祭祖、农业、火神、雷神、龙王、李老君、历史传说、占卜等文献。

其中对夜郎国的记述如下：夏朝时期，夜郎逐渐兴起，也如夏朝一样，是一个奴隶制君主专制国家，它的第一任国王名叫采默，后又历经武米夜郎、洛举夜郎、撒嘛夜郎、金竹夜郎等。其中，武米时期的夜郎又分为夜郎、采默、多同、兴和苏阿纳等四个历史阶段。在夜郎国周围，又有五十多个大小国家，多听从于夜郎，或附属于夜郎，或与夜郎结盟。其势力最盛时期有精兵十万。司马迁《史记·西南夷列传》中说西南夷君长以什数，夜郎最大。

其西，靡莫之属以什数，滇最大……由此来看，夜郎国之外，西南地区的大小国家、部落之多，一点不亚于中国的西北地区。

人以群分，在古老的年代，人们以结盟的方式实现政治经济、生产生活和军事上的互助，是一种常态。关于夜郎国的起源，《后汉书·南蛮西南夷列传》中有记载说："夜郎者，初有女子浣于水，有三节大竹流入足间，闻其中有号声，剖竹视之，得一男儿，归而养之。及长，有才武，自立为夜郎侯，以竹为姓。"每一个国家，其开国之君必定有神奇之说，这和中央王朝的皇帝们几无差别。大抵也是"天命神授"之说的延宕和效仿。"夜郎自大"一说，也源自司马迁《史记·西南夷列传》的如下记载：

> 滇王与汉使者言曰："汉孰与我大？"及夜郎侯亦然。以道不通故，各自以为一州主，不知汉广大。使者还，因盛言滇大国，足是亲附。天子注意焉。

"夜郎自大"一词便由此出场，可是，这一个成语流传了下来，盛极一时，自以为大的夜郎国，也在西汉成帝和平年间，夜郎王兴同胁迫周边二十多个城邑联合反叛汉王朝，但很快就被汉将军带兵击破，俘虏而杀之。夜郎国也就此湮灭，不复见于史册。

正是下午，两边山川，沟谷深流，草木葱郁，这样的地方，对于人和万物来说，是绝好的生存之地，撒豆即可成粮，攀爬、采集、挖掘就有食物。大地给予的，总是以人和万物所需要的成正比。暮色四合之际，到达赫章县城，一看酒店的名字，心里就隆起一股浓郁的古意和诗意：夜郎大酒店。夜郎，这个组合太有意味了。在窗台四望，也才发现，中国的每一座城市都是华灯招展，楼宇林立的，即便是赫章这一个高原小城，亦在全球化和城镇化当中亦步亦趋。晚上，躺在床上，在手机上翻查关于夜郎的资料，其中有诸多不确切，也有诸多演绎与猜想。如撒嘛夜郎之后，又有更为强大的金竹夜郎。濮人、布依族、仡佬族等为夜郎国人后裔的说法等。我觉得这都是成立的吧。因为，在漫长的历史当中，同处一地的民族相互政治上取代、人种的混血与经济上的勾连，都是避免不了的。此一族群强大时候必须以我为主，衰落后又被其他族群取代，如此周而复始，导致了族源上的同宗同祖，但在后来又难以铭记，进而混淆不明。

李白《闻王昌龄左迁龙标遥有此寄》诗说："杨花落尽子规啼，闻道龙标过五溪。我寄愁心与明月，随风直到夜郎西。"大致是虚指，但由此可见，夜郎国之说，确实是长期深入人心的。人世间最大的消失是文化的不具备，无文字，再强大和繁盛，但每个事物从一开始命运就被注定了。倘若当时的夜郎国有文字及相应的书写工具的话，那么，这个颇具传奇和神秘色彩的西南古国便不会令人煞费心神，百般猜测了。

夜里，我做了一个梦。是的，每到一个新鲜的地方，闻听和思考之后，便会做一些与之相关的梦。——满地湿滑、逼仄，显然刚下过雨。两边耸立着一些黑色的植物，高低不一，使得整条窄小的道路像是一条曲折的巷道。没有光，但路面却很明亮。一个人牵着一匹马，马背上驮着一些说不清楚的东西。牵马者，好像是我自己，但觉得又不像。他自言自语说，自己是从印度那边来的，要去昆明，还要去红河。正走着，道路没了，那个人和他的马站在一面平坦的斜坡上，到处都是花朵，草蒿又扭结在一起，好像一群静静站立的狮子。那人的脚尖向前挪了一下，然后纵身，就没了身影。我急得大叫，跑过去张望，只见山谷里出现一座巨大的城市，四方形的，周边有草甸、河流，还有村庄。街道上人来人往，城墙上插着一些白如孝衣的旗帜，上面写着黑字。字好像很别扭，我不认识。我正在愣神，忽然看到一个人站在城门楼的琉璃瓦片上冲我笑，然后对我大声说：不要怕，闭上眼睛，一下子就到城里了。

我当然不敢，可是，他留在旁边的马一声嘶鸣，举起前蹄，向我冲撞过来。我很是惊慌，倒退的时候，跌下悬崖……而后，醒来。传来啪啪的甩打皮球的声音。我起初不知道那是什么声音，同室的散文家凌仕江说："那是甩打木球的声音。他们这些人，怎么这么早就甩那个！"我起身，方才发现自己额头全是汗水。洗漱完毕，天光大亮。俯瞰整个赫章县城，这一座出在低地的人居之地，有一种天然的浑圆感觉，四边的高山像是一只巨大的葫芦，将赫章县城团团围绕，只有白云的天空，湛蓝地绽放在黔西北的额头之上。我从内心喜欢这样的小城市，一个人在大地上，无论怎样都是一种生活，一个生命和心灵的过程。我们索要得太多，而天地给予的从来都是适度的。人的贪婪体现在整体的诉求上，也体现在个人无限度的索要上。

乘车很久，去韭菜坪看韭菜花。那是一座独立的高山，海拔两千多米。乘缆车上去，我顿觉不太舒服。二〇一六年抑郁症一直持续，每次到海拔较高，甚至换一个地方，都觉得不舒服，全身轻飘、头脑发木、心悸，还有四肢软、情境判断障碍、无端焦虑、莫名紧张等。但一看到这满山紫红的韭菜花，立马就觉得，这真是一个人间美地。若是修道或者向佛，这里是最好的去处了。

如此密集的韭菜花，展现的是一种植物在黔西北高地上的强烈适应能力，也体现了大地的任何一处，都有一些令人意想不到的奇迹。蓦然想起杜甫诗句："夜雨剪春韭，新炊间黄粱。"也想起《诗经·七月》中的"四之日其蚤，献羔祭韭"之说。前者是杜甫拜访经年友人，朋友呼儿打酒，自己烧菜的空隙，杜甫谛听大野之音，感觉人间气息而写下的千古佳句。后者则说，韭菜花者，每年四月初先民用小羊和韭菜祭拜司寒之神，进而驱寒迎暖。这种风习，当是朴素的和优雅的。从中也可得知，韭菜和韭菜花在民间有着久远的食用传统，并极为珍视。李时珍《本草纲目》说："韭温中下气，补虚、调和脏腑，令人能食，益阳，止泻。"韭花则有温胃壮阳、增进食欲并预防直肠癌和降低血脂的功效。另外，患有夜盲症、干眼症及皮肤粗糙、便秘者可以多吃。五代书法家杨凝式《韭花帖》全文曰：

> 昼寝乍兴，辄饥正甚，忽蒙简翰，猥赐盘飧。当一叶报秋之初，乃韭花逞味之始，助其肥羜，实谓珍馐，充腹之馀。铭肌载切，谨修状陈谢伏惟鉴察。谨状。

七月十一日（凝式）状

赫章韭菜坪的韭菜花则多为紫色。当地朋友说，海拔两千米以下的韭花为白色，根茎高，但与内地无异。海拔超过两千米，则为紫色。展眼望去，浑圆而势缓的高坡上，紫色的韭花一朵一朵，密密匝匝，在初秋的风中，集体性地摇晃着身子。那种婀娜之中夹杂了野性，朴素而又妖娆。有一种高贵的气息，令人心生敬意。站在韭菜坪制高点才看到，这韭菜坪四周全是悬崖，除了正面一条路，其他皆为绝壁。环望四野，只见层峦叠嶂，有一些白雾，在山间缭绕，若成群的仙女，袅袅而升，又如上天宫阙的幕帐，丝绸般柔软下垂。

所谓高处不胜寒，但高处也正是境界之象征和体现。站在韭菜坪，仰望苍穹，顿觉人世浩瀚，宇宙无限。蓝空之下，大地起伏。人在其中，果真如草木，但轮回之后草木依旧，人却浑然忘我，不知自己为谁，甚至不再是人体人心了。这是多么悲伤的事情！在猎猎风中，在贵州屋脊，我由此而彼地联想，多少是有些悲观的。可是，人生不就是以无常和悲观为基本主题的吗？幸福和愉悦都不过瞬间。我还想到，韭菜坪这样的地方，在冷兵器年代，驻扎两万军马是没有问题的，易守难攻。果不其然，彝语称韭菜坪为"以那满地"，意思是夜郎王屯兵的地方。如此一来，我的直觉便得到了证实。我也想，人在大地上择善而居，也因势利导。自然给予人最好的形体和吃穿用度，甚至生老病死，也给予人类无常的命运及无可预测的苦难。

韭菜坪的准确海拔是二千三百米，如此高地，山顶上还有水泉，而且不小。我想，如此美妙之地，怎么没有僧道修筑寺庙道观呢？大致是，黔西北之地，大抵各族各有信仰，尽管彝族有翻译的《太上感应篇》等道家著作，但其信仰的还是神巫，或者说万物有灵的原始宗教。因而使得僧道未能在此地获得广泛的受众。行车的途中，王祥夫、田瑛、李郁葱、冉正万、曹永、黄斌、向荣、徐兴正、张好好、何凯旋、王雪瑛、凌仕江、吴安臣、罗璟、彭澎等人开玩笑，有人说，赫章县有两宝，一则为核桃，可做核桃乳及更多的深加工产品，二为韭菜花。二者合起来，便是一副好对联，曰："喝了核桃乳，有容乃大；吃了韭菜花，无欲则刚。"众人皆笑。但严肃说，核桃和韭菜花，乃是天地赐予人类的食物，它们自我生长，而人采之为自我服务，这里面，显示的也是丛林法则。

世上的事物，看起来温柔和慈悲，其中也含有激烈的残酷与非理性的成分。老子的《道德经》所揭示的奥义，不仅有洞穿性，也是非常科学的，如"反者道之动""万物负阴而抱阳"。

乘车多时，去到阿西里西大草原，天高地阔，此处当是整个贵州的制高点所在。草坡之上，植被丰密，野花妖冶，有羊子和牛马游弋。有彝族人表演舞蹈，以芦笙和牛皮鼓为主要乐器。其状，十数人接地吹笙，声调哀婉曲折。声音响起，众人立觉肃穆。当地朋友说，此乃赫章彝族先辈在迁徙过程中，收集和召唤途中亡灵的曲子。我大愕。继而，眼泪不住流下。其实，我并不懂得音乐，对彝族之历史也所知甚少，但音乐和其他人类创造的艺术一样，都是没有任何疆界和阻遏的。我想，每一种生存都非常艰难，尤其在工具落后的年代，人们在寻找理想家园的途中，总是要付出高昂代价，而生者对亡者灵魂的召唤和收集，是文化向心力、民族共命运的体现。

好的艺术总是出乎灵魂，与生死相连，和人心同弦共鸣。苗族的《大迁徙》舞蹈也是如此，众人翻滚，音乐激越而又深沉，反映的是一个民族的历史，尤其是在漫长的迁徙过程中的苦难与坚韧。后来，我们在天上石林景区又观看到了彝族的舞蹈"撮泰吉"，即"变人戏"。这个舞蹈，表达的是人从猿猴进化为人的过程。其中有颇强烈的生殖意味。这也说明，对来处和祖先的尊重，无论哪个民族都是心存感恩，铭记不忘的。这片命名为"天上石林"的景区，也称"洛布石林"，彝族语为"落布惹"，它的大意是"滑竹与石头构成的森林"，也可以说成是"像古代民族一样的石林"。也由此可见，对于自然物的崇拜，也是人类共同的天性。

这种天性，体现的是人对大自然的感恩与畏惧，当然，这种矛盾，构成了人类基本的情感和心理矛盾。去可乐的路上，对于夜郎这一个消失的古国，每个人都有一些难以言说的猜想与向往。在深山里独立建国，影响周边，有自己的文化传统，能够兼容地形成自己的独特文明，当是一种荣耀。当地的朋友说，可乐到处都是文物。从前，孩子们的玩具，如铜马之类的，随处可见。还有秦砖汉瓦，乡亲们用来垒猪圈、修厕所、盖房子。但自一九七七年，在此地发现大量的墓葬和文物之后，便被保护了起来。

赫章县可乐乡境内的可乐甲类墓葬区北缘的刘家沟坡地，据说是当年夜郎国的首府所在地。此地道路发达，也是南方丝绸之路重镇。司马迁《史记·西南夷列传》也说"及元狩元年，博望侯张骞使大夏来，言居大夏时见蜀布、邛竹杖，使问所从来，曰：'从东南身毒国，可数千里，得蜀贾人市'"。这说明，当年的夜郎国不仅富庶，且是来往印度的必经之地。在后来的考古挖掘当中发现了大量的石器、陶器和瓷器。可以想见，夜郎国虽然自大，但在生活生产和装饰等俗世生活上，基本上是与中原地区相一致。其中，在此地出土的铜釜极其珍贵。考古学家说，当时的夜郎国流行"套头葬"方式，但青铜材料在当时价格昂贵，一般庶民买不起。另外，使用铜釜进行套头葬的，大致也分等级，君王和大臣各有规定或者约束。

站在可乐乡政府院内张望之间，发现这个坝子极其开阔，靠山的一边可以建筑宫殿，两侧的山岭之上散落民居，另外一侧的山岭后面，是天然墓葬之地。中间是一条河流，水不多，但河道极为宽敞。当地朋友说，可乐乡正在打造"夜郎"古国的旅游景点。也说，从大量的出土文物来看，有争议的夜郎古国遗址，也必定在赫章县的可乐乡无异。而在我看来，这一种"争"，也不过是争夜郎古国的首府所在地的遗址位置，所谓的夜郎，肯定不仅仅包含赫章和毕节地区，甚至蔓延和包含了两湖、巴蜀、云贵等与之相连的广大地区。因为，夜郎国是一个部落联盟，类似于夏朝一般的君长制部落联盟，夜郎不过是其中实力强大的宗主国而已。

天地之间多神奇，也多故事。人类在其上的所有痕迹，都被时间雕刻成谜。包括现在的我们，谁知道在多年之后，后人会产生怎样的猜想呢？说不定，今天的一切，也都是未来考古的对象。

告别赫章时候，我还在想，仅仅一个夜郎国，就是一个发挥想象力的广阔基点了。这个夜郎国，它从来就不是孤立的，始终向外辐射和绵延，它在两千多年时间内创造的和毁灭的，至今不为人知。唯一可以肯定的是，赫章与古夜郎密不可分，就像它在今天的时空当中一样，与外界联系紧密，特别是时代风潮与现实动向，都在赫章有着瞬息千里、同步共振的效应与回响。

金海湖：海马宫与双山大峡谷

再一次的毕节，还是庞巴迪 CRJ900。本来想在空中俯瞰一下那一座奇崛的高地，但由于大雾，未能如愿。对出生于河北、长期从军于西北巴丹吉林沙漠的我来说，西南乃至整个中国的其他地区，在毫无预感与方向的期待中，总是神秘、旷远，别具色彩与趣味的。贵州及其屋脊毕节便是其中之一。这块地域，因其地形奇特，聚居民族众多，其风情、风貌的妖冶与灵性，使得我每一次想起，都似乎面对着一个巨大的神话和现实的海洋。是的，地理本身就是有意味的，山川形胜，各有其形状和特点，再加上不同族群的人，两者相互依存，相互渗透与塑造，从而形成了独特而丰饶的一种人文存在。

到市区，灯火遍地。道路也像成都一样地拥塞。事实上，我们的中国已经开始了一种前所未有的变化，长期的和平与得力的政策，激活了每一寸土地及其人民的创造力。而在很多时候，我"莫须有"地认为，类似毕节这样的偏远地区，不应当像其他地区那样，过早地被城市化和现代化。这个世界，需要一种本然的自我的平衡性的存在，如果每一处都雷同，一般无二，大地将失去个性，附着其上的人群和其他动植物也将被"整齐修剪"。这种命运，似乎是不可避免的，又是矛盾的。

好在，总有一些事物的内里是不会改变的。如毕节，它在贵州高原的那种雄奇、峭拔与炫彩，全球化和城镇化进程并没有真正地影响到它存在的样貌与精神实质。

毕节之夜，没有太多的噪音。暖而且安然。站在十六楼张望，半个高原城市灯火灿烂而又静谧。我忽然想到，在这里的古人或者不远的逝者，他们当年在这里的生活该是怎样一幅情景？这看起来生机勃勃、一片安详的夜晚，以及夜色和灯光以下的大地，究竟发生了多少传奇，其中悲剧、喜剧、荒诞剧与神话剧，肯定一点也不亚于世界每一块人类聚集的地区。如此一想，凭空觉得这夜晚，尤其是我在的这一时刻，有了一种黏稠的凝重与板结的感觉。大地的每一处，都是人类的生身和葬身之所；每一处的泥土和人迹，生死都紧密联系在一起。而生死之间的张力是活着，各种各样的生老病死，战祸天灾，但人和草木河流，总是有着无比的类似性，一茬茬，一层层，一代代，推推延宕而来，又汹涌而去。

当地诗人彭澎等人带我们去正在修建的毕节高铁站。正在施工的工地上，机车轰鸣，古老的大地被人为勾勒，形成一个新的场地。我也知道，高铁通了之后，对毕节乃至整个贵州，特别是毕节地区而言，不啻是一个福音。向内和向外的通道，在当下的环境里，对于当地的经济发展，人们之间的互联和沟通，是至关重要的。再者，财富的聚拢和疏散，以货易货和文明和文化的发展，都离不开舒适便捷的交通及其配套设施。

就此而言，金海湖新区对于毕节的重要性不言而喻，这个大的交通枢纽，将来就是整个毕节的主动脉和人、物的集散地，对于拉动经济和旅游发展肯定意义作用重大。在参观的时候，我在想，其实，每一个人和地方生来就不是单一的。也就是说，任何人和事物不管是活动的还是坦陈的，永在的还是速朽的，在这个世界上都不是单独地存在，必然有使命和承载。一个人所能的，不仅要照顾好自己，且要对更多的人的生活和生命进行必要的呼应与照顾。具体到金海湖新区的设立和建设，它的初衷一定基于此。即为更多的毕节人带来现实生活的改变，进而对这里的每一个人的生命和生存质量产生更新的推动与提升。

据当地介绍，金海湖新区另一个特点是规划和建立了职教区。这种培训，其目的是给更多的人提供各种技能，从而改变他们的现实命运。在当下的世界，人工智能的席卷悄无声息，但影响深远。人类在科技的道路上不遗余力，看起来越来越便捷与轻松，繁杂和高难度的工作都由非人的智能人去代替。这看起来是一个进步，反过来，也是对人的生存空间和智力乃至肉身、精神的一种挤压与"等价值抵消"。对此，很少有人觉得忧虑，但残酷的事实已经逼近。我们不可以浑然不觉。因为，这个地球及其一切就是为人们而天造地设、量身打造的，而不是为人类的其他"附设"与"臆想及其成品"。

金海湖区职教城不远，便是面积四千一百亩的湿地。湿地被称为地球之肺。在平均海拔一千五百米的毕节，它的存在对于整个毕节有一种天赐的感觉。绕着湿地行走，呼吸到的是那种温润轻软的气息，来自大地深处，也掺和了天空雷电云霓的气息。与云贵高原的大多数红土不同，这里的泥土是亮黄色的，还有淤黑色。再乘车去野外，尽管天色阴暗，满山的碧绿依旧令人心神清澈。在西南乃至中国的南方，长青的草木是对人和万物的另一种身心滋养。在毕节，青翠的竹子棵棵如箭，紧密成林，一排排一行行地站在大小山峦上，飒飒有声或者沉静如斯。到双山大峡谷，蓦然觉得，毕节的水资源也是异常丰富。这条路，名叫落脚河，属于乌江水系，并与六冲河交汇。

泛舟其上，虽然有些冷，可人在汪洋大水中的感觉，让我想到一个人之于亿万同类之中的虚妄和缥缈。这蓝色的大水都是涓滴所聚，像极了人类。一滴水在其中，它的任何形态和移动自己都无法掌控，包括消失与存在。老子《道德经》以水喻"德"，说它"利于万物而不争"，为"上善"，并强调"上德不德，是以有德；下德不失德，是以无德。"在双山大峡谷的深阔大水之上，我也觉得，水的柔韧本性，其实是人最美好的品德之一，而水的存在，却不是只润泽万物，它所有的柔韧的目的就是要遂行泽被，并且无休无止，对任何事物都不恋不舍，无论脏净美丑，高低贵贱。

这种美德，当然可以引为世间万物之最高美德。而水的柔软还有一个目的，那就是所有软的积攒都是硬的爆破、冲撞和摧毁。也如老子《道德经》"极则反，盈则亏，此乃天道也"之言及其所揭示的人间至理。

泛行之间，我发现，两边犹如刀劈斧砍的峭壁，犹如两面被时间锈蚀了的镜子，用一种笨拙的方式，与怀中蓝色大水相互比照。山和水、川谷和江海，这种积攒和容纳，收容和篡改，都带有强烈的哲学意味。据说，这峡谷全长二十六公里，两边的峭壁在每一段水域都形貌奇壮，各个不同。五个人坐在一艘快艇上，一会儿看翻滚的浪花，一会儿被两岸茂林修竹所吸引。在一个转弯处，蓦然有一只硕大的天鹅，长嘴红爪，一色洁白，站在伸出水面的一截枯木上。我们惊异，以为是人造的。待快艇逼近，却见那犹如雕塑的美禽忽然张开硕大的翅膀，呼啦啦地飞起，越过对岸的悬崖，消失在昏暝的空中。

倘若日光明亮，双山大峡谷更为雄美。上到堤坝上面却发现，临近的崖壁长满了爬山虎，正是初冬，有些茎叶干枯了，紧贴在光滑的石壁上，形成一种奇怪的纹路，远看，犹如一种艺术品。那纵横交错、线条别致、突兀而又充满张力的图案，是植物自己的杰作，是它们用生命完成的精神图腾。我用手机拍了下来，端详之间，有一种深深的震撼。觉得大地上的一切，都在进行着各种各样的自我创造，不管生命如何卑微，生存环境如何优裕与逼仄，它们都用自己的方式去存在，去活着和创造。怪不得，人总是以自然物自比和类比。我也相信，万物之间，形态各异，本质相同。我们与万物，不是主宰与被主宰的关系，而是生死存亡的密友与同类。

就像去海马宫茶厂的时候，感觉也是非常清亮。山川之间，嘉木生焉。茶这种植物，进入人类的生活，完全是诗意的。相比五谷杂粮和各种动物的肉，茶叶带给人生命的体验，诗意已经不能全部囊括，佛家的禅茶可能更适合一些。因为，五谷杂粮和各种肉食不过是为了维持生命的能量，至于美食之说，也不过是一种口舌之间的玩味，说到底是低级的，还处在进化阶段的，而茶叶，则是对人的精神的一种滋养和润滑，还有灵魂层面的提升与觉悟。海马宫的绿茶，味道清洌、略涩但香气馥郁，沾唇微甜，入喉清爽，果真是西南地区高山茶的代表之一，虽然比不得竹叶青的味道纯，但在绿茶当中，肯定是一等一的佳茗。

海马宫是一个彝族聚居村，村庄坐落在一片洼地里，白色的平房或者楼房，不规则却很自由地散落。村子背后，便是连片的高地山丘。斯时，大雾弥漫，将整个海马宫笼罩在一片虚无的幻境当中。好山好水出好茶。海马宫这个地方，确实是毕节的仙境。吃饭时候，我和李发模老师坐在一起。这位老人，与我母亲同龄，人非常精神。吃的是烧烤，彝族人好像很喜欢这些。我则对蔬菜稀粥感兴趣。肉食我天生不爱。不是矫情，而是觉得，吃肉是人类与生俱来的一种谬误。

饭后，正逢海马宫学校的师生们在表演节目，蒙蒙细雨中，孩子们表演得认真，充满了乡野气息，民族味道也很足。我看那些孩子，大多是彝族和苗族的，每一个都是那么令人心疼。也不知怎么了，近两年来，我对孩子有了一种不能自已的亲近和热爱。人到中年，觉得唯有与孩子一起，方才觉得这个世界是美好和安全的。而且，我相信，这种感觉不是凭空而来，而是一种预示。

又是夜的毕节，城市连片灯火，天空依旧阴霾，冷风在窗外运行，人间依旧，唯有我在的毕节还是这般沉静。沉沉睡梦中，高原的又一夜过去了。

七星关：丰饶历史与自然胜境

　　站在巨大石碑下面张目四望，四周皆是高山，虽然不大，但沟壑异常雄奇，如南面两村之间的那一道，两边山坡如旗帜状缓慢升起，巨大的峡谷之间，还有清水奔泻；左侧有一面斜斜的草坡。两个村子，牛郎织女般分居在峡谷两边。参差不齐的房屋，袅袅而升的炊烟，偶尔的摩托车和农用车在其中穿梭。一切都没有声音，静得好像一幅没有经过任何艺术加工的油画。倒是那断开的山脉，犹如铡刀倒置，顶部显得雄浑而又锋利。

　　宇宙和地球，其自有伦理，与各自布局的方法，以及操作的规程甚至律令。而人和人在其中，包括我们所创造的，也是这宇宙和地球必然的一部分。而在两者之间清澈聚集和流动的，则是闻名遐迩的赤水河。大自然之中，有些事物往往生来自带神秘，如这处在北纬 $28°16'\sim28°46'$ 之间的赤水河。俗气一些说，仅仅这条河流域才盛产酱香型白酒。而同在一条地理位置上的金沙江，则生产浓香型白酒。毫厘之差，天壤之分。这种神奇，端的是令人惊愕。附近的四川合江县是著名的晚熟荔枝之乡，据当地县志记载，当年杨贵妃吃的荔枝便出自此地，其品种曰妃子笑。当地人说，除却处在准南亚热带的合江县，甚至五公里之外的地方，也栽种不了此物。

　　天地之间，总有一些匪夷所思被人习以为常。自古以来，比邻而居、结伴生活是人类社会的一种常态，有利于通婚，这赤水河，更有利于力所能及的各种方式的合作。无论是哪个人和哪个群体，在这个地球上，都不可能孤立存在。尽管有些地方，被人为的行政区划无意识地隔开了，无论这种"隔开"如何强大和有效，但那里的人及其现实生活却无法真正地被"隔开"。如处在云南昭通镇雄县和威信县、四川泸州市叙永县和贵州毕节的鸡鸣三省村。

鸡鸣这种自然声响，显然是农耕时代的显著标志之一，也是人民安定生活的一种鲜明象征。鸡鸣三省村的这种一衣带水的生活状态，肯定已经持续了上千年。在这漫长的光阴当中，谁也无法说清这一具有诗意和高度概括性的村子除自然的变迁、人和草木动物生命的更迭之外，又发生过一些什么。在时间当中，真正迷蒙的不是人的来龙去脉，而是人所在这个世界上遭遇的苦难与不幸。可以肯定地说，人从内心，甚至从天性当中，即非常善于遗忘经受的痛苦，而总是在痛苦之后，用一种无限欣悦的方式，去期待更好的生活。

然而，就在二十世纪三十年代，中国和世界都处在一场浩劫当中。斯时，希特勒上台，开始建立法西斯专政。日本法西斯在中国先后制造了"察东事件""河北事件""张北事件"和"丰台事件"。世界的西方和东方，或可预料的暴风雨与黑暗天日萦绕在每一个人的心头。这一年的一月份，中央红军到达遵义，召开了著名的遵义会议。旋即又北上，准备从泸州、宜宾之间北渡长江，创立新的川西根据地。但由于没有摸清敌情，在土城遭到失败。先是在四川叙永县的石厢子召开会议，继而又在鸡鸣三省村继续召开。

《解放军报》二〇一二年五月二十一日载文曰：

（这次会议）根据毛泽东的提议，讨论和完成了中央最高领导的组织和调整，中央政治局常委工作进行了重新分工。决定由张闻天代替博古为中央的总负责人，毛泽东为周恩来在军事指挥上的帮助者，博古任总政治部代理主任。确定了中央红军的行动方向：放弃渡江北上的计划，确定在敌人力量相对薄弱的川、滇、黔辖区机动作战，寻机创建新根据地的战略方针。此外，还讨论了'中央苏区'问题，提出了中央苏区及邻近苏区坚持游击战的基本原则，做出了改变组织方式与斗争方式，成立由项英、陈毅等组成，项英为主席的革命军事委员会中央苏区分会等决定。

这样一个偏僻之地，先前只在民间流传近乎自生自灭的小地方，居然在近代，忽然之间，就与整个国家命运联系在了一起。这种机缘，也是可圈可点，可以说是一种造化。当然，每一寸土地上都是与国家乃至整个人类有关的。然而，在当时的环境下，一支为数不多的军队，一个为整个国家民族探索出路的人，在这里重新调整人事和战略方向，从而从失败走向胜利，也是一件了不起的奇迹。

高大的纪念碑之上是无限苍天，飞动的流云，湛蓝、洁白、黧黑之色混杂之中，似乎可以看到这宇宙与人世的沧桑，也能够觉得人类命运的诡异。关于二十世纪三十年代在此召开的鸡鸣三省会议，联想起其中的主要人物，任谁都要感慨万千。也会觉得，大地上的每一个生灵，每一个人，其实都是不可或缺的，生来就有自己的使命与责任。当然，也有自己的苦难与愉悦。有很多时候，我想回到战火的年代，以英雄的铁血姿态，去为更多的人而赴汤蹈火，在所不辞。然而，这显然不是一个英雄的时期。人类已经经历了太多创伤，和平、仁爱、互助，应当成为我们这个世界最恒久的状态和主题。尽管这不可能，但每一个人，都应当作如是之想。

由鸡鸣三省村再去七星关，途中大山之间，蜿蜒的道路逼仄危险，上到海拔一千六百米之后，久在低地生活的人会有些不适。曾有人说，毕节这地方，是不适宜人类居住的。可眼前丰厚异常的植被，不时在空中飞翔的鸟儿，以及峡谷坡地上苗族、彝族乃至汉族人的村落和田地庄稼，却在日光下显得黝黑葱绿。不时有农人扛、提或者背着东西在走，有的用农用车运输。我蓦然觉得，其实，大地的每一处都可以有人生活的。那些无法让人安置的，也为人提供了生存发展的资源。在蒙昧时期，大量的野生动物为人带来食物和衣服；于农耕时期，大地又慷慨地捧出庄稼和各种奇珍异果。现在的信息时代，无论怎样的科技，其原料仍旧出自大地，如稀土、稀有金属等等。

现在的七星关早就是一个遗址了，孤立在一座山头上，今人用水泥做成石碑，刻下古人当年的行迹。据说，七星关与诸葛亮南征有关。诸葛武侯这个人物，悲剧性与伟大性兼具，智谋和失误相当。但他的个人品质却接近完美。这一位常以管仲、乐毅自比的豪杰，小国的良相，政治、经济、军事等方面的全能冠军，其志吞天，而时运梗阻，若是在西汉之初或者隋唐之际，此人之功业，当不会比高颎、李靖、李世勣等人逊色。但在弹丸之地的西川乃至西南，诸葛亮的个人才能施展空间是受到严重限制的。

蜀建兴三年（公元 225 年），诸葛武侯率兵来到七星关，当时，处在今云南曲靖的彝族首领雍闿"跋扈于建宁（即曲靖）"杀掉太守正昂，又不听都护李严所劝，桀慢曰："盖闻天无二日，土无二王，今大下鼎立，正朔有三，是以远人惶惑，不知所归也。"后归降东吴，为永昌（即今云南省保山市隆阳区保山坝子偏东北的隆阳区金鸡乡金鸡村、东方村、育德村境内，以及可能包含缅甸克钦邦、掸邦的一部分，始于东汉）太守，并联合本族民族首领孟获、越巂夷王高定（《华阳国志》作高定元。驻地在今西昌和攀枝花一带）反叛蜀汉。素有异志的牂柯太守（辖地今贵州省大部及广西、云南部分地区）朱褒也起兵响应。雍闿家族乃是益州（今成都）之大姓，其先祖为雍齿为东汉什邡侯。及至蜀汉，雍闿素有二心，在南中（即今云南、贵州和四川的南部地区）骄横狡黠，阴阳不定。诸葛亮苦于蜀国无人担当征伐重任，遂亲自率兵南征。

三国时期的"南中"为西南夷杂居之地，其最大，当是牂柯（夜郎国前身）并雍闿与朱褒等，前彝族（六祖分支）、苗族、侗族、僰人等势力也颇强大。南征过程中，诸葛亮采用马谡之言，以攻心为上，驯服这些桀骜之民族。令人没预料到的是，诸葛亮大军还在途中，雍闿就被高定的部将所杀。随后，诸葛亮七擒孟获，平定南中之乱。这个七星关，乃是诸葛武侯当年在此举行祭旗礼禳星之处。关于祭旗礼，古人有一个非常有意思的名字为"祸牙"，意思就是出兵前祭旗的仪式。此外还有建牙，意为有一定级别的武官自己组建的卫戍部队。

诸葛亮南征，得到了与雍闿等人不一致的水西彝族头领济火（妥阿哲）的帮助。为纪念这次结盟，诸葛亮在七星关祸牙七星。七星关之名，大致是由此而来的吧。在血与火的冷兵器年代，或者说在神话刚刚落地成为人们可见之物的公元三世纪，关于祭祀的传统仍旧是蓬勃的。诸葛武侯这个人，其学养和精神当中，融合了儒道法兵等各家各派，因此，他给人的印象始终是驳杂的，治世能臣、精通方术的统帅、善于作战的谋略家、辅佐皇帝的忠心臣子，如此等等，构成了一个复杂的政治家、军事家和谋略家的形象。当然，祭祀不仅仅是一种仪式，更多的是一种精神上的招抚与鼓舞。不管是集体性的，还是家族和个人性的，祭祀一方面体现了古人敬畏天地祖宗的内在思想，另一方面，则显示了人在天地之间的明确位置并且寄希望"正道"来进行自以为正当的一切事情。

　　这也算是一种古老的文化形式，刀刻般深入中国传统。当然，其他民族和国家也有类似的情况，即使在基督教和其他宗教国家和民族当中，此类现象像是一条柔韧的绳索贯穿于人类的历史进程。沿着山岭向下，可以看到马蹄印迹明显的古道遗迹，这也是南丝绸之路的另一条道路。深深的马蹄印里，积着一些清水。脚踩上去，似乎能够感觉到当年千万马蹄敲打石头的脆响，也似乎可以看到牵马和步行的商贾、行者、军人与逃难者的趔趄而又劳累的身影。人类的历史进程在每一个空间当中，其景观是迥异的，但又是高度雷同的。数千年以来，人类乃至地球上的所有生物，都还没有逃脱捕杀、采撷、以货易货、异地搬迁、逃遁与安居的基本形式和性质。

　　茶马古道的石墙上有许多镌刻，但都因为年代久远，风雨日夜洗刷，使得字体模糊不清，无法辨认。想想，大抵是记叙和颂扬此路和诸葛武侯之武功政治之类的高蹈之词。尽管如此，人和人总是有区别的。类诸葛亮之列，其功业虽然建立在大多数的死难和苦痛之上，但其留下的事迹，尤其是当世作为，却是令人敬仰和鼓舞的。

　　在古道一侧的山岭上还有一座墓碑，墓主是革命烈士夏曦。夏曦是湖南桃江人、毛泽东的同学、湖南群众运动早期骨干成员之一，后在湘鄂西苏区任职并兼任红二方面军政委期间，开展大规模的肃反运动，清除了不少人。率军到此，过河时不慎被卷入浪中牺牲。不管是哪一种力量，尤其是政治集团的形成，其过程中肯定会出现一些偏差甚至是严重的错误。因为，世界上没有哪一条路是不用付出代价的，也肯定有牺牲，这也是自然的更替。

　　下到半山腰，侧面住着两户人家。斯时，天热难耐，忽然看到一位老太太坐在院子里巨大的核桃树下，一位老头也提着一个马扎快步走过去。他的手伸到了老太太的后脖，使劲揉起来，此情此景，令人心动。天下所谓美好的爱情，就是在年老时候，一个人挨着另一个人，为他（她）缓解某一种身体的疼痛，也为对方提供一种心理和精神上的温暖屏障。我掏出手机正要拍，两位老人大致是觉得不好意思，就停了下来。然后，老头滔滔不绝地给我讲起了夏曦在此牺牲的情景，他说：当时，这边山头上是云南过来的部队，一直朝红军打枪……如此种种，但我听不懂他的方言，只记下了一个大概。

这两位老人房屋的右边是一条公路，河流之上是一座石拱桥，据说，这样的石桥在全国极其少见，茅以升曾带人来此考察过。当地的朋友还说，这条路是三二八国道的旧址，其实是民国时期修建的接通滇缅公路的组成部分。

滇缅公路的修筑，是当时蒋介石政府为抢运从国外购买及他国援助的战略物资而紧急修建的，但后来，滇缅公路成了一条重要的抗日之路。国人大都还记得，在缅甸朗刻地区作战中受伤并在缅北茅邦村殉国的中国远征军先头部队将领戴安澜将军，还有数以万计的在缅甸战场上牺牲的中国军人。一条路的旧址竟然让人想起如此沉重慷慨的历史往事，被时间镌刻的中国军人，在彼时年代，确实体现了一种伟雄节烈的精神，以及中国军人在战争年代远赴异邦、誓死决战法西斯的忠勇与伟大。

每一种文化传统都是古今衔接的，绝不是单独孤立的。中国的文化传统，无论是在蒙昧时期还是在工业革命及其后期，虽然中断过，但也还是连续的。因此可以说，无论是诸葛武侯的南征，还是戴安澜将军的远赴，都是为了国家的统一和完整，民族的尊严与精神上的凌厉和丰盈。在桥上，我站了很久，看着已经平缓而且幽蓝的江水，脑海里一时间出现无数的影像。其中有徒步负重的挑夫、牵马赶骡的小商贩，更有持枪举旗的将士。时间这条泥沙俱下的江河，携带得再多，也不见其半点喘息。唯有人，一茬茬，一批批地，踉踉跄跄由此而去，却鲜有人原路返回。

如此引申，万物万事莫不如此。

离开七星关的时候，日照中空，端的热烈异常。只见窗外的草木叶子打卷，蔫蔫的。按照周易的阴阳理论，正午乃是老阳，过三点，便是少阳。如此轮转，不休不息。去拱拢坪森林公园的路上，在一处高坡上还吃了一些桃子。此地的水蜜桃，汁多皮薄，甜意四溅，入口温润。然后转到拱拢坪，深入森林。这些树木，是二十多年前栽种的，现已苍翠葱郁，棵棵参天了，而在之前的那些年代，基本被伐砍殆尽。

林子里空气甜润，丝丝入喉，遍及全身。这样的环境，在贵州境内海拔最高的毕节市辖区也颇多。一行人漫步而下，说着这样那样的话。我在其中，忍不住放声大喊。喊声在林间穿梭，但回声几近于无。唯有那些不知名儿的鸟雀鸣声，轻捷、发脆，充满灵性，透射出丝丝不断的生机。人本来与草木鸟兽一般，为山林崖洞之物，现在以掠夺的方式，占据大地，自以为王，我们自己说这是进化和进步的结果，而在草木鸟兽的眼里，人也不过是会修筑庞大巢穴且会发明和利用更多工具的同类而已。

拱拢坪森林之中有一神奇之地，便是回音八卦。我和另一位同行者站上去，无论是耳语还是自言自语，对方均能感觉到震耳欲聋的回声。这种神奇，传说也和诸葛武侯南征有关。我想，大地之大，奇形异状事物和现象之多，盖非人全能破解。拱拢坪的回音八卦似乎包含了某种神意，抑或是八卦之中华先民智慧创造于此地的一个试验点。紧邻回音八卦的是吞天井，其实是崩塌性的大型漏斗，上宽底窄，据说，在底下望天，有巨口吞天、浅龙入地之意境。我趴在栏干上看了看，觉得这等奇异地貌，虽不觉得惊奇，但也能引发人的绮丽幻想，如神仙居所、蟒蛇修行、隐士洞府等等，充满了神话色彩。

与之相连的还有芳草溪、疏林草地、阳鹊溪等等，颇为静美的自然景观。这样的一个地方，是避暑之胜地，倘若有两个人，或者几个好友一起，在此消磨时光，当然是美妙无匹的。清风穿林，摇动花草，夕阳余晖，映照溪水，其情其景，应当是人在自然之中无上的享受吧。趁着落日初斜的柔光，众人拍照，一片喜悦之声。返回毕节市区路上，大致是累了的缘故，我睡着了。身子随着车辆颠簸，有一种摇篮中婴儿的惬意感觉。晚上吃饭时候，我照例不喝酒，吃过便回房间休息了。

也不知道怎么了，近一年来，我渐渐厌倦了众人一起的喧嚣，特别愿意一个人，静静待着或者散步、看电影、喝茶，看着这个世界上司空见惯但又繁复拥挤的人和物，在内心发出各种各样的疑问、诘问甚至怀疑和"见而不信"。人就是这般奇怪，于众生之中反而觉得孤单莫名，一个人独处，却又能体验到繁华无度的自由自在。站在窗前，夜灯如海，高原的毕节，也是一派现代化的景象。信息时代，全球化语境，无论身处何方，究竟是怎么样的生活，都无可避免地沦入 "趋同""同化"的明朗泥淖之中了。躺下的时候，我忽然想自己若是诸葛武侯的一个部将，或者一个随军的参谋，在公元三世纪来到此地，那该是怎么样的一种模样和心情？更重要的，我可否与诸葛武侯一起，于此地留下些传奇呢？还有中国的远征军，若是跟随戴安澜或中央红军，都将会不负人生。

拱拢坪森林之下，还有一处名叫观音殿的地方。起初，我以为是寺庙，想去拜谒。拜谒不是为了某些神灵，而是在自己内心强调或者栽种一些敬畏与感恩。随着车子向下，再步行，途中尽是葳蕤之荆棘和茅草，其中有荨麻，我不小心碰了一下，手臂立即灼疼起来。同行的贵州朋友说，这个也没事，小时候，有孩子不听话，父母常拿荨麻抽打屁股。

走到谷地，迎面是一片阔大平坦的草坪，方圆足有一千平方米之广。草坪正南方为一座高山，以横断的姿势，挡住草坪伸张的去路。临近峰崖处，散漫着几头黄牛，其悠闲的样子让人想起陶渊明《桃花源记》中"无论魏晋，不知有汉"的幸福之民。草坪尽头右侧，是一面巨大的石崖。至此才明白，所谓观音殿，便是这面石崖。人说，在日光初升或光线恰好之际，石崖上就会出现一尊观音像，惟妙惟肖，毫厘不差，而且宝相庄严，美轮美奂。我问何时可以瞻仰？当地朋友说，得专门来此地静候。我觉得遗憾。倘若能够在拱拢坪目睹石上观音宝相，那该是多么美好的事情。

由此再去毕节七星关区燕子口镇大南山苗族村。贵州之苗族，也称为蚩尤之后。以此推断，其实，无论苗族还是侗族等，其未出华夏民族之范畴。而彝族，则是羌族在南迁的过程中，逐渐与西南诸民族融合之后形成的一个新民族。羌族尽管年代久远，其历史甚至长过匈奴及其后来的突厥裔和东胡的鲜卑、乌桓，但其始终生活、游牧在中华民族版图上，故也可视为中华民族之一支。关于民族的源流，我始终觉得，在中国，无论哪一个民族，原本都是同族同宗的，只是气候环境的不同，导致了语言风习、文化传统的迥异，如美国著名学者亨廷顿在其《文明与气候》中首先提出气候影响历史的推测，他指出，文明往往随着六百年的气候周期而崛起或没落，恶劣气候往往造成游牧民族大量出走，例如匈奴向西的迁徙等等历史事件。

关于这一点，我在以往的阅读中，朦朦胧胧地预知了这样的一个现象，但苦于没有任何学术理论和研究的支撑，一直不敢公开说。偶然的机会，读到亨廷顿这本书，以及瑞士学者许靖华的《气候创造历史》，才觉得自己的预知完全正确。

大南山苗族村堪称这一带苗民之核心，因为，这个村子的苗语才是正宗的，许多他地的族裔前来学习，并大南山苗族之语言为最标准。无论怎样的民族，处在不同的地方，其语言就会发生变异。汉族也是如此。因此有十里不同音之说。我们进村，见十多个苗族妇女坐在小凳子上，有的在分麻（蓖麻的皮）。这使我想起幼年时候，奶奶、大姨、小姨、母亲乃至村里妇女常搓麻绳以纳鞋底的情景。

就地取材，很好地利用自然给予我们的各种资源和材料，是人的智慧和高贵之处。人总是大地的子民和受惠者。有一些美丽的苗族女子和结实的汉子在场上表演舞蹈。从他们的动作中我忽然明白，他们舞蹈的基本动作，就是"爬"和"涉"，即爬山、涉水的动作简化与再创造。每一个地方的人，无论是哪一种行为、习性和艺术，都与其生活环境、气候地理有很大的关系。

人毕竟是地域产物。人和人交往，如联姻、农事和工业合作，也是一种相互改造和促进的过程。这两年，因为在这里的诗人彭澎，我多次来到毕节，数天或者几天时间，在不断的走访与体验、冥想与感悟之后，对这片人居之地有了一种难以割舍的情结，即在这夏季清凉之地，混迹在它的诸多历史和现实、人文和自然之间，一个外地人，内心充盈着的都是对它的好奇，也试图在了解它，进入它的内心。毋庸置疑，毕节已经深入我的生命当中，我呢，或许也能够被它记住。因为，一片土地也是整个世界，一个人也是整个人类。

黔地的往圣和箫笛（二题）

朝 云 岩

甫入门庭，便生肃穆。石阶宽敞，但游客稀少。扶风山上，正午的日光使得渐渐入冬的草木更加岑寂，唯有几声鸟鸣，在蓝空低云之间跌宕。步入阳明祠堂，双腿竟然发软，面见"立德立言立功"之匾额，回身再发现"千圣皆过影，良知乃吾师"之训，蓦然觉得，在王阳明，尤其是"龙场悟道"之后的圣人守仁祠堂檐下，一个略微读了一点书的后人总是忐忑的，羞耻的。忐忑的是，自守仁之后，儒学再无圣人降世；虽有曾国藩，但莫能与守仁相比；羞耻的是，作为一个读书人，对于阳明心学知之甚少，且从无研习。

为此，我来云岩并作文，只能用"朝"字。

世间生人芸芸，为凡夫俗子，类阳明先生者，何其寥寥？躬身仰望之间，阳明的一生尽入眼中，其幼年之震耳言论与理想，以书生之身平叛，被构陷并追杀于贵州途中，以及龙场悟道，再起之后，政于庐陵，先生人生的每一步都是光鲜的、灿亮的，也是伟大的和不朽的。在这样的圣人面前，任何人都应当是敬仰的、崇慕的。后人在此地建立祠堂，祭奠之外，当然是念念不忘先生之功、之学、之才、之德、之行。如此知行合一的圣者，其对明朝以来中国文化的影响，对儒学的新建构与别样生发与开枝散叶、花果天下，堪称孔孟之学在封建时代的最后强音，也堪称中国文学和哲学于近代和当代的又一新灯塔。

公元一五〇八年，主政兵部的王阳明被"廷杖四十"而贬为驿丞。其来贵州路上，宦官刘瑾仍派人追杀他，侥幸至龙场，阳明先生自己动手，筑屋结篷自居，"穷荒无书，日绎旧闻。忽悟格物致知，当自求诸心，不当求诸事物，喟然曰：'道在是矣'。遂笃信不疑。其为教，专以致良知为主。谓宋周、程二子后，惟象山陆氏简易直捷，有以接孟氏之传。而学者翕然从之，世遂有'阳明学'云。"（《明史·王守仁传》）于此间，贵州之于阳明先生，阳明先生之于贵州，是相辅相成的关系。

每一个人一生都有自己的福地。对于阳明先生来说，贵州自然是，他的出生地浙江余姚当然也是。被贬贵州之前，阳明参与和指挥了平江治乱、宁王朱宸濠之反叛，黔东南卢苏、王受等人的起义，可谓满朝只一人，其功业和德行早已昭然天下。到龙场之前，王阳明的生活和仕途尽管有一些不如意，但总体上是比较顺利的。在贵州的三年，是他人生最为困顿与艰难的时期，但在彼时的极度蛮荒之地，阳明却半夜顿悟，"凡事求诸于心，不当求诸于事物"。"致良知"中的"良知"，"吾性自足"与"本性自足"，等等，他对人心乃至天地的究问，对世事万物的"致知"和"明确"，对"立功、立德、立言"之理想的躬行实践，其完美和标高程度，真可谓前无古人，后无来者。

在这样的一个先贤、圣德之人的祠堂，无论如今他魂在何处，心在何方，但他的思想却是一种无与伦比的笼罩与慑服。在先生的雕像前，我觉得了自身难以消除的愚钝、卑微和矮小。上苍造人，是要我们在这人世间践行天道，成就功业的，而我，一无所成不说，且很多时候也在茫然碌碌，心无定向，德无毫增，如此不堪，是对不起上苍与父母的，也对不起人世间于我有恩有益的诸般人事物。想到这里，我惶恐躬身下拜，忽然鼻子一酸，有眼泪掉落。不由想到，这世上，大多数人的一生肯定是不明所以的，而我们之间总是有少数的人贯彻古今，通晓天地，以功业与思想使得更多人受益，也使得一个民族不断地获取到信仰和精神的活力。

退出阳明祠，日光均匀，冬天的贵阳云岩区，反倒有一种初春的燥热气息。阳明祠之左也有祠堂，供奉的是在王阳明先生之前于贵州播撒文化、大行教化的尹道真先生。时为公元七十九年及其之后的数十年，作为一个富庶

216

家族，尹道真完全和古滇国链接荆楚要道上的同类家族一样，终生过一种优于当世很多的优裕生活，可这个人却远赴千里之外，拜许慎为师，学成之后，回到黔地，开馆授学，以文化润泽乡邻平民，以勤奋与道德深植文明。这样的德行与功业，黔地后人怎么供奉和纪念都不为过。凡是于人有恩泽的，人必敬之。凡是身体力行去为更多人做事和付出的，其身后必定会迎接更多的敬慕与纪念。对于尹道真来说，他的作为也堪称开天辟地，甚至更高一层。人类之所以不断进步，一是不断地在递进和升级的文化文明，二是守正持中，坚持大道的思想和创造。

王阳明与尹道真，大抵就是这样的圣者。

坐在阳明祠外面的一棵香樟树下，感觉有一种说不出来的忧患。圣者已矣，"为天地立心，为生民立命，为往圣继绝学，为万世开太平"大致是古来知识分子和仁人志士的统一理念，而真正做到的却寥寥无几。人类的世界，总是充满各种矛盾和冲突，利益和资源的争夺，使得"开万世太平"永远地沦为一句空话，一个可想不可及的理想。尤其是在当今年代，文明昌盛，科技发达，而作为身在其中的一个人，很多时候，总是被很多的重大事件所震惊，也时常为人和人之间的残忍、阴谋感到悲凉和悲哀。类阳明先生这样的"千古第一完人"，实在是对我们每个人的精神和心灵都有着积极的教诫、警示与唤醒意义。只是，当代的我们越来越依赖于外物，也越来越被诸多的表象所迷惑。

拥有如此圣贤的云岩乃至贵阳，其文化和精神厚度自然平添些许，再加上其文化斑彩的民族，以及诸多的文化遗迹和文明历史，使得云岩和贵阳更趋大气和灿烂。

与朋友们往黔灵山方向步行，贵阳的街道也是高低不平的，贵州高原的崎岖在城市当中也非常明显，这也许是另一种特色和存在，倘若贵阳与其他的城市一样，贵阳也似乎会沦为某种平庸。这座城市的地下人行道非常多，也很有特色，可以设置各种兜售货品的店铺和书屋，还有小饭馆、文玩店等。走在其中，经常有一种进入迷宫的感觉。但不论哪个出口，出来之后都还是更多的街道。

黔灵山公园内游人极多，其中不少白发健步者，或聚集翩跹而舞，或行走于小路山间。两山之间有水并湖泊。湖水幽蓝，看似不动，实则微微而流。至著名的麒麟洞，才知道此处便是当年张学良先生被关押之地，还有杨虎城。这两个"西安事变"的策划者和主角，其用心和影响已有公论。洞口有一巨石，状似瑞兽麒麟，雄健豪迈，气势昂扬。洞较浅，不过数丈。不由猜想，张学良当年如何在此居住，尽管有较好的待遇。作为一位著名将领，不战而失掉整个东北，大致是其判断失误，或者不得不听从某种行政命令所致。若从正常的角度来看，作为东北军将领的张学良，在其父被日军炸死、生身之地被倭寇侵占的极端情况下，手握重兵而不战，这绝对不是男儿所为。

至于杨虎城，他的遭遇要比张学良惨烈一些。在很多时候，热血的军人未必都能够如愿战死沙场，马革裹尸，以张男人之豪气和英雄之志。这不由得令人想起"时也，命也"这句古老但却具有悲剧意味的台词。但不管怎么说，历史总是过去了的，时过境迁，任谁也无法复原当年的真实情境。余下的，只是猜想与喟叹。但在非常年代，全民族团结抗战，驱逐倭寇与海盗，光复和振兴中华，是最紧要的也最光明的正道。对于以往的英雄，或者只是参与了某一阶段历史进程的各种人物，作为后来者，或许我们根本没有资格去评判他们的个人得失和功过是非，唯一能做的便是缅怀和纪念，也只有牢记耻辱，以自尊自强之道，使得我们的亲人和更多的人再也不会受到一切邪恶者的侮辱、伤害、欺凌和杀戮。

沿着山坡迂回而上，从茂密的树林之间可以俯瞰贵阳全城。这座高原城市看起来不够大，但整体上比较紧凑，城中有山，山中有水，这样的地方，大抵也是所谓"福地"的基本特征之一。路边有不少的猕猴，或蹲在路边吃东西，或在树上睡觉。其中一只肚腹下还紧贴着一只小猴子，大猴子一停下来，小猴子也松开母亲的胸脯；大猴子起身走，小猴子立马抓紧。从那一只猴子一系列动作当中，我觉得了一种仁慈的气息。动物也如人，对于孩子的爱与保护是天性，也是本能和责任，而且都在自觉履行与践行。按照阳明心学，这样的情境和行为大致也是"良知"和"吾性自足"的，根本不需要求诸于他物。

至山顶，山坳之间赫然有弘福寺。

寺庙之地，神灵存焉，即使没有神灵，但信仰至大。

来弘福寺，也是朝拜。

开山祖师乃是赤松和尚。其云游至此，见此地层峦迭出，一径通幽，远山围拢，左右合抱，乃是一处福地所在，遂落身于此，数十年间，不断修筑，终成名刹。赤松和尚的虔诚作为，对于黔灵山而言，也是一种增福之为。在中国的传统中，再好的山水倘若没有寺庙道观，肯定是一大遗憾。因了弘福寺，黔灵山一跃而上，成为贵州第一灵山。入寺，照例拜谒。与通谛和尚饮茶谈禅。幽静之中，只听得翠鸟鸣叫，从窗外跌宕而来，对面山坡上的猴子成堆，一会儿跑上去，一会儿又忽然冒出。这种情境，很容易让人忘掉纷繁世事，心思澄明。

所有的宗教乃至神灵，人创造他们，其实是为了教诫自己不断地增强敬畏感的。所谓的神灵及其非凡的才能，也都是为了监督人类的。凡罪恶、伤害、掠夺与杀戮等等，都是人所不可为的。此外，爱恨贪嗔痴，也是每个人都无法逃脱的。人的所有烦恼和恶业、心魔等等，无外乎这些。至佛前，我一再对自己说，真的不为拜谒或者祈求什么。正如阳明先生所说："我心光明，亦复何言。"可是扪心自问，我的心还是不够光明的，生活在这莽苍世间，人之所需，正是人之所累。这种宿命，大抵是无可救药与永世不能消除的。

落日西下之时，大地恢宏。整个南高原群山起伏，蜿蜒千里，在这些山脉和峰峦之间，河流汇集，人群分居。在城市日益雷同、人的生活甚至思维方式都在不自觉地高度复制的当下，在贵阳乃至整个贵州的感觉，似乎是另一种地域和文化的存在。而贵阳的云岩区所带给我的，不只是现实的某种体验与文化的浸染，更是人在大地的某些时刻经受的内心历练与塑造。宇宙乃至我们的天地人群之中，总是有一些事物，在某些时候会给我们带来各种各样的新鲜、奇异、享受，进而使得人不得不冥想、思考，甚至展开行动。因此，在回程的高铁上，回想起在云岩的体验，脑子里迅速蹦出两句现代诗："我所到达的，不只是黔灵山/猕猴的婴儿和它的母亲。/也不只是，弘福寺正如其名的慈悲/人在世上，最好的参照莫过于守仁先生了/他使得所有的生与死，都自带光明、烁烁光华。"

玉屏的香樟与箫笛

去之前，想到一个人和一座山。山大抵人都知道梵净山，弥勒佛之道场，早就是名闻遐迩。而那个人，不仅是久远的了，也是于今无名的。他叫张广泗，为雍正和乾隆初期之名将。当年，他在思州与当时贵州提督鄂尔泰等推行改土归流所采取的措施，以及在实施过程中的艰苦卓绝，《清史稿》中有"神焦鬼烂"一词予以形容。到达之后，我无意中从当地朋友口中听到清水江、都柳江、沅江等名称，而这些，正是张广泗当年于此作战的主要江河流域。

我没有想到的是，"玉屏"这个名字还与鄂尔泰有关。正是他任贵州提督的时候，玉屏正式设立行政县的。甫入其中，是在晚上，高铁上空调阴凉，下车便被热浪烘烤。我想此地靠近湖南，当也是炎热的。但见沿途隧洞甚多，也有林立高山，便潜意识觉得这里的海拔应当是很高的。却不料，也才只有四百米左右，与重庆和成都相差无几，甚至更低了一些。山川地理给人以愉悦，当然也会造成种种错觉。就像在深夜的玉屏县城内，我总觉得似曾相识，但确定没有来过。

这种感觉，让我想起在西双版纳、重庆的綦江和黔江等地。街道上充斥着各种撩拨年轻人的烧烤，亮如白昼的灯饰之间，穿行着穿着极少的美女少男。但在这些普遍的情境之外，我总是恍惚觉得，这玉屏当也是一个充满异域风情的地方，尽管这里的侗族人并不是很多，且侗族的文化传统似乎也源于或者倾向于儒家，和大多数的汉族人没有根本性的区别。当然，在漫长的历史时期，民族和民族之间总是兼容共通，相互影响，并不断地相互成就与塑造。文化的力量之伟大和强大，就体现在它可以深入人心，并且影响到人的心灵和精神。

这种感觉很奇怪，有一些特别、另类，还有些许的香艳。其中还贯穿了一种说不清楚的色彩和意味。好像是酿造方式特别的酒，也像是有些玄异的行为方式与文化传承。以至于我在深夜的房间，深陷于城市少有的安静当中，神思有些恍惚。远处的青山和原野在星空下呈现少有的安妥与安详，近处的灯火闪烁着各个人家的此时此刻。洗澡躺下，只觉得身体有些轻盈，俨然和在成都时候截然不同。也或许，在当代的时空中，县一级的城市才真正是接近自然的，包括附近的村镇、屋舍、稻田、山间的草木，以及秘而不宣的清澈溪流。

说到底，这玉屏也属于南中国的，靠近湖南，而与西部勾连相通。朝霞看起来也是热烈的，红彤彤的颜色，将这一座小城照亮之后，又涂上了一层鲜艳的色彩。车子出城之后进入乡村，我看到公路标牌上显示，此地距离梵净山一百公里。但心里仍旧充满向往之情。大致是去年，我去了江口县，并且接近梵净山了，但还是没有去。我想的是，对于这样的一座名山，佛陀之山和信仰之山，一个人去有一些遗憾，即，一个人需要的不只是个人向善，而需要更多的同道与同往者，这才是有意思的。对于宗教，我不排斥，也不深信，但总觉得，在这个年代，我们缺少的东西很多，但敬畏感的丧失，是最致命的，最不应当的。

触目的乡野之间，满是绿色。植被葱郁的地方，总是人杰地灵，也总是可以使得更多的生民得以生存繁衍。在稻田边，我看到的是我从来不熟悉的庄稼。稻子之于南方，犹如麦子之于北方。它们喂养的，都是一方人们。人们也正是依靠这些主食，使得自己的身体能够获得足够的营养。当然，南方和北方都是嗜肉的，肉食成了人类自古以来的传统或者说天性。此外，我惊异的是，这里的喀斯特地貌，让人觉得很舒服，是那种人在自然之间的融洽和自在。这里的山，不像我故乡太行山那样奇崛峭拔，反倒是圆润、坦缓与温和的，极少给人犬牙差互的凶恶印象。

稻子青青，上面有蜻蜓下落，又倏然飞走。还有蝴蝶，翩翩地。大致，这青青的叶子郁郁苍苍，根根拥立，下面是静止的水。这水中的植物，令我无知地想起出淤泥而不染的莲花。站在田埂上，远处是更大的村子，一色的现代建筑，与周边围拢而来的苍翠群山有些不太协调。可是，世界发展到今天，追求更好的居所，舒适的日常生活，应当是人的基本权利，无可厚非。这也说明，这玉屏之地的农村，也是与时代同步的。追求更好的现实生活，是人之所需，也是人间正道。

行走之间，蓦然看到玉屏的乡野里有着诸多的河流，有些干脆就是泉水，还很大。舞阳河畔，在一个名叫龙泉的地方，泉水会随着人的喊声逐渐喷涌，或缓或急。水塘里的水藻诸多，随着涟漪而轻轻摇曳，像极了柔滑的丝绸，也像极了人心人性当中最柔软的那一部分。水塘旁边的一棵老樟树，头部干枯，顶上有一个雀巢。枯树、雀巢倒映在水中，图画极美。向上则是堆满流云的天空。人在大地上生活，其实和鸟儿一样。但鸟儿总是会比人看得远一些，也更拙朴和简约。

相比河流，树的生命力也是强大的。在玉屏县，有超过六百年的樟树，而且不止一棵两棵，而是成片成行的。我去到那些树面前，几个人都环抱不住的大树，树干上刻满了时间，也记录了这一带生民的前世今生。据说，这些樟树，是当年江西人来此经商时候栽种下的。由此可见，玉屏县乃至铜仁和整个贵州，从来就不是偏远之地，它与中原乃至周边省份的联系，始终是紧密无间的。在很早的年代，人们总是会采取以货易货的方式，进行商业活动。玉屏地处湘楚、广川、重庆等地之要冲，其地理位置和战略意义不容小觑，而在和平年代，人们便由此出入。每个人的身上都携带了文化和文明，一旦在某个地方扎下根来，必定会刻下深刻的印记。

那些樟树便是明证。这也说明，人确乎是气候的产物，植物也会选择地理。玉屏县与周边地区的一衣带水和同气连枝，使得它始终保持了一种融于时代和参与时代的积极姿态。就像我在侗族文化广场看到的奇幻的侗族风情的建筑那样，每一个民族都在文化文明上秉持了祖先的意志和习惯，并将之在时间中传下去。那些飞檐尖角、层叠而起、整体上呈白色的楼宇，令我觉得一种来自血脉深处的奇巧和浑然天成，也体验到了整个侗族在玉屏县源远流长而又时刻能够焕发新的光彩的生活及其创造性的经验和成果。

在这里，我觉得豆腐很好吃，还有一种水煮的瓜菜。我是不爱吃肉的人，格外喜欢蔬菜。另外一种，就是铁板上烤得很焦的豆腐，有些臭味，但吃起来外焦里嫩，糯糯的感觉让我受用。夜晚的舞阳河边，聚满了三三两两的人们，有的在烧烤，有的在散步。灯影之下，水波粼粼，流光溢彩，给人一种如梦似幻的仙境感觉。只是我不怎么喜欢喝酒，喝到微醺时候，再看这一座小城，居然很亲切。心里也想，其实，在小城的生活也是极其安逸的，不多的人和物，简单的人际关系等等，大抵也是一个安妥自己的好地方。

在玉屏，最令我觉得惊异的大致是箫笛了，这种竹制的乐器，大致发源

222

于明朝的某个时期，由此可以看出，明朝之遣军入云贵川之地，军事功效之外，也创造了诸多的灿烂文化。箫笛便是其中之一。据说，这一乐器，曾在二十世纪初获得巴拿马金奖。这个荣誉大抵是了不起的。到郑家参观，我钦佩于主人对箫笛的热爱与执着，在当代去做箫笛这种极其小众的艺术制品，我想是高士之为。像我这样的俗人，即便热爱，也断然是难以坚持的。主人当众吹奏，箫笛之声，悠扬呜咽，声声长诉，音音深切，静听之下，隐约可以听到来自灵魂的婉约与铿锵、悲情和欢乐。

无论在何时，人们都会寻找契合自己内心的声音和器物，也会从自然之间撷取于我有用甚至可以代替自己的东西，来加以雕琢和制作，进而借它们而出声表情，抒发人生在世的种种情感，我以为这是伟大的，也是艺术之所以能够使得人更趋纯净，且能够建构一种看起来虚妄但却威力强大的精神宫殿，甚至强大的支撑性的信仰体系。这是最了不起的一件事吧。这一点，在玉屏箫笛，这一支看起来普通的竹制乐器身上，体现得已经够深刻和隆重了。

我是一个特别容易热爱的人，每到一地，总是渴望能够留下来，尽管大多数时候是不可能的一个想法。人在世上，一旦到了一定的年纪，再加上自身的一些境遇，就是不自由的了。而且，每一个人也不能真的只为自己而活。就像玉屏，乃至更广袤的大地上所有的偏隅之地，也都与其他地方不可分割，且有着血浓于水的联系。短短几天的玉屏之行，我觉到的是一个人身在他地的新鲜与熟稔，尤其是这片土地上所有能够撼动人心的人文存在与自然呈现。在纠结之中，我也像此前和此后诸多去到玉屏的人们一样，不得不抱着他日再来细细漫游的冲动与渴望，暂时离开这一片令我行有所获、心有所思的人间大地。

深冬登临海龙屯

深冬时候攀登海龙屯，气候峭冷，令人极容易想起这座雄关最后的主人杨应龙及其命运。上到铁柱关，眼见方正巨石，层列而起的残缺关墙，加以周边荆棘荒草，其状貌之萧索寂寞，不由想起李白"吴宫花草埋幽径，晋代衣冠成古丘"之诗句。人在时间之中的任何遗留看起来坚固异常，实质上脆弱无比。建造者以为坚不可摧甚至流芳百世，殊不知，眨眼之间，梦醒惺忪之时，一切便都转瞬皆非。这个杨应龙的明确先祖乃是原籍山西太原人杨端，于公元八七三年自告奋勇，与其舅舅谢氏经当时的正宗皇帝或者统治者唐僖宗允许，自行招募数千兵众，伙同成、赵、犹、娄、梁、韦、令狐等七姓氏人家及其所有人马，构成了攻取播州的主要力量。这个播州，便是现在的贵州遵义。斯时，唐朝已经日暮西山，早已无力统摄全国分立和割据的大小藩镇势力。对于播州乃至其他边远地区，也早就失去了实际控制权。而杨端自告奋勇收复播州之决策，当然也是冒险的。

但没有冒险就没有成功，更不会有他们杨氏家族在播州持续七百二十五年的基业。但这个杨端似乎正史没有记载，今有学者质疑其为播州杨氏家族后人杜撰，以"端"为先祖的名讳，取"开端"之意，以示其家族永镇播州之天意。还有人说，杨端等攻取播州前，镇守播州的将军乃是隋代监门将军罗荣的后人。这个罗荣，即小说《隋唐演义》中罗艺的父亲。然而，《新唐书》内明确说罗荣父子归唐，因早年与李世民有过节，惧怕被当朝皇帝随便找个借口杀掉，继而谋反被长孙无忌等人击败，在投奔突厥途中被左右随行所杀。这说明，无论是杨端，还是罗荣、罗艺，还有樊人等等，对于斯时的播州和他们入驻，都是难以厘清的一段历史。关于播州之名的来历，《新唐书·地理志》说："（贞观）十三年，复置郎州，更名曰播州，为播川郡，并复置恭水六县。"

早期的播州，历来民族杂居，也曾为夜郎国所属。但一个可以说清的事实是，无论是哪一个民族和部落，其先祖都源自华夏民族，是我们东方大地上的原生民众。尽管在历史的时空中，人们总是为了生存资源和更大的政治经济利益进行攻伐和兼并，进而形成了推进历史进程的"发动机"，各个不同的部落组合在一起，然后以暴易暴，争强斗胜，相互婚配之后，便又会生出一些具有新鲜面孔的人来，如此发展壮大，再加入各部落的斗争，不断地融合和衍传，构成了人类文化和文明史上最为灿烂而又剧烈的景观。

西南地区的早期民族亦大致如此。然而，杨端以汉族人的身份，趁唐帝国国力衰败的难逢时机，名义上替皇帝夺回失地，事实上，他下的是一个巨大的赌注。只要能够胜利，播州之地便可以纳入自己的统治之下，而随同他的七大姓氏也会因此受益。

杨端也算是一个具有强烈博弈思维与封疆为侯思想的人，这极其符合唐朝末年天下混乱、诸侯林立、藩镇割据的大气候，是助长个人欲望与梦想的绝佳土壤。《明史·李化龙传》中说：

> （唐僖宗）乾符三年（九七六年），南诏寇陷太原，杨端应募决策，驰白锦，出奇兵定之，授武略将军。值唐乱，留据长子孙。历宋附属称臣。宋徽宗大观三年（一一〇九年）中，杨文贵纳士，置遵义军。（公元一二八一年）元世祖（忽必烈）授杨邦宪宣慰使，赐子汉英名赛因不花，封播国公。国初，杨鉴内附，改播州宣慰司使，隶四川。

清人莫友芝、郑珍编修的《遵义府志》，也肯定了杨端这个人的存在：

> 乾符初，陷于南诏，杨端恢复之，自长者五十余年。宋太祖乾德二年（九六四年）平蜀，俾杨氏世长其地，而改播州为遵义军。

相对于今人，莫友芝、郑珍乃是遵义之大儒，他们所言，当比今人所知更为确凿。杨端家族堪称朝代更换的直接受益者，唐帝国亡后，杨端子孙也效仿其他边疆地方势力与羁縻州府，子孙承袭父职，继续统辖一方。五代期间，杨端后人可能又称为后蜀等地方小国的附庸。及至宋代，杨氏后人依旧遵照祖训，采取这一策略，并且超越了整个元朝，延宕到了明代末期。他的这一方法，比起五代时期那些地方藩镇豪强速兴速亡、激烈甚至惨烈的家族史，向权势最大者"示弱""臣服"，愿被驱使，当然是不错的选择，也是保全和发展自己的"要诀"所在。倘若播州杨氏家族后人也效仿他者，势必也会速兴速亡。由此可见，播州杨氏家族在统治的方法和策略上，自始至终都是有自己的主见和实际作为的。同时，他们也都具备战略眼光，知道审时度势，正确决策。播州杨氏的这一做法，及其家族在播州的历史，可以看作是另一个王朝的偏安与保全，他们只是舍掉了名号，更注重实际与家族的平安延续而已。

爬山途中，眼见关隘城墙，高山之上，人文建筑，这种做法，在冷兵器年代，当然是自保的一个万全之策。倘若在当下，这样的关隘完全不足为虑的。攻守双方，早就不再以工事和关隘为胜负的屏障、天险了。杨氏家族应当为之庆幸。当然，每个时代都有自己的局限，也都有一些与时代相匹配的人事。类杨端及其后嗣，要想长时间地统治，首先要做的便是把握好与"当朝"的关系。但在南宋与元军的对垒中，播州杨氏也参与修筑工事和抵御元军的实际行动中，最典型的，便是其派出属下冉氏兄弟帮助宋军构筑了钓鱼城等著名工事，确保了长江上游的军事安全。

蒙哥大帝在钓鱼城折戟沉沙，一代天骄就此殒落。先前奔赴各个地区开展征服活动的诸多汗王、亲王不得不暂时停下马蹄，纷纷赶回来谋取汗位。这样的一个过程，使得整个欧洲都长出一口气，有了喘息的机会，并且可以重整人马，用来备战。同时也使得南宋得以苟延残喘数十年。赵宋这个帝国是文人的天堂，可也是武将的地域。在读《宋史》的时候，我特别注意到，其实两宋有很多韬略过人的战将，除了耳熟能详的，还有余玠和孟珙等人。但南宋的将领一个个的名字都很普通，没有唐帝国时期李靖、苏宏晖、郭子仪等人那般的具有文气和响亮。

其次，遵义先为夜郎国范畴，其周边又有牂牁、巴、蜀、鳖、鳛等早期于此繁衍生息的民族和部落，随后还有僰人加入，多民族和部落之地其社情民意等等，想必是极其复杂的。杨氏为外来势力，如何安抚和稳定当地具有实力的诸多土著，显然比应对外来的威胁更为迫切，倘若没有过人的才略，怎么可能在此拥有七百多年的家族基业？当然，杨端至杨应龙在西南地区的家族式统治不是唯一的，湘西的老司城中，也有类似的江西彭氏家族式统治约八百年的个例。在南方崎岖与纵深之地，中央政权乐得"以夷制夷"，这也是减轻王朝压力方式之一种，分散的地方军事势力，只要效忠、服从征调、遵照王朝制订的律法和规矩办事，按时缴纳一定的财税，便可永享富贵。这个做法，肇始于唐帝国的羁縻州府制度，至宋元延续，到杨应龙时期，明朝也即将覆灭，内外交困，类似杨应龙这样的地方势力也开始蠢蠢欲动。

如这深冬之海龙屯，草木虽繁茂，落叶亦恓惶。人在世上，法令和规则来自更大的事物，天地人和万物莫不如此。王朝一旦如冬日西山，转过头来，就连大地深处的种苗也会改名换姓。这是一个残酷的事实，也是不二真理。关于杨应龙，《明史·李化龙传》说："应龙性猜狠，嗜杀，数从征调，恃功骄蹇，知川兵脆弱，阴有据蜀志间，出剿州县。化龙至成都，征兵未至，亦谬为好语縻之。帝闻綦江破，大怒。赐化龙剑，假便宜讨贼。"但正史所言未必都是确凿的、正确的。为尊者讳，当然也是利于后来的统治者。

铁柱关再向上数百米，便是飞虎关。关前横亘有三十六级台阶，皆用巨石垒砌，高有两尺，攀爬之时，需要上身前倾，奋力登之。若身材矮小和体弱者，则要扶着一边的墙壁缝隙。如此之关，果真是一夫当关万夫莫开。杨氏家族费心经营此地，当是有着战略构想的重要举措，这样的关隘，进可攻，退可守。山上既可屯兵，也可屯田，自给自足，据说还分设有养鸡鸭、牛羊之处。遥想冷兵器年代，弓箭和土炮在这样的陡峭山坡上，确乎难以施展威力。一身虚汗之后，站在铜柱关前，抬眼就看到了对面的高山，几乎与海龙屯并驾齐驱，只不过，那山是横挡着的，与海龙屯的纵向似乎不太匹配。

倘若当年的李化龙之明军置大炮于对面山顶，攻打海龙屯，但射程似乎差强人意。关于海龙屯之名，郑珍、莫友芝的《遵义府志》中说：

> 龙岩山在城北四十里，《通志》冈峦盘曲，《方舆纪要》怪石蝇岩。《明统志》按：龙岩，今无此名。考海龙囤有杨应龙"示谕龙岩固严禁碑"，所言"龙岩"，即海龙囤也。其言"龙岩"称"先侯设险"，而自署"海龙囤骠骑将军"。则龙岩，旧名海龙，应龙改称耳。

227

还有人说，李化龙所率领明军剿灭杨应龙所部之后，将此地改名为海龙屯，意为"龙困于海，不得飞天"的意思。据说，当年的明军还一把火烧掉了海龙屯上新旧王宫及其他建筑。

为这样而那样，非此即彼，非黑即白，这是历史由来已久的二元选择，也是人在某个时空中的自以为是。也可能，在当时的李化龙看来，烧掉海龙屯上所有的建筑，一则可以向当朝皇帝表忠心，二则可以杜绝再有其他类似杨应龙的地方势力，再效仿用之，必为大患。为王朝安稳，杜绝此类事情再发生，当也是臣子要做的。李化龙的这一做法，若我是他，大致也不过如此。从当时的诸多资料看，导致杨应龙反叛的原因是错综复杂的。

再向上是朝天关，关名手书出自杨应龙。站在下面，我仰望许久，反而觉得杨应龙字体规定，法度严谨，单从字面看，当不是一个胡作非为之徒。穿过关隘时候，只见拱门巨石陈列而齐整，建筑工艺之精巧与雄壮，令人惊叹。朝天关后，便是飞凤关。其中的"凤"字，便是杨应龙取其小妾田雌凤之"凤"而名之。《明史记事本末》说：

> （杨应龙）乃以嬖小妻田雌凤，屠妻张氏之家。而何恩、宋世臣连章告变，黄牛、白泥诸司久为仇雠。于凡七姓诸豪，咸喜龙之得罪，不欲其就征对簿。而五司遗种，九股顽苗，及轻剽好作乱之徒，又鼓动其间，同恶相济。

从这段话中可以看出，杨应龙听信小妾田雌凤之言，不仅远离了自己的正妻张氏，还在酒醉之后，屠杀了张氏及其全家。当年，随其祖杨端一同来到播州的"七姓"人家，也对杨应龙有了意见，伙同先前被其取代的"五司后人"和"九股生苗"，持续不断地弹劾杨应龙，甚至请求当朝对杨应龙进行制裁。

内部的纷乱和不统一，使得杨应龙在播州很快陷入了孤立。更糟糕的是，杨应龙居然纵兵寇掠附近郡县，甚至抢掠官方物资，依仗自己属下兵马与明王朝叫板。明王朝尽管日暮西山，外困内弱，但百足之虫死而不僵，惹怒了他，这刚刚经历了宁夏之役、朝鲜之役的没落王朝依旧是"正统的"，对当世的"天下"有着实际节制权。杨应龙在播州的统治，其实也和万历皇帝一样，内外都是敌人。有的敌人不会用刀枪弩箭，只会在背后下手。当时的名臣叶梦熊也多次上疏弹劾杨应龙。

公元一五九六年，李化龙到成都之后，征调的兵马尚未到位，对杨应龙采取了阳奉阴违的策略，一旦兵马聚齐，便开始了对杨应龙的征伐。殊不知，在娄山关，明军遭遇惨败。杨应龙得手之后，以为明军再多，到他根深蒂固的播州也会劳而无功，大败而归。战事持续到第四年，杨应龙属下有人暗通明军。当杨应龙败退至海龙屯后负隅顽抗，公元一六〇〇年的某日深夜，有人趁机打开了后山的关隘，明军一拥而入。杨应龙见兵败无疑，逃生无望，仰天长叹之后，携两个小妾，在新王宫内自缢身亡。

杨应龙与朱明王朝的对抗，放在历史长河里，只不过是朱家和杨家的一次军事斗争而已。不可否认，杨应龙也算一代枭雄，当世俊杰。我知道他的名字，还是早些年查家谱的时候，在《明史》上看到这个名字。杨应龙祖籍山西太原，我们的祖先也是由山西迁徙至河北的。只不过，他们是唐末由太原而播州，我们是明中期由榆次等地而邢州等地。这样一来，即使杨应龙与我们同为一脉，但也血缘清淡了。但天下杨姓是一家，与天下中国共一宗之本质相同。但杨应龙的失败，乃至其在世时候的妄为与愚蠢，使得很多杨姓后人不予认可。但从时空和人事更替的角度看，这人世间，无论东西南北，谁家的先祖都是光荣的呢？又有谁没有做过愚蠢甚至卑劣的事情呢？

海龙屯山顶地域极广，可种植，也可练兵。这关隘和军事要地，从唐末到两宋再元明时期，七百多年的时间里，杨氏家族不断加以修筑和加固，并且，这关隘的布防设计也出自修筑钓鱼城的冉氏兄弟之手。倘若不是"从内部攻破"，明军再多，估计也难以如此顺利地拿下海龙屯。"计出师至灭贼，百十有四日。八路共斩级二万余，生获朝栋、兆龙等百余人，播贼平。"(《明史纪事本末》)这参战的队伍中，也有距离播州不远的秦良玉及其所属军马。这个女强人，与杨应龙相比，显然是境界高、政治头脑也相当高明的地方领导人。她知道如何处理与当朝的关系，最大限度地保全自己，同时又具备强烈的大一统的爱国之心，积极参与对外作战，维护当朝利益。而杨应龙则自恃过重，以为深居西南，屏障天险就可以对抗举全国之力来攻伐的明军，虽

229

在作战中多次取胜，但他一孤家寡人，如何能和全国相抗衡。正如《明史纪事本末》中所说："若应龙者，倔强偏陲，不知汉大，宗嗣荡灭，取世戮笑，尤足为凭险负固之戒。悲夫！"

这个评价，大抵是精当的。西南之地多崇山峻岭，峡谷深涧，人囿于其中，所见不可广博。西汉时期的"夜郎自大"便是一例。杨应龙之狂傲与自恃，专横与独断，妄图以雄关天险自保，但终究因为失去人心，又听从小妾私言，再加上内奸紧要关头的出卖，致使播州杨氏七百二十五年的基业一朝崩塌。既令人觉得可惜，又觉得理所应当。历史上的每一件事情，无论成败，荣耀还是耻辱似乎都是不可避免的，也是无法校正的。就像我们，数百年后再来海龙屯，为的是一睹这一陈迹的今日之貌，也为的是来寻访播州杨氏家族之历史，渴望从中得到一些启发和教益，这才是寻古访幽的真正意义所在。

站在杨氏家族新王宫旧址上，只见此地乃一平坝，背靠山头，脚蹬万山，左右流水并茂林修竹，荆棘茅草葳蕤无际，日光尤其充足。当年残毁的王宫只剩下一些基墙和梁柱。当地人说，海龙屯考古曾出土不少古物，有些还非常珍贵，此遗址还被评为世界文化遗产。

当年人修建为的是自我政权的安稳与身心的安乐，当世的富贵，人人皆喜欢，后世的褒贬，似乎与他们毫无关系了。而人对失败者的屠戮，乃至对他们生前建筑的破坏，也是不应当的，这一行为，暴露了貌似有效但却终究无济于事的个人历史愿望，圣贤谓之曰：有心之为，终究无为。时间的浩荡不仅包含了对万物的培植、茁壮与广大，也一定秉持了众生如一、生命偕同的根本命运法则。趁着正在西偏的温暖日光再到后山，修建于宋代的残墙上荒草萋萋，头道关和二道关也已损毁严重。当年的内奸（好像是杨应龙的干儿子）便是打开了后山的关门，才使得连续奋战多日、死伤惨重的明军攻破海龙屯。

坐在还算温热的日光下，眺望四周，日暮之中，真的是"苍山如海，残阳如血"。诗人毛泽东在娄山关之艺术提升，端的是境界博大。海龙屯一带也是如此。群山莽苍，次第相连，飞龙走脊，烟岚雾霭，不绝如缕，又泱泱荡荡，永不消歇。杨氏家族于此统治，从传统的角度说，也是一种福分；尽管，历史上很多的个人荣耀与俗世富贵，都是建立在更多人的苦难之上的。

杨应龙最终的失败，源于其对形势的误判，更源于他个人在播州时偏听偏信，与其说在小妾田雌凤的怂恿下杀掉张氏一门，不如说他自己因为一时的冲动，从根本上打散了其统治集团内部的团结，内外交困，亲手结束了他们家族在播州七百多年为王为侯的历史。返回时走到一平坦处，坐下来歇息。斜阳以轮回的方式照耀大地，草木之上，泛着幽静的光辉。夜间悬挂在背阴处、悬崖上的冰凌成批衰落，哗啦啦地震动山谷，使得整个海龙屯也有了一种喧闹的感觉。

我们乘车出山，再入遵义老城，只见高楼大厦，车流繁忙。昔日的西南边地，竟然也跟随当代的脚步，滋生得百般妖娆了。想起在海龙屯的情境，顿觉人间多变，万古不过一瞬。杨氏家族在播州的鼎盛时期，大多数时间是住在这遵义城中的，海龙屯不过是其避暑之所。他们祖孙之所以不断地修整和加固海龙屯，为的是以备不时之需，用以保命，却没想到，海龙屯竟然是他们的终结之地。

历史之间的人事都是这般奇诡，命运在每个人身上投射的轨迹都是不同的。因为不同而使得众生灿烂，也使得人间有滋有味。充满了各种令人遐想和沉思的契机和借口。正如我们于深冬上下海龙屯，表面看起来是到此一游，事实上，游览途中和之后这偏居中国西南群山之间的陈迹故址，带给我们的生命和精神体验却是丰富而驳杂的，可是，当历史横冲直撞跨越古今，人们的诸多感慨与联想都只是一种情绪和认知判断而已，并不会对自己的人生乃至这个世界的既定方向有任何助益，也不会对整个人类文明进程产生一丝一毫的影响。

在游历中渐行渐近，也渐行渐远（代后记）

路灯发黄，行人渐渐少了，想来也必定是各有归处的了。庞大和茂密的榕树和银杏树叶掩映的楼房里，有些窗户还在亮着。远处不断传来车辆渐渐减少的呼啸声，一切都在归于沉寂。我坐在其中一条小街的一侧，背靠着一段围墙，其中是西南佛教名刹文殊院，之外是兜卖各种货品的文书院街，以公墓办事处和丧葬品居多，还有几家餐馆、茶楼、糕点店、蜀锦和银制品店。不知道多少人坐过的藤椅上油光发亮。杯中的茶早就淡了。我仍旧独自在这里发呆，内心漫无目的地想。这是偌大的成都市区，直到接近午夜的时候，我才起身买单，往住处走。

再或者，我一个人坐在万福桥的府南河边，沉浸在万千蚊虫之间，看着衔泥带沙的府南河，不知何往地流动。两边的灯光在河水中又制造了一个新的世界，虚幻、隐秘、透亮而又幽暗。这样的情景，持续了差不多一年时间。那是二〇一〇年末，我从西北的巴丹吉林沙漠军营调到了原成都军区政治部文艺创作室，由此结束了多年以来写公文及其他一些行政工作，以军队专业文艺创作员和《西南军事文学》杂志编辑的身份，融入了这座我向来陌生的城市。

在此之前，我始终没有踏入四川一步，距离最近的，也只是一次次地路过西安。也从没有想到人生的某一天，我会来到这样的一座从不沾亲带故、地处西南、远离故乡的他人的城市生活。这非常蹊跷，充满戏剧性。单位就在北较场，没事的时候，我总是在周边转悠。起初不熟悉，走到大安西路就觉得很远了，到营门口也认为距离单位有了很长的一段距离。一个人在一座陌生的城市里的所有行踪，其实是一个慢慢熟悉的过程，而个人的感觉，则更像是一匹行走在满是人群和楼宇当中的孤狼。

西北巴丹吉林沙漠的空旷与幽深，人口的少，乃至地理环境的荒芜，长期生活在军队之中的整齐划一与令行禁止，使得我对沙漠戈壁的旷达有了莫名而又深刻的依赖和信任，甚至不想改变。而城市于我的诱惑，仅仅是为了孩子读书环境好一些，长大之后省得再从西北往内陆迁徙。起初，我已经在河北老家买了房子，也想着，有朝一日离开部队，就回到老家的那座城市去，尽管，我很不喜欢北方城市那种说不清楚的乱，以及人心和习俗行为中的那一些说不清道不明的东西，诸如促狭、小、眼界的窄与文化、思维上的故步自封，以及近乎赤裸的世道人情等等。

这只是我当年在西北沙漠戈壁当中对故乡的一种个人看法，浅薄而又固执。及至我融入成都，一下子就被这座城市自身所具备且绵延久长的热闹与安闲气氛感染了。它的慢生活对多年劳碌的我来说是一种安顿。它的丰裕的物质环境又让我蓦然觉得了人生当中的某种富足，尽管这很外在，也需要更多的付出和交换。它的多文化的糅杂气息又让我觉得了内心的一种丰盈状态。比如我常去的文殊院，这座建于隋代的古刹当中，至今令人心生幽静与敬畏。我几乎每一天都在它的周边晃悠，有时候也会穿过去，到东大街或者更远的街道上去溜达，更或者，从五丁桥再转向宁夏街等地。很多时候下班，我一个人沿着人民中路一直走到天府广场，再原路返回。

盛夏是成都最美的时候，虽然溽热难耐，但到处都很热闹，走在街道上，人群汹汹，男的女的，来来往往，一色的生面孔。相比在沙漠天长日久之后的人人相识，城市最大的特点是使得人走在其中，即使出丑，也不会传到熟人耳朵当中，除非去做那些不法甚至激烈极端之事。之前，我总是听说成都这地方出美女，也确实是。她们穿着时髦、新潮的衣服，以骄傲的神情或者平静的面容橐橐而行，罔顾周边的任何人。我在其中，感觉自己就像是万花丛中的一只麻雀或者苍蝇，别扭、自卑而又充满了勃勃的欲望。唯有夜深人静的时候，坐在文殊院某个茶摊旁边，喝茶、看书、玩手机、想心事，直到夜灯空照，四下无人，远处近处的喧嚣渐渐有了稀释和终止的迹象，方才觉得，该回去睡觉了。

如此大半年的光景，我竟然没有去过近在咫尺的都江堰，雅安、南充、绵阳、广安等地虽说也很近，但对我这样一个外来的异乡客来说，在心理上也觉得遥不可及。直到二〇一二年春天，受朋友之邀，我第一次去了雅安，那里的碧峰峡、蒙顶山、二郎山，以及青衣江和岷江边上，对我来说都是极为新鲜的，也使得我第一次领略了川地的自然风貌。特别是在碧峰峡，第一次看到熊猫。这看起来笨拙的家伙，很喜欢在高高的树上睡觉，抱着翠竹不断地啃食。

徒步在碧峰峡之间，清亮的流水和瀑布，葳蕤的植被和摇曳的花朵，使得我第一次体验到了蜀地的丰茂与温润。二郎山下的感觉也好，山谷之中，河流悠然，与当地的朋友们喝起酒来，也是极为畅意和快乐。似乎从这时候起，我毫无计划地开始了对整个四川和西南地区的游历，这北纬三十度线上的河山地理，奇峻的峰岭，旷达的地脉，幽深的峡谷，诸多的遗址，包括其中的传奇和神话，历史与奇迹，自然是美不胜收，余韵悠长。之前我只知道都江堰和青城山，但不知其境内还有颇为神奇、文化和仙道气息颇浓的灵岩山及其丰富的文化和宗教的蕴藏。我以为青城山为当地最高，殊不知，它的主峰则是赵公山。对于神奇的大地，想象力远远不够。那些显赫的、有名的，只是人所共知的一个名胜景点，而名声四周的那些存在，特别是物种的多样化、人群的生活习俗及现状等等，才是最真实，最富有人间意味与文化趣味的。

如蓬溪县境内的小小高峰山，其上的传说也值得玩味。开国元勋朱德故里，更能令人觉得天地造化的神奇与偶然。阆中更是如此。那里出现的几个缥缈人物及其作为，令人细思若悟。至于横断山脉之中的康定、九寨沟、色达、九龙、汶川、茂县、黑水、若尔盖等等地方，奇特地形之外，还有着相互杂糅与渗透的民族文化，流传久远的各色故事与传奇。其中，马尔康是作家阿来的故乡，到那里逗留数日，也似乎能够觉得一些为什么有阿来这样的作家出现的一些难以言说的因由。还有平武的白马等地。至于广元，剑门关之于蜀汉乃至整个四川盆地的战略和文化意义，确实不容小觑，蜀道之于中原文明的融入，以及对古之西南夷的影响和渗透，无形而又有迹可寻。

比如重庆的大足石刻，其雍容华贵与丰富雄厚，确实令人叹为观止；再比如遵义的海龙屯，土司杨应龙及其祖上的荣耀以及最终的覆灭，也堪称一个有意思的文化和历史层面的现象；鸡鸣三省之地的红军遗迹与珍贵传说，可使得人联想起历史在关键时刻的神妙；贵阳云岩山上的阳明祠，是对这位哲学家和名臣的纪念；还有尹道真等人对西南地区的文化传播和教化之功，都是令人景仰的。在消失无踪的赫章夜郎国都遗址，我想到的是，从前的西南地区文化和境域的奇崛和广大，幽深与无尽。

最令人匪夷所思的，当然还是三星堆遗址和金沙遗址，不断的考古发现，使得这两处人类文明遗迹焕发了更为迷离和深奥的复杂色彩。还有毗邻云南的攀枝花，充满高原气息的凉山州等地，我每次都是匆匆而过。如此十多年时间，我不仅没有走遍整个西南，就连四川很多地方也还没有去过。每到一地，我尽可能地仔细浏览和拜谒，在那些奇山秀水、镌刻在当地人心和文化史上的遗迹面前，也尽可能地谦卑。慢慢觉得，四川乃至整个西南地区，其文化上的独立与复杂，精神上的超脱乃至习俗当中的豁达与散漫、辛勤等等，都是与其他地域有着明显区别且富有鲜明特征的。

在我们这个星球上，北纬三十度普遍被认为是世界上最神奇的一条纬线，金字塔、马里亚纳海沟、百慕大三角洲、英格兰巨石"雷线"、波斯波利斯古城、圣弗兰西斯科山脉岩画、巴勒贝克遗址、梅里雪山、泰姬陵、武当山、三清山等等，还有三星堆、金沙遗址、怒江大峡谷和雅鲁藏布江大峡谷等等，构成了这一道纬线上最为奇诡、宏伟、神秘的风景，其中很多的文明遗迹、气候、自然灾害等等，尽管人类发明了多种科技和探索古文明的方式，但对大地这一本丰厚、幽邃之书，仍旧一无所知。

相对这些未解之谜和奇特现象，我关注的只是西南地区，乃至北纬三十度纬线上的一些山川地貌，以及无所不在的各种人类遗迹和文化遗留，也更关注人的历史与传说。我也清醒地认识到，一个人，无论怎样地穷尽所有与跋山涉水，探古说今，眺望未来，也都是自我意义的一种认知和判断，并不能囊括和代表所有人的感觉和看法。

就如同我的这一本命名为《西南记：北纬三十度的河山地理》一般，记录的只是自己所到之处，以及个人在一方地域上无规律的行走体验和观感，还有一些似是而非的感喟、联想与告知。无论在任何时候，我始终坚信一句话：在我们的这个世界上，从来就没有一成不变的事物，包括人。一个人之于大地上的痕迹，有些看起来是大众的，甚至人类的，但最终也只能作为人类众多经验当中的一个构成部分。

感谢全秋生先生对这本书的精心编辑。祝福大地上的人们，都能在不断的游历中，一点点地找到世界的真相，尤其是我们内心和精神当中那些至关重要的东西。